KB042222

일찍이

닿은 것을 모두 녹슬게 만드는

《녹바람》이 일어나

문명을 핥고 지나가며

모래로 만들어버렸다.

그러나

오랜 세월 동안

《녹바람》이 계속 불어왔음에도

인간의 마음은 아직

녹슬지 않았다.

"버섯지기의 여행은 기본적으로
파트너끼리, 2인 1조다.
한쪽이 죽으면 그대로 길동무야."

아카보시 비스코

「식인버섯 아카보시」라는 이명을 가진
최강의 버섯지기.
포박 사례금 80만 닛카의 현상범.
활을 사용해 온갖 장소에
버섯을 피운다.

"유일한 육친을 구할 수 있을지도 몰라.
팔 같은 건 내어 주겠어.
목이 날아간다 해도 상관없다고!"

네코야나기 미로

통칭 《판다 선생》이라 불리며 사랑받는
아름다운 소년 의사.
다정한 성격과 탁월한 의술로
이미하마 아랫마을의 선망을 받고 있다.
중증 녹병 환자인 누나를 치료할 방법을
밤낮으로 찾고 있다.

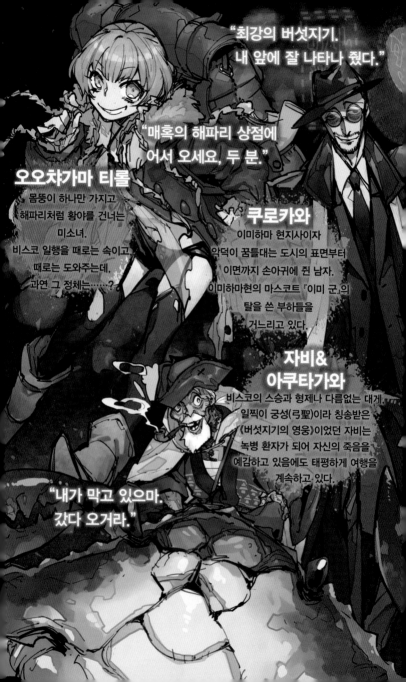

"최강의 버섯지기.
내 앞에 잘 나타나 줬다."

"매혹의 해파리 상점에
어서 오세요, 두 분."

오오챠가마 티롤
몸뚱이 하나만 가지고
해파리처럼 황야를 건너는
미소녀.
비스코 일행을 때로는 속이고,
때로는 도와주는데,
과연 그 정체는……?

쿠로카와
이미하마 현지사이자
악덕이 꿈틀대는 도시의 표면부터
이면까지 손아귀에 쥔 남자.
이미하마현의 마스코트 『이미 군』의
탈을 쓴 부하들을
거느리고 있다.

자비&
아쿠타가와
비스코의 스승과 형제나 다름없는 대게.
일찍이 궁성(弓聖)이라 칭송받은 자비는
《버섯지기의 영웅》이었던 자비는
녹병 환자가 되어 자신의 죽음을
예감하고 있음에도 태평하게 여행을
계속하고 있다.

"내가 막고 있으마.
갔다 오거라."

"투항하고 처벌을 기다려라, 버섯지기.
다음에는 머리를 깨버리겠다."

네코야나기 파우

미로의 누나이자
젊은 나이임에도 이미 하마
자경단장을 맡고 있는 여걸.
녹이 몸을 침식하고 있는 상황에서도
동생을 위해 곤(棍)을 휘두르고 있다!

SABIKUI BISCO

The world blows the wind erodes life.
A boy with a bow running
through the world like a wind.

[일러스트] **아카기시K**

[세계관 일러스트] **mocha** (@mocha708

DESIGNED BY **AFTERGLOW**

바람이
문명을
신을, 악마를
녹슬게 하여 모래로 바꾼다 해도

오직 한 명, 너의 영혼과
눈빛을
녹슬게 할 수는
없나니

나아가라,
고동치는 생명을 가졌다면
녹은 두려워하며
그 앞에 길을 열리라

                    —새로운 버섯지기의 노래

『식인버섯 아카보시 비스코』라는 글자가 종이에 큼지막하게 적혀 있다.

한가운데 사진에는 가시처럼 돋친 붉은 머리, 이마에 걸친 금이 간 고양이 눈 고글, 당장에라도 잡아먹을 듯한 사나운 낯짝이 찍혀 있으며, 날카로운 오른쪽 눈 가장자리에는 새빨간 문신이 새겨져 있다.

한눈에 봐도 위험인물이라는 걸 알 수 있는 광견 같은 얼굴 밑에는『나이 열일곱, 키 180센티미터 정도, 포박 사례금 80만 닛카(日貨)』라고 적힌 글과『군마현(県)』의 인장이 찍혀 있었다.

검문 창구 벽에 박혀서 모래바람에 휘날리는 그 종이를, 젊은 방랑승 한 명이 빤히 바라봤다.

"신경 쓰이나?"

수염 난 살찐 관리가 통행증을 검토하면서 그에게 말을 걸었다.

방랑승은 종이에서 시선을 떼고는 관리 쪽으로 약간 고개를 돌리며 애매하게 끄덕였다. 주경(呪經)이 적힌 붕대를 얼굴에 감고 있어서 그 표정은 가려져 있다.

"지나가는 토지를 버섯투성이로 만들어버린다고 해서 식인버섯, 아카보시. 현청(県廳)은 그 녀석에 대한 화제로 들끓고 있다고. 관광명소인 아카기산도 산기슭까지 죄다 버섯산이 되어버렸으니까 말이지."

"식인, 이라는 건, 왜 붙은 거죠?"

"그야, 사람을 먹으니까."

관리는 싸구려 술을 들이키면서 자기가 한 말이 어지간히 재미있는지 껄껄 웃었다.

"아니, 그렇게 부르고 싶어질 만큼 대악당이란 뜻이야. 너희 순례하는 스님들은 모르겠지만, 아카보시의 버섯은 장난이 아니거든. 이렇게, 아카보시가 화살을 한 방 쏘면 말이지."

관리는 창구에서 몸을 내밀며 호들갑스럽게 활을 당기는 흉내를 냈다.

"흙이든 철이든 노린 곳에 거목 같은 버섯이 뿅! 하고 돋아난다니까. 거기가 절이든 신사든 아랑곳하지 않는 방약무인의 버섯지기라서 그렇게 부르는 거지. 애초에 보라고, 이 광견 낯짝! 사람 정도는 홀라당 먹어치울 것 같잖아."

웃음을 터뜨린 관리의 수염 난 얼굴을 웃기 하나 없이 바라보던 방랑승은 다시 한번 수배 전단으로 시선을 옮겼다.

"식인버섯, 아카보시……."

"그렇지만 걱정할 것 없어. 천하의 군마 현경(県警)을 돌파해서 다른 현으로 빠져나간 악당은 없으니까. 아카보시의 악행도 여기까지야. 댁의 순례에 지장은 없어."

수염 얼굴 관리는 벽에서 수배 전단을 잡아 뜯어내고는 그것을 찬찬히 바라봤다.

"비스코[1]라는 이름도 말이야, 하하! 웃긴다니까. 어느 부모가 이렇게 붙였는지 모르겠어."

이내 그는 그 식인종이라는 녀석에게 흥미를 잃었는지 수배

#1 비스코 일본의 과자 이름.

전단을 아무렇게나 내던졌다.

그리고 통행증 마지막 페이지에 있는 바코드를 때 묻은 판독기에 몇 번 넣어 보다가, 그것이 조금도 반응하지 않자 호들갑스럽게 혀를 차며 일어섰다.

"오오타! 너, 고치라고 했잖아, 이 얼간아! 전혀 읽지를 못한다고!"

사막의 바람에 실려 모래 위를 데굴데굴 굴러가는 수배 전단을 바라본 방랑승은 살짝 한숨을 내쉬고는 지루한 듯이 주변을 어슬렁거렸다.

군마와 사이타마를 잇는 이 남쪽 검문소를 지나는 사람은 거의 존재하지 않는다. 검문소를 지나면 이형(異形)들이 우글대는 사이타마 철사막이 황량하게 펼쳐지고, 그 너머에는 일찍이 도쿄라 불리던 곳에 커다란 구멍이 뻥 뚫려있을 뿐이다.

그러나 군마는 예전부터 니가타, 토치기와 군사적 긴장 상태에 놓여 있어서 북쪽과 동쪽 검문소를 닫은 지 오래다. 여행자가 동쪽으로 가려면 이 남쪽 검문소를 지나 도쿄 폭심혈(爆心穴)을 따라 죽음의 사막을 빠져나가서 토치기 남쪽 이미 하마현을 경유할 수밖에 없다. 전국 행각(行脚) 수행이 필수인 종교단체, 반료지(万靈寺)나 텐카토(纏火党) 쪽에서는 꼭 필요한 경로다. 군마가 이 쇠퇴한 검문소를 닫지 않는 것도 이런 종교에서 걸어온 압력 탓이 크다.

단, 검문소를 빠져나가면 구멍에서 불어오는 녹바람으로부터 몸을 지켜줄 벽이 전혀 없다. 모래 속에 숨어 있는 기괴곰치에게 먹혀서 죽든가, 녹슬어서 죽든가, 아무튼 문을 지나가면 그 뒤에는 모른다는 게 군마현의 기본적인 자세였다.

방랑승은 불어오는 바람에 눈을 가늘게 뜨며 피부에 두른 붕대에 신경이 쏠렸다. 이 미라 같은 승복은 서일본에서는 익숙한 텐카토의 순례 스타일이므로 딱히 신기한 것도 아니지만, 사막의 7월 햇살은 승려라 해도 역시 버티기 힘든지 조금 전부터 땀이 배어 나오는 오른쪽 눈을 신경 쓰고 있었다.

"이봐, 젊은 스님. 미안하구만, 계속하자고."

방랑승은 한동안 모래바람을 막아내는 살풍경한 흰 벽을 바라보다가, 승려다운 모습을 무너뜨리지 않고 검문소 창구로 돌아왔다.

"으음, 이미하마행, 목적은 순례…… 칸사이 쪽에서부터 일부러 고생이 많구만……. 근데……."

수염 얼굴 관리는 사진과 방랑승의 얼굴을 차분히 비교했다.

"와타리가니 와타루…… 이거 가명 아냐?"

"법명입니다. 와타리가니 와타루."

"본명은?"

"버렸습니다."

"핫! ……저 짐은 뭐야. 스님이 혼자 여행하는데 왜 저렇게 커다란 짐이 필요해?"

"시체를 실었습니다."

방랑승은 거의 트럭만 한 크기의 개가 끄는 짐차를 돌아보며 태연하게 대답했다.

"집령(集靈) 호흡법의 수행으로 매번 사망자가 나오는지라. 유해는 녹바람에 돌려주고 있지요."

"켁! 꺼림칙하구만."

수염 얼굴 관리는 내뱉듯이 말하고는 창구 안을 돌아보더니 거칠게 외쳤다.

"어이, 오오타! 저 천, 뒤집어서 보고 와라. 부처님의 산이라잖냐."

"벌레를……"

호출을 받아 뛰쳐나온 젊은 관리에게 방랑승이 말을 걸었다.

"부패 방지를 위해 지네를 풀어놨습니다. 햇빛에 닿으면 날뛰죠. 손가락 정도는 간단히 뜯어버릴 수 있습니다. 위험합니다."

얼굴이 새파래져서 불안한 듯이 바라보는 오오타를 본 수염 얼굴은 짜증난다는 듯이 침을 튀기고는 손짓을 보내 돌아오라 지시했다.

"문, 개바앙."

거대한 문이 끼릭끼릭 녹을 벗기는 소리를 내며 올라갔다. 방랑승은 고개를 숙여 인사한 후, 먼 곳에 세워둔 견차(犬車)로 돌아갔다. 수염 얼굴은 그 모습을 시시한 듯이 바라보다가, 문득—.

방랑승이 짊어진 단궁이 반짝이며 햇살을 반사하는 것에 시선을 멈췄다.

"……이봐, 요즘 텐카토원은 활을 쓰나?"

"예. 살생은 금지하지 않습니다."

"그딴 건 알고 있다고."

수염 얼굴이 물고 늘어졌다.

"쏘는 도구는 안 되는 거 아니었나? 살생의 무게가 느껴지지 않는다고 해서, 총이나 활 같은 건 안 된다고 들었는데."

순간, 방랑승의 대답이 막혔다.

그 붕대에서 엿보이는 번뜩이는 눈동자와 눈이 마주쳤을 때……

검문소를 지켜온 15년의 감이 경종을 울렸다.

"이봐. 오랜만에 말이지, 신앙이 없는 나도 경전을 듣고 싶어졌는데."

손을 뒤로 돌려 오오타에게 비상 사인을 보냈다.

"하나 읊어달라고. 독경을 요청했는데 거절하는 스님은, 없겠지?"

주위의 분위기가 찌릿찌릿 팽팽해졌다.

바람이 거꾸로 불며 굵직한 모래를 휘감아 올렸지만, 방랑승은 눈 하나 깜짝하지 않았다. 녹색 눈동자가 스윽 가늘어졌고, 풀린 붕대 사이로 보이는 입가에서는 번뜩이는 송곳니가 엿보였다.

"『강한 남자아이가, 되도록』……."

"……뭐라고?"

"맛있어서, 강해지는, 비스코다."[#2]

방랑승의 목소리가 약간 험악해지고, 까끌까끌한 살의가

#2 맛있어서, 강해지는, 비스코다. 일본 과자 비스코의 캐치프레이즈.

배어 나왔다.

"따스한 기원이 담긴, 강한 이름이야…… 네놈 따위가 비웃을 게 아니라고."

"이 자식, 스님이 아니구나!"

"『비스코 씨, 미안합니다』라고 말해!"

수염 얼굴이 즉시 뽑아서 쏜 권총 탄환이 방랑승의 귀를 스치고 붕대 매듭을 날려버렸다.

후두둑.

붉은색 머리카락이 메마른 바람을 타고 춤췄다.

승려의 가면을 완전히 버린 눈은 날카로웠고, 녹색으로 번뜩이는 두 눈동자에는 바위도 뚫을 듯한 의지가 솟구쳤다. 타오르는 듯한 붉은 머리는 남자의 사나움을 드러내듯이 거꾸로 솟아서 사막의 바람을 맞으며 나풀나풀 흔들렸다.

총에도 겁먹은 모습을 보이지 않고 뻔뻔스럽게 팔로 얼굴을 문지르자, 땀에 젖은 피부 화장이 벗겨지며 오른쪽 눈을 둘러싼 붉은 문신이 번뜩이며 드러났다.

"시, 식인종……."

수염 얼굴과 오오타, 두 관리가 붉은 머리 남자를 보고 입을 쩍 벌리며 경악했다.

"식인종, 아카보시!"

"누가 식인종이라는 거야아아!"

비스코가 등에 멘 단궁을 뽑아 들자, 에메랄드색 활이 태양빛에 반사되며 눈부시게 반짝였다. 품에 넣어둔 화살통에서 뽑은 새빨간 화살을 재빨리 메겨서 창구를 향해 쐈다.

"우와앗!"

비명을 지르며 몸을 수그린 수염 얼굴의 머리를 스친 화살은 수영복 그라비아 달력을 꿰뚫으며 검문소 벽에 꽂혔고, 빠직! 하고 벽 한 면에 균열이 갔다.

"무, 무슨 활이 저렇게 세?!"

"이노시게 씨! 저, 저거, 저거!"

오오타가 손가락질한 방향을 보니, 벽에 간 균열을 중심으로 검문소 이곳저곳에 새빨간— 뭔가 둥근 것이 싹트며 쑥쑥 부풀어 올랐다.

느릿느릿 퍼져 나가던 빨간 그것은 이윽고 뽕! 하는 소리를 내며 힘차게 뻗어 나가 검문소 벽을 부숴버렸다. 빨간 갓을 활짝 펼치고, 줄기 또한 한껏 뻗은 그 모습은 문외한이 보더라도 그게 무엇인지 쉽게 알 수 있었다.

"이, 이건…… 우와앗! 버, 버섯이다!"

"바보 자식! 도망쳐, 오오타!"

수염 얼굴은 자기 물건인 망원 카메라를 필사적으로 회수한 오오타를 잡아채고 황급히 검문소에서 뛰쳐나왔다. 문밖으로 나오자마자 어마어마한 기세로 부풀어 오른 새빨간 버섯 무리가 빠각! 빠각! 하고 굉음을 울리며 발아했고, 이내 검문소를 산산이 박살냈다.

SABIKUI BISCO

The world blows the wind erodes life.
A boy with a bow running
through the world like a wind.

[일러스트] 아카기시K

[세계관 일러스트] mocha (@mocha708)

DESIGNED BY AFTERGLOW

비스코는 부서지는 검문소를 거들떠보지도 않고 뛰어 자신의 견차로 다가가더니, 차를 덮은 천을 향해 큰소리로 외쳤다.

"자비! 실패야. 벽을 따라 도망치자! 아쿠타가와를 깨워줘!"

비스코의 외침에 갑자기 천이 확 치솟으며 공중을 날았다. 천 안에서 모습을 드러낸 것은 거대한 게였다. 높이가 사람 몸길이보다 두 배 정도 큰 대게는 그대로 빙글 회전하며 모래 위에 쿵 착지하더니 자랑스럽게 왕집게발을 들고 오렌지색 갑각을 햇빛에 반짝였다.

비스코가 등에 있는 안장에 훌쩍 착지하자, 대게는 힘차게 내달렸다.

"그러니까~ 말하지 않았느냐."

비스코 옆에서 대게의 고삐를 잡고 있는 이는 풍성한 흰 수염을 기르고 넓은 삼각 모자를 쓴 노옹(老翁)이었다.

"칸진쵸[#3] 흉내를 내려면 경전 한두 개는 외우고 있었어야지. 나는 외우거든. 쟈몬킨나라, 호스야쿠샤이."

"관동에서라면 텐카토는 얼굴만으로 패스라고 네놈이 그랬잖아!"

달리는 대게 위에서 비스코가 노옹에게 고함을 쳤다. 그 목소리를 지워버리듯이 폭탄 몇 발이 달리는 대게 옆에 착탄해서 먼지를 피워 올렸다.

"……저 자식, 하마를 내보냈어!"

#3 칸진쵸(勸進帳) 일본 전통 연극인 가부키 작품 중 하나. 승려로 변장하여 도망치는 내용이다.

모래먼지에 눈을 가늘게 뜬 비스코가 씹어먹겠다는 듯이 뒤를 노려보자, 기관총이나 대포 같은 것을 등에 멘 군용 모래하마 무리가 모래먼지를 일으키며 달려오고 있었다. 크고 작은 다양한 모래하마 무리 중 발이 빠른 한 녀석이 대게 옆을 나란히 달리며 등에 멘 기관총을 비스코에게 겨눴다.

"방해야아!"

비스코의 단궁에서 순속의 화살이 번뜩이며 모래하마에 꽂혔다.

"꾸모~!"

비명을 지르며 공처럼 뒹군 모래하마의 몸 표면에서 붉은 갓이 쑥쑥 자라났고, 이윽고 뻐꿈! 하고 그 자리에 거대한 버섯이 피어났다. 그에 뒤쫓아 오던 후속 하마 무리가 한꺼번에 처리되는 가운데, 비스코의 두 번째, 세 번째 화살이 그야말로 쏜살같이 날아가 버섯이 계속해서 뻐꿈! 뻐꿈! 작렬하며 하마들을 날려버렸다.

그러나 비스코의 버섯 화살이 아무리 강력하다 해도, 하마 병의 숫자가 너무 많았다. 드디어 모래하마 한 마리가 대게에 달려들어서 등에 멘 기관총을 발에다 쐈다. 역전의 쇠꽃게가 자랑하는 갑각은 총탄을 아무렇지 않게 튕겨내고 하마 몇 마리를 한꺼번에 쓸어버렸지만, 끊임없이 몰려오는 하마의 바다를 눈앞에 두자 비스코의 이마에 굵은 땀방울이 맺혔다.

"점점 밀리겠어."

꿀꺽, 침을 삼키고 결심한 듯이 노옹을 바라본 그는 바람소리에 지지 않게 외쳤다.

"새송이버섯으로 날겠어. 자비, 10초만 줘."

"또 그거냐."

노옹은 지긋지긋하다는 듯이 말하면서도 비스코의 얼굴을 보며 살짝 윙크했다.

"뭐, 사막이라면 허리에도 좀 낫겠구먼."

그리고 고삐를 잡고 「자, 쏘거라! 아쿠타가와!」라고 외치며 대게에 채찍질을 했다. 대게는 크게 반 바퀴 빙글 돌아 왕집게발을 높이 들고 다가오는 하마 무리를 향해 망치처럼 내리쳤다.

모래하마 무리의 몸과 모래먼지가 치솟는 가운데, 비스코는 새송이버섯 화살을 메기고 위로 날아오른 하마 한 마리를 향해 쐈다. 떨어진 모래하마의 몸에 귀를 대자, 부글부글 하고 균이 발아하는 소리가 비스코의 귀에 빠르게 전해졌다.

"자비!"

"오냐."

비스코는 성인 다섯 명이 모여야 겨우 들어 올릴 것 같은 모래하마의 몸을 잡고, 마치 그것이 봉제인형이라도 된다는 듯이 가볍게 들었다.

"케에엑?! 저 꼬마는 괴물이냐!"

관리의 경악스러운 절규를 배경으로, 비스코는 마치 스사노오와 같은 맹렬함으로 새송이버섯독이 깃든 모래하마의 시체를 허리를 낮추고 수그린 대게의 발밑에 힘껏 내리쳤다.

뻐끔!

거대한 새송이버섯이 엄청난 모래먼지를 피워 올리며 무지막지한 기세로 부풀었고, 30미터 정도 되는 성벽과 비슷할 정도로 높이 피었다. 일행 두 명과 대게 한 마리는 그 기세를 타고 바닥에 튕긴 테니스공처럼 치솟아 그대로 벽을 뛰어넘고 날아가서 빙글빙글 떨어졌다.

비스코는 공중에서 어떻게든 자세를 다잡고, 모자를 누르는데 필사적인 노옹의 몸을 다리로 붙잡고는 그대로 앵커 화살을 메겨서 대게를 향해 쐈다. 대게는 공중에서 집게발로 앵커 화살을 재주 좋게 붙잡고 빙글빙글 감아서 두 사람을 끌어와 여덟 개의 발로 끌어안듯이 감쌌고, 몸을 공처럼 둥글게 말더니 그대로 벽 너머에서 착지해 사막 위를 데굴데굴 굴렀다.

"크, 크다아……."

오오타가 멍하니 중얼거리자, 역시 멍하니 듣고 있던 수염얼굴 관리는 눈앞에 우뚝 솟은 거대한 새송이버섯을 보고 입을 다물 수밖에 없었다.

벽 쪽으로 약간 호를 그리며 하얀 기둥처럼 솟은 새송이버섯은 갓에 쌓인 먼지를 폭포수처럼 쏟아내며 여전히 성장하려는 듯이 하얀 피부를 천천히 꾸물댔다.

모래와 녹만 있는 죽음의 대지에 생명이 힘차게 싹트는 장엄한 광경이었다.

"버섯지기는 죽은 흙에도 버섯을 돋아나게 할 수 있다는 게, 사실이었네요……."

다종다양한 버섯을 다루며, 그것과 함께 살아가는 『버섯지기』 일족.

포자를 흩뿌리면서 녹도 함께 퍼뜨린다는 소문 탓에 현대인은 버섯을 극단적으로 기피하고 있으며, 그에 동반하여 박해를 받은 버섯지기들은 세상에서 완전히 모습을 감췄다.

그런 수수께끼로 가득한 버섯 기술을, 일반인이 이렇게 눈앞에서 목격하는 것은 몹시 드문 일이었다.

목에 건 카메라로 새송이버섯을 찍는 오오타에게 입을 벌린 채 고개를 끄덕이려던 수염 얼굴은 황급히 머리를 흔들고는 오오타의 머리를 후려치면서 귓가에 고함을 쳤다.

"바보 자식! 뭘 감탄하고 있어?! 버섯 포자가 녹의 근원이라는 건 상식이잖아! 이런 무식한 버섯을 내버려 두면 이곳 일대가 바로 녹투성이가 되어버릴 거다!"

"어~이, 수염돼지~!"

그때, 벽 너머에서 울려 퍼진 목소리에 두 관리는 서로의 얼굴을 마주보다가 황급히 관리 엘리베이터를 타고 고지대로 올라가 목소리의 주인을 내려다봤다.

"새송이버섯한테는 일주일에 한 번 하마 똥을 뿌리라고! 모래만으로는 성장이 느려!"

새빨간 머리에 고양이 눈 고글을 찬 현상범이 게 위에서 고지대를 향해 외쳤다. 옆에는 삼각 모자를 쓴 노옹이 고삐를 쥐고 뻐끔뻐끔 파이프 담배를 피우고 있었다.

"버, 버섯한테 비료를 주라고?!"

"됐으니까 들어, 돼지 자식아! 버섯은 녹을 먹고 자란다고!"

비스코는 울컥하며 되받아쳤다.

"제대로 기르면, 여기도 곧 사막이⋯⋯."

퓨웅! 비스코의 필사적인 설득을 가로막으려는 듯이 수염 얼굴의 총탄이 날아가 비스코의 어깨를 스쳤다. 비스코는 약간 어이없어하던 표정을 서서히 수라처럼 바꾸고는 붉은 머리를 휘날리며 두 눈을 확 부릅떴다.

"사람의 친절을⋯⋯. 이놈이고 저놈이고! 어째서 알아주지 않는 거야!"

분노한 나머지 활에 손을 대는 비스코를 보고 이제 물러날 때라고 봤는지, 노옹이 웃으면서 게에게 채찍질을 했다. 대게는 채찍질을 기다렸다는 듯이 기운차게 달리며 군마 남쪽 검문소에서 모래 저편으로 점점 멀어져 갔다.

"낯짝 기억했다! 아카보시—! 다음에는 그 혀를 뽑아버릴 테다—!"

바람이 크게 내려치듯이 불어와 모래를 피워 올렸다. 게 위에 선 비스코는 모래폭풍 속에서도 눈 하나 깜짝하지 않다가 목소리를 들었는지 천천히 뒤를 돌아봤고⋯⋯.

중지를 척 세우고는 비취색 안광으로 한껏 노려봤다.

그런 비스코의 얼굴을 오오타의 망원 렌즈가 포착했다. 출력된 사진은, 강한 의지가 풍기는 나찰의 형상이었다.

"⋯⋯시선만으로도, 파리 정도는 떨어뜨릴 것 같네⋯⋯."

이 사진이 군마 현청에 채용되어 새로운 수배 전단이 되었고, 오오타가 진심으로 카메라맨을 지망하는 계기가 되었지만, 그것은 현재 모래먼지를 휘날리며 사막을 달리는 아카보시 비스코의 향후와는 딱히 상관없는 일이었다.

1

비스코는 사구(沙丘)에 배를 깔고 누워서 고양이 눈 고글의 배율을 조절하며 밤의 사막에 하얗게 솟은 거대한 벽을 바라봤다.

『우애의 도읍, 이미하마현에 어서 오세요!』라는 페인트가 벽 한 면에 동그란 글자로 그려져 있고, 글자 끝에는 이미하마현의 토끼 마스코트 『이미 군』이 싱글벙글 웃으며 애교를 곁들였다. 『애』와 『의』, 그리고 『어서』와 『오세요』 사이에 흉흉한 기관총 장치가 엿보이는 것이 참으로 아이러니한 광경이라 할 수 있었다.

벽 너머에서는 잠들지 않는 이미하마의 거리가 발하는 형형색색의 네온사인이 눈부시게 빛나고 있었고, 그 중심에는 권위를 드러내듯 높이 솟은 현청이 자리해, 그 옥상에서 이미 군 인형이 자랑스럽게 하늘을 가리키고 있었다. 그러나 인형의 얼굴 도색은 몰아치는 녹바람에 의해 대부분 떨어져서 눈이나 입에서 피를 흘리고 있는지라 빈말로도 재수 좋은 설치물로는 보이지 않았다.

성채도시 이미하마.

점점 다가오는 녹바람을 피하려던 사이타마인이 거대한 벽을 만들고, 그곳을 도시로 삼은 것이 이미하마현의 성립이라고 한다. 사람은 벽 안에서 예전의 문명을 조금이나마 되찾았고, 일시적이나마 녹의 위협에서 멀어져 오늘도 안녕 속에서 꿈을 꾸고 있다.

'켁. 방해되는 곳에서 번영하고 앉아있기는.'

모래 위에서 미동도 하지 않고 고글을 통해 이미하마의 벽을 노려보던 비스코의 위를 카멜레온이 슬금슬금 기어 올라갔다. 고글 위를 기어 내려와서 입가까지 다가오자 비스코는 재빨리 녀석을 빨아들이고는 으드득 씹어버렸다.

날뛰는 꼬리를 그대로 둔 비스코는 정찰을 접고, 고글을 벗어 올린 뒤 불빛이 비치는 텐트를 향해 사구를 미끄러져 내려갔다.

사람을 산 채로 녹슬게 만드는 죽음의 위협, 『녹바람』.

지금을 살아가는 인간들은 그 유래의 진위를 알 방법을 잊은 지 오래다.

세간의 상식에서는, 일찍이 일본 과학의 결정체였던 『철인』이라는 방어 병기의 대규모 폭발이 원인이라는 게 일단 공통된 인식이다.

신식 엔진이 연구 중에 폭발했다. 도쿄도와 대기업 간의 내전에 사용되어 기폭했다. 또는 우주에서 온 침략자와 공멸해서 폭발했다는 등 B급 영화 같은 논설도 포함해서 철인에 대한 설은 무수히 나돌고 있다. 아무튼 그런 머나먼 옛날이야기에 대한 자세한 진위는 제쳐놓고…….

녹바람은 도쿄 폭심혈을 중심으로 불어와 일본 전토를 뒤덮으며 기존의 문명이라 부를 수 있던 모든 것을 훑고 지나가 녹덩어리로 만들어버렸고, 오늘날의 일본에도 변함없이 불어오고 있었다.

사람들의 마음을 끊임없이 암운처럼 뒤덮는 녹바람의 공포에서 벗어나기 위해 인간은 더러운 재산이나 수상한 신앙에 의지했고, 현 경계에 바람을 막는 높은 벽을 세워 조금이라도 죽음의 기척에서 멀어지고자 노력하고 있는 것이 일본 어디를 가더라도 볼 수 있는 공통적인 모습이었다.

지금 비스코 일행이 걷고 있는 『북사이타마 철(鐵)사막』은 그 녹바람이 가져온 멸망을 가장 잘 체현한 지역이라 말할 수 있다. 도쿄가 수도였을 무렵 사이타마 일대는 일본 제일의 공업지대로 불렸지만, 지금은 폭심혈에서 불어오는 녹바람이 훑고 지나가서 완전히 녹의 바다로 변해버렸다. 사이타마 철사막은 그런 공업지대 건조물이 바람에 깎여나가 형태를 잃고 철의 모래가 되어 그대로 쌓이고 또 쌓여서 생겨난 곳이다.

사이타마 이남, 즉 도쿄 폭심혈 남쪽에 위치한 카나가와, 치바라 불리던 곳 주변 지리는 과연 도시로서 존재하고 있는지, 사람이 서식할 수 있는 환경인지조차 알 수 없다. 그 결과

사이타마는 인간의 교통로로서 기능하는 최남단 아슬아슬한 곳에 위치한다고 할 수 있었다.

이미하마현 서문으로 가려면 — 도중에 납상어나 기괴곰치를 상대하는 것을 계산에 넣는다면 — 군마 남쪽 검문소에서 게의 걸음으로 동쪽으로 나흘 정도 걸렸다.

그리고 오늘이 마침 그 나흘째, 여름치고는 추운 밤이었다.

"어서 오거라."

비스코가 텐트로 미끄러져 내려오자 보글보글 끓는 냄비를 휘젓던 왕방울 눈의 노옹이 물었다.

"어떠냐. 자경단은 밖에 나와 있더냐?"

"아니. 경비는 하나도 없었어. 수배 전단은 나돌지 않은 것 같아."

"효호호. 옛날부터 군마와 이미하마는 사이가 나빴으니까. 그야말로 이전 지사 시절부터……."

"옛날이야기는 됐어, 이제 지겹다고. 그보다도 약 바를 시간이야. 옷 벗어. 자비."

비스코는 그렇게 말하며 외투를 벗어서 아무렇게나 내던지고는 자기 말을 무시하고 냄비 안의 국물을 마시려는 노옹을 제지하며 날카롭게 말했다.

"이봐! 몇 번을 말해야 알아듣는 거냐고, 이 영감탱이야! 밥 먹기 전에 녹을 보여달라고 했잖아!"

"맛을 보는 것 정도는 상관없지 않느냐. 여생이 얼마 안 남은 스승이건만, 차가운 제자로고."

"그 여생을 늘려주려고 하는 거잖아. 좋알좋알거리지 마."

노옹 자비는 비스코의 엄한 시선에 밀렸는지 순순히 외투와 상의를 벗었다.

비스코는 붕대투성이인 자비의 상반신에서 익숙한 손짓으로 재빨리 붕대를 풀었다. 서서히 홀쭉한 노인의 피부를 잠식한 적갈색 녹이 드러났다.

"……."

비스코는 미간에 약간 주름을 잡고 스승의 피부를 덮은 녹을 손가락으로 쓸었다. 녹은 노인의 목에서 어깨를 타고 위팔을 지나 오른쪽 가슴 대부분을 덮고 있었다.

"뭐얼~, 나는 괜찮다. 젊은 시절보다 나을 정도지. 봐라, 어깨도 올라가잖냐."

"바보 같은 소리 하지 마. 안 올라가잖아. 뒈지지 않은 게 신기할 정도야."

비스코는 녹슨 사부의 목덜미에 쑥버섯 약액을 주사하고 새로운 붕대로 갈아주면서 나지막하게 중얼거렸다.

"그리 시간이 없어. 곧 내장까지 닿을 거야……."

"복잡한 표정 짓지 말고 먹거라, 비스코. ……오, 맛있구나!"

치료를 마친 자비는 바로 외투를 걸치고는 냄비 속의 국물을 맛본 뒤에 그릇에 담았다.

"오늘 국물은 맛있구나. 쥐 기름이 가득 들었어. 먹지 않으면 중요할 때 활을 못 쏜다."

비스코는 자기 병을 남 일처럼 말하는 자비를 보고 어이가 없어졌지만, 끈기에서 밀렸는지 이윽고 한숨을 내쉬고는 모래 위에 책상다리로 앉아 그릇을 받았다.

오늘 밤은 낮에 모래낚시(마비 팽이버섯 화살을 쏴 모래 속에 버섯을 피우고 그것에 몰려드는 사냥감을 낚는다)를 해서 잡은 쇠쥐와 모래벌레 고기를 다져서 경단으로 만들고, 그것에 시든 잎새버섯을 넣고 끓인 황토색 국물이었다. 철사막에서 잡는 사냥감은 대개 쇠비린내가 나서 거의 먹지 못하지만, 사치를 부릴 수는 없다.

물론 버섯지기에게도 요리를 잘하고 못하는 게 있는지라, 예를 들어 모래벌레를 요리하는 경우에는 물에 오래 담가서 모래를 토해내게 하는 등 수고를 들이면 그럭저럭 맛이 나오긴 했다.

"……끄엑, 콜록! 으에엑! 뭔가 떫은 국물이 나오잖아! 내장 제대로 빼긴 했어?!"

"잘 씹으니까 그런 게지. 흘려 넣거라, 쭈욱."

"이가 다 빠진 주제에 뭔 소리야. 못 씹는 거면서."

"우효호호."

그런 것에 집착하지 않는 것이 이 말라비틀어진 왕방울 눈의 노인, 자비다. 비스코의 부모 대신 양육을 맡아 왔고, 또 스승으로서 그를 일류로 길러낸, 버섯지기의 영웅이었다.

비스코의 나이에 맞지 않는 숙련된 활놀림은 일찍이 궁성(弓聖)으로 불려온 자비의 기술을 이어받은 것이었고, 자비 자신도 게와 함께라면 아직도 그를 능가하는 버섯지기가 없었다.

　그러나 그 숙련된 전사도 녹바람이 일으키는 죽음의 병, 녹병에 걸리고 말아서…….

　죽음이 가깝다.

　"자비. 이제 평범한 버섯은 통하지 않아. 당장 《녹식(綠食)》이 필요해. 조금 여행 속도를 올리겠어."

　"……."

　"이미하마를 빠져나가면 이제는 검문소도 없어. 아키타까지 금방이라고."

　영약, 《녹식》.

　그 어떤 녹도 즉시 녹여서 건강한 살을 되찾아준다고 전해지는 이 버섯은 버섯지기들 사이에서도 반쯤 전설적인 존재다. 일찍이 녹으로 멸망할 뻔했던 버섯지기 마을을 그 효력으로 구했다는 일화가 남아있지만, 그 구체적인 서식지도, 피우는 법도 지금은 자비의 추억 속에만 남아 있다.

　"비스코."

　"어?"

　비스코가 입에 문 쥐꼬리를 후루룩 빨아들이며 고개를 들었다. 자비는 미소를 짓고 있었지만, 이때만큼은 평소의 가벼운 분위기를 억누르고 낮은 목소리로 말을 이었다.

　"네게는 내가 할 수 있는 일을 전부 가르쳤다. 균술(菌術). 게타기. 궁술…… 활이라면 이미 네가 더 나아."

　비스코는 스승의 비장한 기척을 느끼고는 약간 풀어져 있던 표정을 다시 다잡았다.

"약의 조제만큼은 너, 히힛, 완전히 꽝이긴 하다만. 그걸 빼
더라도 몸도, 기술도 너와 나란히 설 버섯지기는 없을 게야.
하지만 나는 말이다…… 마음에 걸리는 게 있다면……."

자비는 거기서 일단 말을 끊고, 눈동자를 비스코와 똑바로
맞추고는 입을 열었다.

"비스코. 내가 죽는다면……."

"시끄러."

"듣거라. 비스코."

"시끄러, 닥치라고!"

국물이 든 그릇을 모랫바닥에 내던진 비스코가 일어섰다.
이를 악물고, 날카로운 눈 속에서 녹색 눈동자를 부들부들
떨었다.

"그렇게 되지 않도록 검문소를 열 개, 스무 개씩 박살내고
여행해 온 거 아냐! 언제나, 언제나 자기 목숨을 남 일 취급하
기는……! 그렇게나 녹슬어서 뒈지고 싶은 거냐고!"

"우효호호…… 여행길은 매번 통쾌했었지. 그때 그 시가의
히에이산에서의 난투, 기억하느냐? 검문소 앞에서 로프웨이
의 로프가 끊어지는 바람에…… 타잔처럼, 이렇게—."

"수학여행을 온 게 아니라고!"

비스코는 격정을 이기지 못하고 자비의 멱살을 잡아 올려
날카롭게 치솟은 시선을 부딪쳤다. 그러나 그 시선도 자비의
포용하는 듯한 부드러운 눈빛에 빨려들어 가자, 결국 비스코

는 입술을 깨물고는 뿌리치듯이 자비에게서 손을 뗐다.

"……늙은이한테 발목 잡혀서 뒈지는 건 사양이야."

비스토는 내뱉듯이 말하고 외투를 당겨서 걸치더니 텐트 밖으로 나가버렸다.

"……다음에 또 쓸데없는 소리를 지껄이면…… 두들겨 팰 거야……!"

자비를 힐끗 바라본 비스코는 텐트 천막을 난폭하게 닫았다. 국물을 쏟은 그릇의 그림자가 불에 비쳐 흔들흔들 춤을 췄다.

"……착한 아이를, 수라로 만들고 말았구나."

자비는 그릇을 정리하면서 고개를 숙인 채 중얼거렸다.

"나는 아마 죽을 게다. 비스코, 갈증에 시달리는 너를 두고."

'그 후에 누군가가……. 부디 누군가가, 너를…….'

마지막까지 말을 잇지 못한 자비는 입을 다물었다. 그리고 그 커다란 검은 눈으로 일렁일렁 흔들리는 불을 빤히 응시했다.

바람이 불며 모래와 함께 비스코의 외투를 걷어 올렸다. 비스코가 살짝 눈을 가리면서 텐트 뒤로 돌아가자 거대한 게가 딱히 묶이지도 않은 채 지루한 듯이 머물고 있었다.

"밥 먹었냐? 아쿠타가와."

비스코가 먹이통 안을 들여다보자 역시 깔끔하게 비어 있었다. 게라는 게 과연 얼마나 스트레스를 받는 생물인지는 모르지만, 아무튼 이 대게, 아쿠타가와는 어느 때라도 제 모습을 잃지 않는, 비스코와 함께 자란 형제나 다름없는 녀석이었다.

"……너는 언제나, 정말이지 스트레스도 없고 마이페이스라서……."

비스코는 아쿠타가와의 배에 기대어 도무지 무슨 생각을 하는지 알 수 없는 게 특유의 표정을 바라봤다.

"부럽다니까. 나도 게로 태어날 걸 그랬어. ……아니, 역시 위에 누가 올라타는 건 사양인가."

아쿠타가와는 그 말을 들은 건지 못 들은 건지 입에서 거품을 뽀글 뿜었다. 그 모습에 살짝 웃은 비스코는 외투로 몸을 덮고 아쿠타가와의 다리에 안겨서 잠시 눈을 감았다.

그때 문득, 뒤쪽에 있던 아쿠타가와가 움찔 하고 움직이더니 일어섰다.

비스코는 즉시 날카로운 사냥꾼의 얼굴로 되돌아갔고, 방심하지 않고 모래에서 일어나 아쿠타가와에게 엎드리라는 신호를 보냈다.

공기를 가르는 듯한 맹렬한 소리…….

소리, 라기보다는 기척에 가까운 것이었지만, 자연술(自然術)이 뛰어난 버섯지기의 감각이 이 환경 속에서 명백하게 이질적인 것을 포착했다.

"뭐지……?"

비스코는 기척이 난 방향으로 눈을 가늘게 떴다.

뭔가 커다란 것이, 아주 조용히 비스코 일행의 캠프를 향해 활공해 왔다.

순간 푸슈욱 하는 작렬음이 비스코의 귀를 찔렀다. 공기를 찢는 기척이 약간 강하게, 피부에 닿는 감촉이 되어 비스코의 감각을 곤두세웠다. 즉시 고양이 눈 고글을 내려 쓰자, 뭔가 하얀 통 같은 것이 연기를 내며 아쿠타가와를 향해 날아오는 것을 알 수 있었다.

"이건……!"

비스코는 즉시 활을 쥐고 모래를 가르며 다가오는 그것을 향해 쐈다. 화살이 빗나가지 않고 하얀 통을 꿰뚫자, 그것은 공중에서 꾸물거리다 모래 위에 격돌해서 굉음과 함께 폭발했다.

"로켓?!"

폭발의 불빛에 비친 비스코의 땀이 반짝였다.

"젠장! 뭐야, 이 녀석?! 아쿠타가와, 자비를 부탁해!"

달려가는 아쿠타가와에게서 전방으로 시선을 돌리자, 로켓의 폭연과 그 너머에서 다가오는 대형 군용기가 동시에 시야에 들어왔다. 모래를 피워 올리며 다가오는 비행물체의 거대한 양 날개 중앙에는 뭔가 꺼림칙하게 꿈틀대는 연체동물이 고개를 꺾고, 머리 양 끝에 솟은 촉각을 곤두세우고 있었다. 짊어진 등껍질 중앙에는 마토바 제철의 별 표적을 본뜬 로고마크가 각인되어 있었다.

"마토바 제철의 달팽인가……! 저런 걸 어떻게……?!"

"비스코—!"

그때 아쿠타가와의 고삐를 쥔 자비가 외쳤다.

"토사물이 올 거다. 아쿠타가와에 숨어라!"

자비의 경고와 거의 동시에, 달팽이의 머리가 화악 부풀어 오르더니 보기만 해도 독살스러운 핑크색 용해액을 비스코를 향해 힘차게 토해냈다. 폭발적으로 내달리는 비스코의 뒤쪽에서 쇠모래가 푸슈욱, 푸슈욱 녹아내리는 소리가 들렸다. 용해액이 바위를 녹이고, 튀어나온 철골을 꾸물텅 구부리면서 도망치는 비스코를 붙잡기 위해 덮쳐 왔다.

용해액이 비스코를 따라잡은 것과, 비스코가 아쿠타가와 뒤로 미끄러져 들어간 것은 거의 동시였다. 아쿠타가와의 등이 쏟아지는 용해액을 맞고 빠직빠직 울며 흰 연기를 피워 올렸지만, 자랑스러운 그의 갑각은 토사물 폭격을 훌륭히 버텨내고 품고 있는 두 사람을 지켰다.

검은 그림자가 배를 드러내며 하늘에서 비스코 일행 위를 지나갔다.

"에스카르고 항공기다!"

자비가 흐물흐물 녹아내린 캠프 텐트를 곁눈질하며 굉음에 지지 않는 목소리로 외쳤다.

"이미하마 자경단의 색이 아니야. 어째서 우리를……."

녹바람이 정밀한 강철 기계를 먹어치워서 바로 못 쓰게 만드는 현대에서 생체 엔진에 이형 생물을 쓰는, 이른바 『동물 병기』를 채용한 현(県)은 많다. 자연 진화한 생물들이 가진 녹바람에 강한 성질을 병기로 바꿔서 기업이 개조 생산하는 것을 그렇게 부른다.

앞선 모래하마병도 그렇지만, 에스카르고 항공기는 그중에서도 꽤 대형인, 백금 달팽이라 불리는 연체동물을 베이스로 한 폭격 전투기로, 무진장한 생체 에너지를 부력으로 바꿔서 상당한 중량의 병기를 탑재할 수 있는 것이 특징이었다.

"온다, 비스코! 저런 중장갑에 활은 통하지 않아. 이미하마까지 가서 거리로 도망치자꾸나!"

선회하여 다시 두 사람을 노리는 에스카르고에게서 로켓이 흰 연기를 내뿜으며 발사됐다. 자비의 화살이 재빨리 그것을 격추하는 것을 곁눈질한 비스코는 어금니를 으득 악물었다.

"무슨 원한이 있어서, 우리를⋯⋯! 끝까지 방해하기는!"

비스코는 내달리면서 에스카르고에게 한 방 먹여주기 위해 에메랄드색 단궁을 당겼다.

초조함과 짜증에 시달린 나머지, 백전연마인 비스코의 마음에 약간 빈틈이 생겼다.

촤악! 하는 소리와 함께, 발에 격통이 스쳤다.

의식을 완전히 에스카르고로 돌렸던 비스코의 발목에, 쇠모래에서 뛰쳐나온 커다란 곰치가 이빨을 힘껏 꽂은 것이다.

예상 밖의 충격에 무심코 화살을 떨어뜨린 비스코를 향해 에스카르고가 조준을 옮겼다. 비스코는 곧바로 곰치에게 주먹을 날려 뭉개버렸지만, 즉효성 마비독이 이미 발목에 스며들고 말았다.

'젠장⋯⋯! 바, 발이⋯⋯!'

에스카르고의 양 날개에 달린 기관총이 비스코를 포착하려던 그 순간, 작은 그림자가 모래 위를 엄청난 속도로 달려 간 발의 차이로 비스코의 몸을 멀리 밀쳐냈다.

"으악……!"

기관총이 쇠모래에 수많은 구멍을 뚫으며 지나갔다. 굉음에 살이 터지는 생생한 소리가 섞여 들리며 핏줄기가 모래 여기저기에 튀어 메마른 소리를 냈다.

에스카르고의 그림자가 통과한 뒤 달빛이 비쳐지고, 쓰러진 작은 그림자에서 외투가 펄럭펄럭 휘날렸다.

"도망치거라……, 비스, 코……."

"으아아아악! 자비!"

부들거리며 외친 비스코를 향해 에스카르고가 다시 선회를 시작했고, 달빛이 달팽이의 머리를 환하게 비췄다.

번뜩!

비스코의 녹색 눈동자가 한층 강하게 빛났다. 노발대발하며 어금니를 부서질 듯이 악문 모습은 아수라도 움츠러들 만큼 맹렬한 살기로 가득했다. 눈 하나 깜짝하지 않고 강궁을 당기자 근육이 채찍처럼 휘어지며 모든 힘을 화살에 모았다.

"너어어어ㅡㅡㅡ!"

포효와 함께 화살이 쏘아졌다. 두꺼운 화살은 한줄기 직선이 되어 날아가 선회 중이던 에스카르고의 옆구리에 꽂혔다. 강철의 독화살은 에스카르고가 자랑하는 장갑의 마토바 제철 로고 마크, 그 별 표적의 중심에 화살촉을 꽂고는 장갑판을 푹푹 찌그러뜨리더니 마침내 콱! 하는 잠긴 소리를 내며 꿰뚫었다. 게다가 놀랍게도 기세가 줄어들지 않고 반대편으로 관통해서 밤하늘 저편으로 사라졌다.

두꺼운 장갑이 강제로 뚫려버린 군용기의 몸이 기역자로 꺾였고, 옆구리에 뚫린 바람구멍을 중심으로 거대한 철구에 얻어맞은 것처럼 우그러들었다.

노린 곳이 교묘하다거나, 위력이 굉장하다거나, 그런 레벨의 화살이 아니었다.

거의 인간의 위업이 아니었다.

옆구리를 뚫린 에스카르고는 기뵤오! 하는 소리로 울더니 핑크색 독액을 흩뿌렸다. 예상치 못한 대미지와 버섯균이 체내를 먹어치우는 감촉에 목을 붕붕 휘두르면서 완전히 제어를 잃었다.

뻐꿈! 뻐꿈! 하는 굉음과 함께 버섯이 피어나며 장갑을 부쉈고, 에스카르고는 몸을 버섯으로 물들이며 추락했다. 그리고 물수제비처럼 몇 번이고 모래 위를 튕긴 뒤에 사막을 50미터 정도 깎아내다가 마침내 폭발했다.

"자비, 자비! 우왓, 피가……! 이봐, 자비, 죽지 마! 정신 차려어!"

비스코는 불타오르는 에스카르고의 불빛에 비친 자비의 작은 몸에 달려들었다. 끈적하고 미지근한 선혈의 감촉을 느낀 비스코는 소름이 끼쳤다.

"우헤헤헤……. 도망치라고 했건만. 저런 걸 화살 하나로, 격추하다니……. 역시, 너는, 나의…… 콜록, 커헉!"

풍성한 백발에 선혈이 튀었다.

"말하지 마, 자비! 당장 이미하마에서 의사를 찾아볼게! 자비를 이런…… 이런 곳에서 죽게 내버려 둘 것 같아!"

"좋~은, 활이었다……."

자비는 꿈을 꾸는 듯한 눈으로 몽롱하게 중얼거렸다.

"그 화살은 말이지, 바로 너다. 비스코. 무엇이든 꿰뚫으며, 나는……."

눈물로 얼룩진 애제자의 눈동자와 눈을 맞추고, 노래하듯이 말을 이었다.

"……활을, 찾거라, 비스코. 너를 쏠, 활을……."

자비의 떨리는 손가락이 비스코의 뺨을 다정하게 어루만지자, 피가 손가락 모양의 선을 그렸다.

그리고 마침내 자비가 전신의 힘을 빼고 의식을 놓았다. 그 가벼운 몸을 끌어안은 비스코는 소리 죽여 울었다. 눈물이 두 방울, 세 방울 흘렀고, 그리고 네 방울이 되자 결연하게 눈물을 닦고 빈사 상태인 스승을 등에 묶은 뒤 이미 달리기 시작한 아쿠타가와의 등에 올라탔다.

"내가 반드시, 구해내겠어……! 죽지 마, 자비!"

이미 앞서 순간적으로 보였던 감상적인 모습은 조금도 보이지 않았다. 비스코는 등에 업힌 스승의 심장 고동을 느끼면서 두 눈에 의지의 불꽃을 피워 올리며 네온사인이 반짝이는 이미하마의 거리를 향해 쏘아진 화살처럼 아쿠타가와를 달리게 했다.

2

밤, 여덟 시가 가까운 시각.

반쯤 슬럼에 가까운 이미하마의 아랫마을은 『인청해탈(人錆解脫)』, 『간락왕생(姦樂往生)』 등, 종교 창관의 기품 없는 네온사인이 이곳저곳에 빛나고, 노천에서 굽는 고기 비계와 창녀의 싸구려 향수 냄새가 좁은 거리에 뒤섞여서 가득 찼다.

인공 향료 냄새가 코가 삐뚤어질 만큼 풍기는 산유자나 뱀굴 상자. 길흉을 점치는 거울집, 갈보집. 그야말로 수상쩍은 주술용 고독(蠱毒) 항아리에 파마(破魔) 향로. 그 옆에는 주변 폐허에서 파낸 만화잡지가 주르륵 놓여 있고, 표지에는 웃는 얼굴의 소년이 하늘을 날며 100만 마력을 주장했다.

그것들을 파는 노점상의 목소리가 들려오고, 오가는 사람들의 이야기 소리가 자연스레 커졌다. 치안이 좋다고는 빈말로도 말할 수 없는 곳이다.

그럼에도 미로는 이 시끄러운 아랫마을의 밤이 결코 싫지는 않았다.

후드를 깊게 눌러 쓰고, 익숙한 발걸음으로 인파를 헤치고 스르륵 빠져나가 거리를 걸었다. 커다란 창관을 하나둘 지나 바로 옆길로 빠지자, 작은 짐차식 포장마차가 『만두』라는 포렴(布簾)을 달고 멀뚱히 세워져 있었다. 뭉게뭉게 피어오르는 증기와 함께 두둥실 풍기는 만두 찌는 냄새가 식욕을 자극했다.

미로는 숨을 한번 내쉬고는 주머니의 동전을 확인한 뒤 포렴 너머로 고개를 들이밀었다.

"안녕하세요."

"어서 옵쇼…… 오, 선생!"

가게 주인이 따분한 듯이 물고 있던 담배를 끄고 단골손님이 온 것에 기뻐했다.

"오늘은 늦었구려. 악어 두 개 따로 놔뒀어."

"오늘은…… 그렇네요. 갯가재도 두 개 주세요."

후드 속에서 조심스럽지만 다정하고 맑은 목소리가 말했다.

"누나의 상태가 좋거든요. 돌아가자마자 먹여주고 싶어요."

"그거 다행이구만."

주인이 찜통을 열자 하얀 증기가 주변에 확 풍겼다.

"선생이 봐주고 있는 데다 우리 만두도 먹고 있으니까. 낫지 않는 병 같은 게 있을 리가 없지…… 자, 악어고기랑 갯가재 된장이야."

미로는 후드 속에서 조금 쓸쓸하게 웃으며 뜨거운 만두가 든 봉투를 건네받은 뒤, 주변을 신경 쓰듯이 약간 목소리를 낮추고 점주의 귓가에 말을 걸었다.

"오늘은, 저기…… 있나요?"

"여기 있네. 선생도 영 이해 못할 사람이야……. 뭐, 나 같은 놈은 의사의 마음가짐 같은 건 모르니까, 선생에게 건네주는 게 제일이긴 하겠지."

점주가 그렇게 중얼거리며 포장마차에서 꺼낸 것은 몇 종류의 『버섯』이었다. 그것을 들어서 미로에게 보여주고, 미로가 끄덕이는 것을 보고는 종이에 싸서 건넸다.

"들키지는 말아줘. 선생이 잡혀가면 이 거리는 끝장이니까."

"고마워요! 이거, 조금이지만……."

"안 돼. 선생한테 돈을 받을 순 없어. 얼마 전에도 딸을 공짜로……."

쉿, 하고 손가락을 입가에 댄 미로는 웃으면서 점주의 가슴 주머니에 동전을 밀어 넣었다.

"약이 떨어지면 또 와주세요. 평소처럼 수요일 개원 뒤에……."

그 말이 끝나기도 전에 갑자기 뒷골목의 어둠 속에서 작은 그림자가 뛰쳐나와 미로가 들고 있던 만두 봉투에 달려들어 강제로 빼앗아갔다. 반동으로 뱅글뱅글 돌던 미로는 달아나면서 돌아본 작은 그림자와 눈이 마주쳤다.

아이였다. 누더기 같은 옷을 입고 부스스한 머리였지만 눈동자만큼은 반짝반짝 빛났다. 아이는 그대로 큰길에 뛰어들어 인파 속으로 사라지려 했다.

"저 아이……!"

"깜짝 놀랐네. 누가 그 꼬마 좀 잡아줘!"

미로는 주인이 외치는 것을 기다리지 않고 외투를 펄럭이며 인파 속에 스르륵 뛰어들어 아이의 뒤를 쫓았다. 아이는 상대가 생각보다 재빠른 것에 당황했는지 귤 상자를 무너뜨리고, 포장마차 지붕을 뛰어넘으며 요란하게 달아나 뒷골목 틈으로 파고들었다.

미로는 약간 뒤늦게 그 어두운 뒷골목으로 들어갔다.

"……막다른 곳?"

미로가 눈을 살짝 가늘게 뜨며 어두운 골목을 들여다본, 그 순간―.

"이얍~!"

조금 전의 아이가 뒷골목에 놓인 전선 위에서 목봉을 휘두르며 뛰어내렸다.

미로는 목봉에 빠악! 하고 강하게 머리를 얻어맞았다. 갑작스러운 아픔에 눈앞으로 별이 튀었고, 무심코 머리를 누르며 웅크렸다.

"아야……야앗…… 쓰읍……!"

"……앗! 여자……?!"

미로는 순간 당황한 아이의 빈틈을 놓치지 않고 곧장 손을 뻗어서 아직 앳된 아이의 손을 잡았다.

"여자를 때리는 남자는 최악이야……!"

그리고 얼굴을 들이밀고 원망스럽게 슬쩍 노려보더니…….

"아하하! 다행이지? 남자라서!"

후드를 벗고 표정을 풀며 터질 듯이 웃었다.

앳된 모습이 약간 남아 있는 아름다운 소년이었다.

조금 겁이 많아 보이지만 짙은 다정함과 풍부한 지성이 깃든 동그란 남색 눈동자. 하얀 피부에 비단결처럼 부드러운 하늘색 머리.

나이는 열여섯, 열일곱 살 정도일까. 미덥지 못한 가느다란 몸에 청량한 목소리가 겹쳐서 아이의 시선이 아니더라도 여자로 착각할 풍모였다. 그 아름다움에 찬물을 끼얹듯 왼쪽 눈주변에 검은 반점이 짙게 남아 하얀 피부와 겹쳐 마치 판다를 연상케 했는데, 그게 묘하게 언밸런스한 애교를 드러내고 있었다.

네코야나기 미로가 《판다 선생》이라는 통칭으로 아랫마을의 사랑을 받는 이유였다.

"너, 전갈 등에에게 쏘였던 걸 내버려 뒀지?"

미로가 가느다란 손가락으로 아이의 앞머리를 들어 올리자, 눈썹 위에 검푸르게 부은 환부가 드러났다.

"역시. 아까 환부가 보였거든. 쏘인 상처에 침이 남아서 독이 스며들면 실명할 거야…… 자, 이리 와."

"우, 우왓! 이거 놔! 뭐 하는 거야!"

미로는 다짜고짜 아이를 끌어당겨서 머리카락을 젖히고는, 열(熱) 메스의 스위치를 켜고 환부를 살짝 찢은 후 농이 섞인 피를 뽑았다. 이후 피부에 박힌 전갈 등에의 침을 입으로 재빨리 뽑아내고 고형 해파리 기름 한 방울을 녹여서 환부에 바른 뒤, 햇빛을 차단하는 검은 반창고 위에 붕대를 재주 좋게 빙글빙글 감아줬다.

정확하고 재빠른 시술. 젊은 나이에 어울리지 않는 훌륭한 수완이었다.

"끝!"

미로는 아이의 머리를 탁 두드리며 웃었다.

"만약 또 부으면 우리 집으로 찾아와. 판다 의원, 여기 거리를 저쪽으로 빠져나가서 막다른 곳을 오른쪽으로 돌면 나오는 철물점 옆집이야."

문명이 어느 정도 형태를 되찾은 이 시대, 이 도시라고는 해도 아직 인간은 소모품이며, 한번 몸이 망가지면 고철처럼 폐기되는 게 일상이다. 그런 가운데 의술은 매우 귀중했는데, 이 미로라는 소년 의사는 아무래도 탁월한 기술을 가진 모양이었다.

"혀, 형."

아이는 조심조심 미로를 올려다보더니 다리에 달라붙어서 동그란 눈동자로 미로의 얼굴을 바라봤다.

"저기, 이, 이거……."

자신에게 내민 만두 봉투를 슬쩍 되밀어낸 미로는 다시 한번 아이의 머리를 쓰다듬었다.

"악어 만두, 내가 제일 추천하는 거야. 맛있어. 자, 이제 가봐!"

미로가 재촉하자, 아이는 몇 번을 돌아보면서 큰길을 향해 사라졌다.

미로는 후련한 얼굴로 아이를 배웅한 뒤, 만족스러운 한숨을 내쉬고는 후드를 다시 쓰고 뒤를 돌아봤다.

그곳에—.

새카만, 빨려들어 갈 듯한 검은 눈 두 개가 미로를 빤히 응시하고 있었다.

미로는 갑자기 심장을 붙들린 것처럼 숨을 삼키고 한발 물러섰다.

거리로는 2미터 정도 떨어져 있을 텐데도 마치 코앞에서 얼굴을 마주하는 듯한, 그런 위압감이 느껴졌다.

"……대개 그런 자선의 마음, 선행이라는 건 부잣집 풍보 꼬마가 치즈버거 피클을 주변에 있는 개에게 던져주며 기쁨에 잠기는 듯한, 자위나 다름없는 유희에 지나지 않아."

짙은 흑안의 남자는 쓰고 있는 챙 넓은 모자를 고쳐 쓰며 말을 이었다.

"하지만 자네의 그건 달라. 네코야나기. 빈곤한 자네가 자기 스스로를 깎아가며 연고 없는 아이를 구한다. 영화였다면 흔해빠져서 지루할 정도로 아름다운 행위지. 이 썩어빠진 도시에 피어난 한 떨기 꽃이라 할 수 있을까."

챙 넓은 모자를 쓴 남자 주변에는 남자 여러 명이 착 달라붙어 경호하며 주변에 눈을 빛내고 있었다. 이질적인 것은, 그 친위대가 쓰고 있는 이미하마의 마스코트 『이미 군』의 복면이었다. 어깨가 벌어진 큼지막한 덩치에 작위적인 미소가 함께 달라붙은 그 모습은 잡다한 이미하마의 아랫마을에서도 한층 이질적으로 보였다.

남자는 우울한 듯이 손을 팔랑팔랑 흔들며 토끼탈 친위대를 살짝 물렸다.

"아니, 정정할까. 내가 관리하는 도시를 썩어빠진 도시라 했으니 말이지."

"쿠로카와, 지사……!"

"서먹하게 부르지 말라고…… 『쿠로카와 씨』라고 부르면 좋잖아."

쿠로카와는 미로에게 성큼성큼 다가와 후드를 벗겼다.

"이것 참, 언제 봐도 예쁘장하단 말이지. 의사 같은 건 때려치우고 배우가 되면 좋을 것을…… 아니, 그건 이쪽 이야기인가. 어디, 그 후에…… 새로운 조제기는 도움이 되고 있나?"

"저기, 조제기 일은, 신세를……."

미로는 눈앞의 남자가 발하는 어두운 기척을 견딜 수 없었다. 한시라도 빨리 벗어나고 싶었다.

"의원에, 누나가 기다리고 있어서…… 빨리, 돌아가야 해요."

"물론이지. 이미하마 굴지의 의사인 자네의 시간을 헛되이 빼앗을 수야 있나. 하물며 그게 이미하마 자경단장, 네코야나기 파우의 치료를 위해서라면야."

쿠로카와는 시선을 미로에게서 결코 떼지 않고, 낮고 침착한 목소리로 말을 이었다. 경박한 말투와는 반대로 웃는 기색은 전혀 보이지 않았다.

"하지만, 이렇게 생각해 볼 수도 있겠지. 과연 어느 쪽이 헛된 걸까? 나와 땅콩이라도 먹으면서 가장 강한 만화 주인공에 대해 의논해보겠나? 아니면…… 아무리 해도 낫지 않는 누나를 위해, 위안을 얻고자 헛되이 온갖 수단을 다 써보겠나?"

"……큭!"

미로는 그 다정한 눈동자에 한껏 증오를 담아 자신의 성역에 성큼성큼 발을 들여놓은 쿠로카와를 노려봤다. 그러나 미로의 마음속에 아무리 원한이 쌓인다 한들, 검은 바다처럼 넓은 쿠로카와의 심연에는 파문 하나 낼 수 없었다.

"이제 그만 성인군자 흉내는 그만두라고. 네코야나기……."

쿠로카와는 거기서 처음으로 입가를 일그러뜨리며 (이걸 과연 웃는다고 부를 수 있을지는 모르겠지만) 웃었다.

"너의 행동은 아름답고, 그리고 헛수고야. 아무리 네가 아랫마을에서 분투한다 해도, 돈 없는 인간은 죽어. 아까 그 꼬마도! 무참하게, 이 도시에 갈취당해서 말이지……!"

거의 울 것처럼 일그러진 미로의 멱살을 잡은 쿠로카와가 얼굴을 코끝이 닿을 정도로 내밀었다.

"현청에서 일해라, 네코야나기……! 너의 기술이 있다면 현 밖에서 얼마든지 환자를 불러올 수 있어. 돈이 어마어마하게 들어올 거다……! 녹병 앰플도 살 수 있지. 그러면……."

마지막 말에 미로의 울먹이는 눈동자가 약한 망설이는 것을 쿠로카와는 놓치지 않았다.

"네 누나도, 살 수 있을 거다……."

그 목소리가 끝난 직후였다.

네온사인이 반짝이는 큰길 영화관에서 군중들의 비명이 울려 퍼졌다. 그와 함께 수많은 손님이 흘러나오더니 네온사인으로 된 『CINEMA』의 E와 M 사이가 부서지며 거대한 버섯이 빠강! 하고 활짝 피었다.

"지사님!"

"아니……?!"

친위대가 미로를 밀어내고 즉시 쿠로카와 주변에 모였다.

버섯은 영화관, 건어물집, 넝마주이, 창관 등의 지붕을 차례차례 뚫고 나와 형형색색의 갓에서 포자를 주변에 퍼뜨리며 사람들의 비명을 일으켰다.

그 버섯갓 위를 재빨리 뛰어넘으며 어둠에서 어둠으로 내달리는 사람이 있었다. 사람들은 마치 환상처럼 보이는 그것을 가리키며 외쳤다.

"버, 버섯지기다!"

"버섯지기가 도시에……!"

"포자를 마시지 마! 녹슨다!"

저마다 그렇게 외치며 도망치자 큰길은 순식간에 대혼란에 빠졌다.

그런 인파를 헤치며 거대한 토끼탈이 그 옆에 검댕투성이가 된 동료를 안고 쿠로카와에게 다가왔다.

"잠깐! 이거 놔, 알아서 걸을 테니까…… 꺄앗! 이상한 데 만지지 마!"

안겨있던 훨씬 작은 체구의 토끼탈은 높고 귀여운 목소리로 주변에 온갖 더러운 욕설을 내뱉다가 쿠로카와 앞에 홱 내동 댕이쳐졌다.

"아프잖아! 조금은 여자의…… 아, 아하하, 쿠로카와 아저씨…… 그 모자 멋지네요."

쿠로카와가 표정 없는 얼굴로 그 토끼귀를 잡아서 난폭하게 뜯어버렸다.

"푸앗!"

벗겨진 마스크와 함께, 세 가닥으로 땋은 머리가닥이 튕겨 나오며 좌우 귀 앞에 내려앉았다.

이마와 목덜미를 가지런히 덮은 짧은 분홍색 머리카락은 화려한 해파리를 방불케 했다. 조금 교활해 보이는 얼굴에 고양이 같은 금빛 눈동자가 반짝여서, 외모만 보면 꽤 귀여운 소녀였다.

"저기, 그게…… 그, 아카보시, 말인데요오."

눈을 치켜뜨며 애교를 부렸지만, 쿠로카와의 위압감 탓에 땀이 배어 나와 가느다란 목을 따라 흘렀다.

"저기, 에헤헤, 처, 처리하지 못해서…… 도시로, 들어와 버렸네요."

"보면 알아, 바보 같은 녀석! 군용기를 써놓고서 사람 한 명도 못 죽이는 거냐?"

"파, 파트너인 영감은, 처리했을 거예요. 기관총의 직격을 맞아서…… 콜록, 콜록!"

쿠로카와가 턱짓으로 신호를 보내자 토끼탈 한 명이 물병을 건네줬고, 분홍 머리 해파리 소녀는 그것을 탐닉하듯이 마셨다.

"……꺼흑. 문제는 아카보시 쪽이라고요. 그런 건 무리예요, 이야기가 다르잖아요! 고작 활 상대라고 해놓고선…… 에스카르고의 배때기에 구멍을 뚫어버린 활이라고요. 그런 건 이미 활이라 부를 수 없잖아요. 벼락이라든가, 번개라고 해야 하는 거 아닌가요?"

"……이봐, 진심으로 하는 말이냐? 아카보시의 화살은 에스카르고를 떨어뜨릴 위력이 있는 건가?"

흥미롭다는 듯이 턱수염을 어루만지는 쿠로카와에게 근처 친위대가 귓속말을 했다.

"저 모습을 보아하니 현청을 지나 북쪽으로 빠져나갈 생각인 모양입니다. 쫓아가서 처리하겠습니다."

"자경단에게 추월당하면 귀찮겠지. 파우에게 붙잡히기 전에 죽여."

쿠로카와는 그렇게 말하다가 문득 말을 멈췄고, 약간 고민한 뒤에 중얼거리듯이 말을 이었다.

"……현청으로, 라~? ……두 부대로 나눈다. 현청 방면에는 7할, 나머지 3할은 아랫마을을 수색하게 해."

"아랫마을, 말입니까."

쿠로카와가 번뜩 쳐다보자 토끼탈은 겁먹은 듯이 경례하고는 곡예사처럼 가벼운 움직임으로 큰길의 건물로 뛰어올라 드문드문 이어지는 버섯의 뒤를 쫓았다.

"저기~, 보험은, 나오는 거죠? 제 에스카르고, 그거 개인 물건인데요……."

"물론이고말고. 부조금에 곁들여서 내주지."

쿠로카와는 품에서 권총을 꺼내 소녀에게 던졌다.

"너는 그대로 아랫마을 쪽에 지시를 내려라. 20명 정도 붙여주마."

"에, 에엑?! 그, 그 아카보시랑 맨몸으로 붙으라는 건가요?!"

"어이어이. 급료는 받았잖아. 계약 위반으로 교수형을 당하는 것보다는 나을 것 같은데."

해파리 소녀는 입술을 깨물고는 「깡패 같으니라고……!」라고 살짝 중얼거린 뒤 벌떡 일어나 달리기 시작했다. 토끼탈 몇 명이 통행인을 밀쳐내며 그 뒤를 쫓았다.

"인사 쪽도 생각 좀 하고 사람을 고용하란 말이야. 나 참…… 그래서, 내가 좋아하는 그는 어디로 간 거지?"

쿠로카와가 말한 그— 미로는, 쿠로카와의 주의가 다른 데로 돌아간 틈을 타서 당황하는 민중들의 틈을 빠져나와 이미 그 마수에서 도망쳤다. 떠나갈 때 미로는 딱 한 번 뒤를 돌아봤고, 멀리서도 검고 빨려들 것만 같은 쿠로카와의 시선을 황급히 떼어내고는 큰길 막다른 곳에서 오른쪽으로 꺾었다.

"지사님. 쫓을까요."

"아니, 내버려 둬."

입가를 즐겁게 일그러뜨린 쿠로카와가 말했다.

"조~금, 놀렸을 뿐이야. 그건 그렇고, 아아~ 이것참……."

쿠로카와는 몸을 돌려 지금은 버섯투성이가 되어 지붕이 엉망진창이 된, 마음에 들던 영화관의 참상을 보며 크크큭 하고 목구멍 속으로 웃었다.

"저질러 주셨구만. 내일부터 『스타워즈』 시리즈 연속 상영이 있었는데."

"……SF 영화, 말입니까?"

"뭐, 됐어."

비위를 맞추기 위해 이야기에 편승하려던 친위대를 거들떠보지도 않은 채, 쿠로카와는 모자를 다시 눌러 쓰고 걸음을 옮겼다.

"한동안은 일이 더…… 즐거울 것 같으니까."

3

『현 서벽으로부터 10킬로미터 지점, 보시는 대로 사이타마 철사막에 중규모의 버섯숲이 확인되었습니다.』

『6월 초순부터 기후현, 타가쿠시현, 이어서 군마현 등에서 연속적으로 벌어진 버섯 테러와 동일범이라는 견해가 강해졌고, 이미하마 현청에서는 테러리스트의 자세한 정보를 군마 현경에 요청했습니다.』

『한편 군마현에서는 테러리스트 아카보시 비스코를 이미 군마 남벽에서 살해했다는 발표가 전날 있었기 때문에, 허위 정보를 의도적으로 흘린 것에 대한 책임 소재를 둘러싸고……』

어두운 방에서 텔레비전의 푸른빛이 단속적으로 침대 위의 하얀 피부를 비췄다.

여자였다.

속옷 한 장만을 걸친 장신은 탄력 있는 근육으로 다져졌고, 강함과 아름다움을 겸비한 모습은 고양잇과 동물을 연상케 했다. 얼굴은 약간 피로한 기색이 엿보였지만 그럼에도 눈동자에는 강한 의지가 번뜩였고, 매끄러운 콧날과 합쳐져서 요염한 아름다움을 갖고 있었다.

그 완성된 아름다움에 그림자를 드리우고 있는 것은 그녀의 반신을 덮은, 그슬린 것 같은 『녹』이었다. 녹은 왼쪽 허벅지에서부터 퍼져서 배, 가슴, 목덜미를 타고 올라…… 잔혹하게도 그 단정한 얼굴의 절반을 뒤덮고 있었다. 겉으로 봐도 알 수 있는 중증 녹병이었다.

여자는 긴 눈썹을 떨면서 눈을 몇 번 깜빡이고는, 텔레비전에서 눈을 돌리고 링거 바늘을 뽑았다.

침대에서 내려와 똑바로 서자, 길고 윤기 나는 흑발이 주르륵 흘러내렸다. 여자는 맨발로 찰박찰박 벽 쪽으로 걸어가서 그곳에 세워져 있는 기다란 몽둥이를 쥐었다.

철곤(鐵棍)— 투박한 육각형 모양으로 길게 뻗어있을 뿐인 쇠몽둥이. 장신인 여자에게 맞춰서 무척 길쭉한 그것은 무게도 4, 5킬로그램은 될 것 같은 물건이었다. 솔직히 여자가 들 만한 무기는 아니다.

그것을 후우웅! 하고 무척이나 절도 있게 휘둘렀다.

풍압으로 인해 방 안의 커튼이 엉망으로 휘날렸다. 철곤은 스치지도 않았건만 방 이곳저곳이 삐걱삐걱 비명을 질렀다.

여자는 호흡을 가다듬고, 다시 한번 연이어 허공을 후려쳤다.

후우웅! 후우웅!

긴 머리는 바람처럼, 철곤은 부채처럼 춤추면서 맹위를 떨쳤고, 방 안을 찌릿찌릿 흔들다가 텔레비전 앞 2센티미터 즈음에서 우뚝 멈췄다.

텔레비전에서는 『긴급속보』라는 커다란 글자와 함께 아나운서가 빠르게 떠들고 있었고, 버섯이 차례차례 피어나는 이미하마의 큰길, 그리고 이미하마의 밤 속을 뛰어다니는 붉은 머리 버섯지기의 모습이 반복해서 비치고 있었다.

"버섯지기. 녹의 원흉, 인가."

여자는 숨 하나 흐트러지지 않고, 여자치고는 낮은 목소리로 중얼거렸다.

"늦지 않았군. 내가 완전히 녹슬어버리기 전에, 아직 곤을 휘두를 수 있을 때……."

여자의 낮은 목소리에서는 냉정하게 있고자 하는 노력과는 반대로, 텔레비전 너머에서 피어난 버섯에 대한 증오, 분노가 억누르지 못할 만큼 배어 나왔다.

일반적으로 이미하마현에서 자경단 같은 무력조직은 범죄나 침략 방지와 함께 버섯의, 나아가서는 버섯지기의 박멸이 기본 이념으로 되어 있는 경우가 대부분이었다.

거대한 벽을 세우면서까지 녹을 두려워하는 시민들의 심리를 생각하면 녹을 퍼뜨리는 원흉이라 불리는 버섯을 들이지 않으려 하는 것은 당연하기도 하고, 또한…….

이 여자는 이미하마 자경단장이었다. 이름은 네코야나기 파우.

"파우! 또 전기를 전부 꺼버렸구나!"

철곤이 후우웅! 하고 허공을 가르며 문을 열어젖힌 미로의 눈앞 몇 밀리미터 지점에서 우뚝 멈췄다. 곤의 압력으로 바람이 불며 미로의 하늘색 머리를 어루만졌다.

"늦었어, 미로."

여자는 철곤을 거두고 굳어진 미로의 코끝으로 얼굴을 내밀더니 예리한 입가에 살짝 미소를 머금었다. 그리고 양팔로 미로의 목을 감싸고는 자신의 가슴팍에 억지로 끌어당겼다.

"자, 잠깐, 파우, 괴롭⋯⋯!"

"또 창녀가 매달렸던 거지? 그러니까 후드를 쓰라고 했는데."

"아니야. 등에에 쏘인 아이를 발견해서, 그래서⋯⋯."

미로는 여자의 품에서 어떻게든 머리만 끄집어내고는 원망스럽게 말했다.

"게다가, 카라쿠사 큰길에 버섯지기가 나타났거든! 굉장했어, 커다란 버섯이 단숨에⋯⋯."

"환자한테 너무 걱정 끼치지 마."

팔을 꽉 조여서 계속 말하던 미로의 입을 막아버린 여자는 조금 전의 예리한 기척이 거짓말인 것처럼 해맑게 웃었다.

"하물며 누나인데."

이미하마 자경단장이자 일등 전사, 네코야나기 파우. 판다 의원의 수재 의사, 네코야나기 미로. 이미하마에 떨어진 두 개의 진주라며 야유를 받는 미모의 남매다.

마주 보면 역시 얼굴이 닮기는 했지만, 눈동자에 깃든 것은 각자 달랐다. 누나는 수라와 같은 맹렬함이, 동생에게는 자모(慈母)와 같은 다정함이 각각 빛나서, 그것은 마치 두 사람에게 주어진 성별을 하늘이 갈아치운 것만 같았다.

미로는 뭔가 오늘 누나가 평소와 다르다는, 이상하게 비장한 느낌이 들어 얌전히 누나의 품에서 머물렀다. 강하지만 부드러운 피부에 감싸인 와중에 때때로 녹슨 감촉이 스르륵 스칠 때마다 미로의 마음은 욱신욱신 아파왔다.

그때, 갑자기 벽에 걸어둔 파우의 제복 주머니에서 경보가 울렸다.

이어서 노이즈 섞인 목소리가 흘러나왔다.

『서이미하마 4구, 현청 방면으로 침입자를 몰아넣은 모양. 2경 3반부터 8반까지 1급 경계로 임해주세요. 반복합니다…….』

"그물에 걸렸구나. 식인종 아카보시."

"파우!"

파우는 곧장 동생의 머리를 놓고는 벽에 걸려 있던 자신의 장비를 난폭하게 벗겨냈다.

목덜미까지 덮는 가죽 수트 위에 세라믹 홑옷, 그 위에 자경단 제복을 걸치면 어지간한 총탄이나 검은 통하지 않는다. 강철 정강이 보호대를 두르고, 검은 머리카락을 뒤로 넘기고 이마에서 정수리까지 덮는 대형 이마 보호대를 매면, 그것이 바로 이미하마가 자랑하는 자경단장, 전사 파우의 정장이다.

"파우, 안 돼! 아직 투약이 안 끝났어!"

누나의 뜻을 짐작한 미로가 필사적으로 매달렸다.

"이제 거의, 심장까지 녹이 닿기 직전인데! 목숨보다 일이 중요하다는 거야?!"

"네가 소중한 거야, 미로. 내가 돌아올 때까지 문을 잠그고,

의원에서 나오면 안 돼. 그리고 지사의 특수부대가 오면—."

"여기서 나가면 안 되는 건 파우잖아!"

좀처럼 듣지 못하는 동생의 큰소리에 파우가 눈을 약간 크게 떴다. 평소에는 어쩔 줄을 모르고 누나에게 밀리기만 하던 동생이, 이번만큼은 눈에 힘을 주고 자기 앞을 가로막았다.

"언제나, 매번 내가 소중하다며 무리만 하고…… 내 마음은 하나도 생각하지 않잖아! 빨리 저기서 자고 있어! 자경단에는 내가 말할 거야!"

"……뭐라, 해도? 아무리 부탁해도, 비켜주지 않을 거야?"

"내가 부탁한다고 파우가 꺾인 적이 있었어? 나도 마찬가지야!"

"……그런가. ……기뻐, 미로……."

파우가 갑자기 동생의 뺨에 손을 대자, 미로가 움찔 하고 움직임을 멈췄다. 파우는 그렇게 잠시, 자애와 슬픔이 섞인 눈으로 미로를 빤히 바라봤고…….

파앙!

뭔가 터지는 소리와 함께, 미로의 목덜미에 급소치기를 날렸다. 몸에 상처를 주지 않고 의식을 빼앗는 달인의 기술이었다.

휘청거리며 쓰러진 미로를 안아 든 파우는 그대로 침대에 눕혔다.

'누가 지켜주지? 내가 죽으면, 그렇게 되면……. 악의로부터, 폭력으로부터, 녹으로부터, 너무나 다정한 이 아이를, 대체 누가 지켜주지?'

파우는 기절한 동생의 아름다운 얼굴을 바라보며 눈꺼풀을 어루만졌다. 그러다 주머니에 든 통신기에서 촌스럽게 경보가 울리자, 파우는 내용조차 듣지 않고 제복 옷자락을 펄럭이며 의원 현관을 지나 밖으로 뛰쳐나갔다.

"……동생한테 급소치기를 날리는 누나라니, 들어 본 적도 없다고!"

미로가 눈을 뜰 때까지는 그리 많은 시간이 걸리지 않았다. 활짝 열린 의원 현관을 본 판다 의원 원장은 걱정스러운 한 숨을 내쉬었다.

확실히 현재 투약 치료로는 누나의 병세 앞에서 위안 수준밖에 되지 않는다. 파우는 그걸 알고 있기에 동생을 위해서 남은 목숨을 던지려 하고 있다. 결정타가 되는 강력한 항체 앰플이 없다면, 의원에 누나를 붙들어두는 것조차 뜻대로 되지 않을 것이다.

'……하지만, 오늘은!'

미로는 조제실로 달려가 이중으로 자물쇠를 걸고 코트 주머니를 뒤졌다.

앞선 버섯 테러가 벌어지는 틈틈이 잽싸게 돌아다니며 눈에 띄는 버섯을 몇 개 채집해 왔다. 형형색색의 버섯 조각을 책상 위에 늘어놓은 미로는 눈을 반짝였다.

"본 적 없는 종류뿐이야……! 이렇게나 많다면 분명히……!"

보아하니 오래 사용한 듯한 가죽제 네모난 가방을 책상 위에 놓고 복잡한 열쇠를 풀어서 열자, 두꺼운 세 개의 실린더에서 배선이 복잡하게 뻗어 나온 투박한 조제 기구가 달그락거리며 세워졌다.

가열기에 불을 붙이고, 실린더에 버섯과 용제(溶劑)를 넣은 미로는 조마조마 서두르는 손짓으로 그것들을 섞기 시작했다.

현지사 쿠로카와의 협박대로 미로가 누나를 구하기 위해서는 정부에서 지급하는 녹병 앰플을 계속 투여할 필요가 있으며, 그것은 막대한 돈이 든다. 도저히 마을 의사인 미로가 구할 수 있는 액수가 아니다.

하지만 그건 어디까지나 정규 수단으로서의 이야기다.

미로가 하는 것은 바로 그 『녹병 앰플 조제 실험』이었다. 국가 기밀 조제법의 해명을 무허가로 시도하는 것은 제1급 반역죄이며, 애초에 고도의 약학 지식이 없으면 할 수 없다.

그러나 이 판다 반점이 있는 소년 의사로 말할 것 같으면, 그는 이른바 천재였다.

유일한 육친, 누나의 녹병을 치료하겠다는 일념으로 진행하는 조제 실험을 통해 오랜 시간 동안 무수한 소재를 시험해봤고, 마침내 일반적으로는 금기에 속하는, 녹의 원흉이라 불리는 『버섯』에서 힌트를 찾아냈다.

"……다 됐다. 이거면, 어떨까……?"

약통 속에 녹색으로 반짝이는 점액질 액체가 뽀글뽀글 거품을 냈다. 손등에 부어서 그 향기를 한번 맡아본 미로는 만족스럽게 끄덕였다.

'환기를 좀 하자.'

축축한 7월 말의 밤이다. 소매로 이마의 땀을 닦고 창문으로 걸어가자, 문득—.

'……열려 있어……?'

밤바람이 불어와 하늘색 머리카락을 어루만졌다. 밤의 미약한 빛이 창문에서 비치고, 커튼이 바람에 흔들렸다. 미로는 약간의 위화감을 느끼면서 조용히 돌아봤다.

번뜩!

그때, 누구라도 움츠러들 만한 살기 같은 것에 꿰뚫리자 소름이 끼치며 움직일 수가 없었다.

'……, ……누군가가, 있어!'

어둠 속에서 번뜩이는 녹색의 빛 두 개가 미로를 빤히 바라봤다. 살기와 흥미가 뒤섞인 그 시선은 미로의 눈을 정면에서 떼어놓지 않고 계속 고정하고 있었다.

"……."

'…….'

"……만가닥버섯 같은 걸 조제해 봤자 대단한 약효는 없어. 먹는 게 나아."

"……아……!"

"조제, 할 수 있는 거지? 너."

큰 보폭으로 슬쩍 다가온 그것이 밤의 불빛에 비치자, 바람이 불어오며 붉은 머리가 휘날렸다. 마치 야생짐승 같은 위압감에 미로는 몸 하나 까딱할 수 없었다.

"자."

"……어, 어?"

"찡그림버섯이야. 치유력은 이게 제일 강해. 조제해줘."

붉은 머리 남자가 손에 든 보라색 버섯을 미로의 가슴에 떠밀며 건방지게 말했다.

"명의라면서. 세 명 협박했더니 세 명 다 여기를 추천하던데."

"아, 안 돼요. 무허가 조제는 버, 범죄라서……."

"방금 했잖아."

"아, 읏……!"

"시간이 없어. 또 이러쿵저러쿵하면, 미안하지만 죽인다."

번뜩이는 목소리에 드러나는, 아주 약간의 짜증. 미로는 그 말에 부르르 떨었고…….

그러다 문득 남자의 뒤에 있던 다른 존재의 냄새를 맡고 입을 열었다.

"살모 부식탄의 냄새…… 에스카르고에게 맞은 건가? 안돼, 바로 붕대 같은 걸 두르면……!"

"뭐라고……?"

"투약만으로 고치려 하다니, 생각이 너무 물러요!"

조금 전까지 공포에 허덕이던 미로의 표정이 서서히 진지한 의사의 모습으로 변해갔다.

"살모탄 조치를 어중간하게 하면 부식이 남는다고요. 약만으로는 안 돼요. 바로 수술하게 해주세요!"

"이러쿵저러쿵하면 죽인다고 했을 텐데?"

"죽을 때까지 말하겠어요. 이대로 가면 저 할아버지는 죽어요!"

느닷없이 미로가 기세를 되찾자 붉은 머리 남자는 눈을 휘둥그레 떴다. 희멀건 외모의 꼬마라고 얕보고 있었던 판다 남자의 혜안과 배짱에 조금 놀란 것 같았다. 빛이 없는 방에서 벽 쪽에 재워둔 자신의 일행이 노인이라는 것, 약간의 화약 냄새만으로 탄의 종류까지 맞춘 것은 역시 의외였던 모양이다.

붉은 머리는 약간 고민하듯이 턱을 긁적였고…… 이윽고 고개를 한번 끄덕이더니 말했다.

"……응. 좋아. 하지만 조제가 먼저야. 몇 분 걸리지?"

"재료에 따라 다르죠. 적어도, 20분은—."

"10분이면 되겠네."

붉은 머리는 책상에 앉은 미로를 보며 창문을 통해 의원 밖을 살폈다.

"……현청 쪽으로 양동을 걸었는데 말이지. 묘하게 경계가 심해. 이 녀석들, 자경단이 아닌 건가?"

타앙! 중얼거리던 아카보시의 말을 가로막듯이 총탄 한 발이 창문에서 날아와 문에 바람구멍을 뚫었다.

붉은 머리는 즉시 벽에 기대놓은 노인을 안고 미로가 있는 책상 쪽으로 뛰었다. 그 발끝을 스치며 무수한 총탄이 창문 부근의 벽에 구멍을 뚫으며 벌집으로 만들었다.

으왓! 하고 무심코 비명을 지른 미로에게 붉은 머리가 검지를 입가에 대고 살짝 고개를 기울였다. 미로는 영문도 모른 채 입을 다물었고, 일단 끄덕끄덕하는 걸 본 붉은 머리는 뭐가 그리 재미있는지 건방진 표정으로 웃었다.

사납게 빛나는 하얀 송곳니가 움찔할 만큼 선명하게 미로의 시야에 새겨졌다.

『아카보시~! 아카보시 비스코~! 버섯 테러 전과 28범임을 감안하여 저항하면 죽이라는 이미하마 현지사님의 전달이 있었다! 벌집이 되기 전에 투항해라—!』

바깥에서 확성기 너머로 노성이 들려오자, 그 아카보시 비스코가 노성으로 돌려줬다.

"인질이 있는데 아무 생각 없이 쏘지 말라고! 멍청이들아!"

미로에게 한번 눈짓을 보낸 비스코가 말을 이었다.

"다음에 쏘면 이 판다 선생의 목을 뜯어버릴 거다!"

짜고 치는 거긴 하지만, 그 말에 미로가 무심코 몸을 떨었다. 2초, 3초. 대답이 없는 바깥 상황을 엿보기 위해 비스코가 몸을 내민 순간—.

타타타타타탕!

무수한 총탄이 폭풍처럼 벽을 뚫고 조제실에 크고 작은 구멍을 뚫었다. 노인과 비명을 지르는 미로를 안고 점프한 비스코는 그대로 조제실의 자물쇠 달린 문을 걷어차 부수고 그 앞의 진료 대기실로 굴러가 엎드렸다.

"망설임 없이 쏴버리는데? 의사 주제에 인망이 없는 녀석이구만."

"그, 그럴 수가……."

시무룩하게 수그린 미로는 이런 사태에서도 놓지 못한 조제기를 품에 꽉 안고 있었다.

"곧 진입해오겠어. 미안하지만 병원, 조금 날려버린다."

"네…… 어?! 지, 지금 뭐라고……?!"

"영감 좀 들고 있어."

비스코는 주저앉은 미로에게 의식을 잃은 노인을 던졌다. 생각보다 더 가벼운 노인의 몸을 미로가 받아내는 사이, 비스코는 등에서 활을 꺼내 적동색 화살을 메겨서 앞쪽 문을 향해 한 방, 이어서 병원 이곳저곳에 두 방, 세 방 연이어 쐈다. 이윽고 벽에 꽂힌 화살 주변에서 붉은색 무언가가 쑥쑥 솟아나며 빠직빠직 천장 기둥을 부수기 시작했다.

"좋아. 가자."

"아, 잠깐만요! 휠체어가 있어요! 적어도 이분을……."

"안 돼. 곧 **피어나**."

"**피어나**……?"

""돌입—!""

그때, 현관문을 부수고 중무장한 복면 거한들이 일제히 들어왔다. 비스코가 당혹스러워하는 미로를 안고 창문을 깨서 의원을 뛰쳐나간 그 순간—

빠각!

어마어마한 굉음과 함께 의원에 거대한 붉은 버섯이 솟아나며 건물째로 꿰뚫고 활짝 피었다. 내부로 돌입했던 토끼탈들은 버섯이 피는 기세에 말려들어 저마다 비명을 지르며 공중을 날았다.

"버…… 버섯……!"

비스코에게 안겨 이미하마 거리의 지붕을 뛰어넘던 미로는 눈앞의 광경에 반쯤 넋을 잃었다. 바로 조금 전까지 아무것도 없었던 공간에 거대한 버섯이 빨갛게 피어나 지금은 하늘 높이 솟아올랐다. 죽음의 바람이 가져오는 공포에 휩싸인 현대에 이만큼 강력한 생명의 분류(奔流)를 목격한 것은 미로에게는 처음 있는 경험이었다.

'아름다워.'

신기하게도 느긋하게 그런 생각을 하면서, 미로는 문득 공중으로 날아오른 판다 의원 간판이 지면에 빨려 들어가는 것을 봤고…… 서서히 표정을 굳혔다.

"아…… 아앗—!"

"뭐야? 시끄럽게."

"벼, 병원!"

"응."

"나의……!"

"그러니까 말했잖아."

비스코는 미안한 기색도 없이 목을 한번 뚜둑 울리고는 버둥거리는 미로를 지붕 위에 내려놓았다.

"미안하지만 어쩔 수 없었어. 저러지 않았다면 너도 뒈졌을걸."

너무나도 심한 비스코의 말에 미로는 다음 말을 잇지 못하고 그저 뻐끔뻐끔 입만 움직일 뿐이었다. 그때 문득 비스코가 재빨리 자신의 몸을 쓰러뜨리며 지붕에 엎드리자, 공중을 나는 헬기의 서치라이트가 두 사람의 몸을 아슬아슬하게 못 보고 지나갔다.

"움직이지 마."

날카로운 속삭임에 미로는 공포로 떨며 고개만 끄덕였고, 도저히 불만을 말할 수 없었다.

비스코는 수그린 채 화살 몇 개를 입에 물고는 멀리 동쪽 거리를 향해 활을 당겨서 화살을 연속해서 쐈다. 화살은 커다란 아치를 그리며 멀리 있는 빌딩 벽에 꽂혀서 뻐끔! 뻐끔! 굉음을 내며 새빨간 버섯을 피웠다.

"바로 들킬 거야. 가자."

헬기 서치라이트가 일제히 미끼로 쓴 버섯으로 향하는 것을 눈으로 좇으며, 비스코는 그렇게 중얼거리더니 노인과 미로를 동시에 안고 뒷골목에 착지했다. 그리고 하수도로 이어지는 맨홀 뚜껑을 들어서 미로를 그 안에 밀어 넣고, 자신도 노인을 안아서 그대로 들어갔다.

"위험한 곳이구만."

비스코는 맨홀 위를 통과하는 무수한 발소리를 들으며 중얼거렸다.

"귀찮아. 현청 특수부대 같은 것들이 튀어나왔어."

하수도 안은 곰팡이 냄새가 약간 코를 찌르긴 했지만 그리 심한 악취는 아니었고, 일정 간격으로 배치된 백색등 덕분에 전망도 꽤 좋았다. 비스코는 조금 전부터 무척 얌전한 판다 의사가 신경 쓰여서 모습을 살피기 위해 사다리를 내려갔다.

'……'

미로에게 다가가려던 비스코는 조금 앞에서 걸음을 멈추고 눈을 가늘게 떴다. 외투와 백의가 차가운 하수도 바닥에 깔렸고, 그 위에 옷이 벗겨진 노인이 누워 있었다.

노인 옆에서는 미로가 진지한 눈빛으로 노인의 몸을 살피며 맥박을 재고, 몸을 촉진하고 있었다. 그 표정은 조금 전 비스코의 품에서 떨던 소년으로는 보이지 않는 진지한 모습이었다.

"어때?"

"여섯 발…… 원래라면 두 번은 즉사할 위력이에요."

미로는 약간 흥분한 듯이, 비스코를 돌아보지 않고 말했다.

"뭐 하는 사람이지……?! 이런 부상인데, 호흡도 맥박도 변하지 않다니……."

"살 수 있겠냐."

"이 앰플에 달렸죠."

미로는 소중하게 안고 있던 조제기에서 보라색 약액으로 가득한 앰플을 꺼내 들어 불빛에 비췄다.

"환부를 절개해서, 탄과 부식을 제거할 거예요. 그 후에…… 이걸 투여하고, 이 사람의 몸이 버텨준다면……."

비스코는 잠시 미로의 옆얼굴을 바라보더니, 아무래도 뭔가 납득한 듯이 고개를 끄덕이며 일어섰다. 미로가 당황하며 쫓아갔다.

"자, 잠깐만요! 어디 가는 거예요?!"

"여기에 그냥 있기만 하면 바로 포위당해. 잠깐 가서…… 녀석들을 교란하고 올 거야. 그 사이에 영감을 부탁한다."

"안 돼요!"

여자 같은 예쁘장한 남자가 예상외로 큰소리를 지르자 비스코도 조금 놀라며 얼굴을 돌아봤다. 미로는 비스코의 얼굴과 목을 빤히 바라본 뒤에 그 가느다란 팔로 외투를 벗기려했다.

"그런 심한 부상으로, 자살할 생각인가요?! 조치를 취하겠어요. 거기 앉아요!"

"나는 괜찮다고, 바보! 영감을 치료하란 말이야! 야, 손 떼!"

"안 괜찮아요! 이런 피투성이인 사람을 내버려 둘 수 있을 리가 없잖아요!"

실랑이를 벌이다가 거칠어진 숨을 가다듬은 미로는 그 다정한 눈동자에 번뜩 하고 최대한의 의지를 담아 비스코를 노려봤다.

"그럼 적어도! 적어도 얼굴의 상처는 꿰맬게요! 아까부터 피가계속 눈에 들어가잖아요. 그래서는 나가봤자 그대로 죽어요!"

그 묘한 기백에 무심코 움츠러든 비스코의 대답도 기다리지 않고 억지로 앉힌 미로는 품에서 의료 키트를 꺼내 주변에 펼쳤다.

다시금 본 비스코의 얼굴은 그 인상 탓에 건강하게 보이긴했지만 찢어진 상처나 쓸린 상처로 가득했고, 이마의 깊게 찢어진 상처에서 피가 왼눈 쪽으로 계속 흐르고 있었다.

미로는 익숙한 손놀림으로 이곳저곳에 있는 피멍을 열 메스로 째서 피를 뽑고, 가장 깊은 이마의 상처를 재빨리 꿰맸다. 연고를 바르고, 붕대는 비스코가 개를 연상케 하는 반응을 보이며 싫어해서 감지 못했지만 그래도 일단 조치를 끝내고 이마에 맺힌 땀을 소매로 닦았다.

그제야 그 동안(童顏)을 반짝이며 방긋! 웃었다.

"네! 끝이에요!"

"……."

"……저기, 아팠……나요?"

"너, 이름은."

"아, 네코야나기…… 네코야나기, 미로예요."

"미로. 저기―."

비스코는 자신을 의아하게 바라보는 동그란 푸른 눈동자와 한동안 눈을 맞추고는, 그리고 해야 할 말을 찾아서 몇 번 고민하고는―.

"고맙다."

어찌어찌 퉁명스럽게 말을 맺고 곧장 일어나 사다리에 발을 걸쳤다.

"저, 저기!"

"시끄럽네, 뭐야!"

"환자분의 이름을, 아직……."

미로는 눈앞의 소년에게 목숨까지 협박당했다는 걸 완전히 잊고 물었다.

"게다가…… 당신의, 이름도……."

"그 뒈지기 직전인 영감은 자비. 나는……."

"……."

"……비스코. 아카보시 비스코야."

비스코는 사다리 위에서 다시 한번 미로를 내려다봤다.

녹색과 파란색 눈동자가 서로를 끌어당기는 신비한 무언가를 찾으려는 듯이 응시했다. 두 사람은 한동안 그렇게 있다가, 이내 비스코 쪽에서 먼저 시선을 떼고 그대로 맨홀 뚜껑을 열고 이미하마의 밤으로 뛰쳐나갔다.

"……아카보시. 비스코……."

미로는 그 몰아치는 붉은 폭풍과도 같은 소년의 이름을 입안에서 중얼거리고는, 한동안 불빛에 흔들리는 하수도 수면을 바라봤다. 그리고 잠시 뒤, 꿈에서 깬 듯이 숨을 삼키고 황급히 자비에게 달려갔다.

4

"단장님, 파우 단장님―!"

자경단이 방어를 굳히고 있는 현청 정문 앞으로 척후가 숨을 헐떡이며 달려왔다. 팔짱을 끼고 입술을 깨물며 상황의 경직에 초조해하던 파우는 옆에서 대기하던 부장을 제지하고 직접 그 젊은 자경단원에게 달려갔다.

"현청까지 이어진 흔적은, 가짜입니다! 아카보시는 지금, 서문 부근에서, 엄청난 난동을 부리고 있습니다!"

"상황은 어떤가? 뭘 봤지? 이봐! 물 좀 가져다줘!"

"아카보시가 상대하고 있던 건, 토끼탈…… 쿠로카와 지사의, 특수부대로 보였습니다. 상당한 숫자였는데, 그런데도 아카보시는 혼자서 대적할 수 있는 모양이라……."

'지사놈. 제멋대로 굴기는.'

칫 하고 혀를 찬 파우에게, 주변의 간호를 받던 단원이 이어서 말했다.

"파우 단장님. 마음을 차분하게 다스리고 들어주세요."

"뭐……?"

"아랫마을에, 엄청 거대한 버섯이 피는 걸 봤습니다."

단원은 두려운 듯이 이를 딱딱 울리며, 그럼에도 마음을 굳게 먹고 말을 이었다.

"거기는, 판다 의원이었습니다! 단장님의 동생분이 있는……."

그 순간, 파우의 전신에서 뜨거운 피가 확 솟구치며, 그 아름다운 얼굴이 순식간에 수라처럼 변했다.

대답 대신 어금니를 으득 악물고, 그 단원을 밀쳐내고는 성큼성큼 큰 보폭으로 걷기 시작했다. 부장이 따라가서 황급히 매달렸다.

"단장님!"

"현청의 경계 레벨을 내린다. 서문 부근에는 2, 3, 4반, 북문으로는 9반을 돌려."

"혼자서 먼저 가실 생각입니까! 상대는 국가의 수배를 받은 대악당입니다!"

"그래서 어쨌다는 거냐……?!"

파우는 끓어오르는 분노와 초조함을 숨기지도 않고 정문 앞에 세워둔 애차, 대형 이륜차에 재빨리 올라탔다.

"내게 의견을 내세우려면 모의전에서 한 판 따고 나서 하도록. 지시는 빠짐없이 수행해라!"

"아, 알겠습니다!"

부장의 대답을 기다리지 않고 순백의 대형 이륜차는 곧장 최대 속도를 내며 달리기 시작했다. 그 위에 올라탄 파우가 철곤을 내려쳐서 지면을 부수자, 바이크는 그 기세를 타고 그대로 이미하마의 밤거리로 뛰어올라 줄지어 있는 주택 지붕 하나에 착지했다.

'미로……!'

파우의 초조감은 그대로 이미하마의 거리를 달리는 흰색 섬광이 되어 멀리서 솟아오른 붉은 버섯을 향해 돌진했다.

지붕 위에 서서 사방을 돌아봤다. 활짝 핀 버섯들이 미약한 빛을 발하며 가로등처럼 마을을 비췄다. 포자가 가루눈처럼 공중에서 날리며 비스코의 피투성이 뺨을 어루만졌다.

그 혼신의 분전으로 이미 토끼탈 부대는 기절해서 주변에 굴러다니는 이들을 남긴 채 대부분 도망쳤고, 대소동이 벌어진 이미하마의 중심에만 기이한 정숙이 찾아왔다.

'자비가 걱정돼. 하수도로 돌아갈까……. 하지만 자경단이 나타나지 않는 건 어째서지?'

비스코는 고민하면서 킁! 하고 코를 훔쳤고…… 조금 전부터 발밑에서 슬금슬금 도망가려고 버둥거리는 조그만 토끼탈의 등을 콱! 밟았다.

"으갸악!"

새된 소리를 지르며 몸을 젖힌 그 토끼귀를 잡아당기자, 복면이 벗겨지며 핑크색 땋은 머리가 어깨에 툭 떨어졌다. 분홍색 해파리 같은 머리를 한 소녀였다.

"자, 잠깐만! 진짜 잠깐만. 나, 나는 반대했거든?! 이런 다정해 보이는 남자가 악당일 리가 없다고. 응? 그런데 말이지, 그 지사가 억지로……."

이마와 목에 굵은 땀이 맺힌 소녀의 일그러진 미소가 조심스럽게 비스코를 올려다봤다.

"야. 너희는 대체 뭐야? 이게 전부냐? 자경단은 어딨지?"

"저, 저기, 이런 가냘픈 여자아이를 죽이면, 꿈자리가 사납지 않을까? 거, 거래하자. 나, 난 이 일을 오늘부로 그만둘 테니까, 그대로 너한테……."

"귀가 막혀서 안 들리나 보구만. 대갈통에 버섯 하나 피워 볼래, 인마!"

"꺄앗! 무서워, 이 녀석 무서워!"

그때…… 밤의 어둠 너머에서 뭔가가 끼릭끼릭 돌면서 달리는 소리가 들려왔다.

귀를 기울이자, 그 끼릭끼릭 소리는 이미하마 번화가 지붕을 계속 뛰어넘으며 이리로 향하는 것 같았다.

'바이크……?'

비스코의 정신이 다른 곳에 팔린 잠깐의 틈을 타서 생쥐처럼 도망친 해파리 소녀를 쫓을 새도 없이, 바퀴가 지붕을 갈아버리는 소리가 한층 강해지더니 밤거리를 비추는 불빛 속에서 대형 바이크가 으르렁대며 뛰어올랐다. 맞은편 지붕에서 일직선으로 비스코를 향해 뛰어오른 그것은 비스코가 대비한 것과 거의 동시에, 비스코를 향해 철곤을 한 번 휘둘러 콰앙! 소리와 함께 기와지붕을 산산이 박살냈다.

순간적으로 물러나 죽음을 피한 비스코의 뺨을 부서진 기와가 스치며 피가 촤악 뿜어져 나왔다.

부서진 기와 부스러기 너머에서, 은색 이마 보호대를 눈부시게 빛내는 여전사의 안광이 비스코를 응시했다. 그 아름다운 몸매와는 도무지 어울리지 않는 철곤을 가볍게 한 손으로 다루며 차체를 틀어 비스코에게 돌진했다.

저돌적인 무사처럼 돌진해오자 비스코는 물러나면서 활을 쐈다. 화살은 분명하게 철곤의 전사를 포착했다. 그러나 까앙! 하고 철곤이 다시 허공을 가르자 화살은 흔적도 없이 사라졌다. 전사가 철곤을 휘둘러 비스코의 강궁을 튕겨낸 것이다. 이어서 두 번째, 세 번째 화살도 번뜩이는 철곤이 족족 튕겨내서 옷에 스친 상처 하나 주지 못했다.

'이 녀석!'

비스코는 다가오는 전사의 기백, 역량을 재고는 즉시 활을 아래로 내려 눈앞의 지붕에 화살을 쐈다. 비스코를 치기 위해 전속력으로 눈앞까지 다가온 바이크는 거기서 뻐끔! 하고 힘차게 피어난 버섯의 충격으로 공중에 한껏 떠버렸다.

"……큭!"

"무섭게 타기는. 면허정지다, 얼간아."

한참 웃던 비스코는 공중에 떠오른 전사가 자세를 다잡는 것을 보고 표정을 굳혔다.

철곤의 여전사가 날아오른 바이크를 발판 대신 삼아 힘껏 박차고 그 기세로 방향을 바꿔 무시무시한 기세로 비스코를 공습한 것이다.

"하아아아앗!"

전사의 몸과 요염한 흑발이 회오리처럼 맹렬히 솟구쳤고, 그와 함께 철곤이 원심력을 싣고 날아왔다. 그것은 칼날처럼 날카롭게 공기를 가르며 활을 방패로 삼아 받아낸 비스코의 옆구리에 꽂혔다. 비스코의 몸은 마치 공을 걸어찬 듯이 날아가서 맞은편 거리에 있는 집의 외벽에 격돌해 커다란 구멍을 뚫었다.

꿍음과 함께 먼지가 피어올랐다. 여전사는 눈을 살짝 뜨고 버섯지기가 사라진 구멍을 잠시 뚫어져라 바라봤고, 철곤을 바람을 가르듯이 가볍게 휘둘렀다.

'방금 공격으로 부러졌을 터……. 식인종 아카보시, 이 정도

인가…….'

약간 실망한 기색이 여전사의 눈동자에 비쳤고…… 그리고 곧바로 급격하게 뜨였다. 뭔가 날카로운 것이 네온사인의 빛을 반사하며 번뜩인 것을 놓치지 않았던 것이다.

끼잉!

철이 철을 꿰뚫는 소리─ 즉시 철곤으로 몸을 지킨 여전사의 눈앞에 검은색 화살촉이 번뜩였다. 발사된 철(鐵)화살이 육각형 철곤을 꿰뚫고 바로 눈앞까지 다가온 것이다.

'이게 사람의 활이냐……!'

전사의 이마에 살짝 땀이 맺혔고, 악문 입에서 으득 소리가 났다.

비스코는 건물의 얇은 지붕을 뚫고 올라와 여전사와 마주보듯이 착지했고…….

"뭐야, 너? 세네."

물어뜯으려는 듯이 웃었다.

"그런 건 어디서 익히는 건데. 이미하마에서는 신부수업으로 곤을 휘두르게 시키냐?"

비스코의 강궁은 위력은 물론이거니와 스피드도 총탄과 거의 다르지 않다. 그걸 정확하게 떨어뜨리는 그 기술, 범상치 않았다.

하물며 그게 여자라면 더더욱 말이다.

"이미하마 자경단장, 네코야나기 파우."

노골적인 도발인지라 여자치고는 낮은 목소리에 약간 노기가 스며들었다.

"투항하고 처벌을 기다려라, 버섯지기. 다음에는 머리를 깨 버리겠다."

장신에 하얀 코트를 나부끼며, 푸른 눈동자에 철곤을 든 파우의 모습은 흡사 서양의 전투 천사를 방불케 하는 용맹함이 어려 있었다. 다만, 언뜻 청렴해 보이는 그 모습과 숨길 수 없는 수라의 기운 사이의 갭이 비스코의 흥미를 자극해서 송곳니가 장난스레 드러났다.

"그런 건 때리기 전에 말하는 거 아닌가?"

비스코는 유쾌한 듯이 웃었다.

"오라를 받아도 죽인다는 표정인데? 내가 부모라도 죽였나?"

"경고했다!"

긴 머리카락이 일직선으로 뻗으며 철곤이 비스코의 발밑을 부쉈다. 바람이 파우의 앞머리를 들어 올려 그 아름다운 얼굴의 녹슨 부분을 드러냈다.

'끔찍하게 녹슬었구만. 다 죽어가면서도 이런 움직임이냐.'

비스코는 내심 놀라면서 연속해서 덮쳐오는 파우의 철곤을 피하며 지붕에서 지붕으로 옮겨가 조금 전 날아가서 굴러다니던 파우의 바이크를 그 완력에 힘입어 마치 4번 타자가 배트를 들듯이 확 들어 올렸다.

"이야아압!"

철곤이 부우웅! 하고 내려쳐지자 비스코는 바이크를 커다란 방패처럼 들어서 튕겨냈다. 2합, 3합 부딪힐 때마다 바이크는 순식간에 움푹움푹 파였고, 마침내 엔진에서 불이 뿜어져 나왔다.

"하아아아아아앗!"

파우의 기합 소리와 함께 내리쳐진 철곤은 어마어마한 위력으로 자신의 애차를 두 동강으로 박살냈다. 그러나 정작 표적이었던 비스코의 판단 역시 빨랐다. 비스코는 즉시 불을 뿜는 엔진 부분을 파우에게 던지고는 잽싸게 활을 뽑아 거기에 쏴버렸다.

커다란 폭발이 두 사람 사이에 일어났다.

어마어마한 충격을 받아 날아간 비스코는 뒤쪽에 있던 오락 시설 건물 옥상 윗부분에 설치된 거대한 볼링핀 마스코트에 부딪혀서 그것을 꿍음과 함께 쓰러뜨리며 흰 연기를 피워 올렸다. 한편 파우도 철곤을 말뚝처럼 지붕에 꽂아서 충격을 견디며 어떻게든 지붕 위에 서서 흰 연기 속에서 힘차게 일어난 비스코를 노려봤다.

스치기만 해도 뼈를 부러뜨리는 필살의 곤. 그 연격이 이렇게까지 막힌 경험은 파우에게 없었다. 파우의 안광에 담긴 살기는 변함없이 날카로웠지만, 경악이 배어 나오기도 했다.

"그렇게나 녹슬었는데 참 대단하다고 말해주고 싶지만. 너무 움직이면 더 빨리 돌걸."

"뻔뻔하기는……! 그렇게 지금까지 지나온 도시들도 녹투성이로 만들어온 거냐!"

"나도 말하기 지겨운데, 버섯은 녹을 퍼뜨리는 게 아니야.

녹을 먹고 자라는 유일한 녹 정화 수단이지."

비스코는 피가 섞인 침과 함께 부러진 어금니를 퉷 하고 뱉어내며 파우를 마주 봤다.

"녹 기운이 짙은 곳을 지나가면서 심었을 뿐이야. 감사를 받을지언정…… 그런 무기로 이렇게 흠씬 두들겨 맞을 짓은 하지는 않았는데."

그야말로 사선(死線)을 연속해서 넘나드는 사투 속에서, 비스코는 유쾌하게 말을 끝맺었다. 파우는 숨을 헐떡이면서 약간 어이가 없다는 듯이 답했다.

"그런 설화 따위를 믿을 것 같으냐……?! 도시를 닥치는 대로 버섯투성이로 만들어서 버섯지기 박해에 대한 복수를 하려는 것이 네놈의 목적일 텐데!"

"아니. 나는《녹식》을 찾고 있어."

비스코는 파우의 시선을 정면에서 바라보며 태연하게 말했다.

"녹식…… 이라고……?"

철곤을 쥔 파우의 눈동자가 흔들렸다. 상대는 빈틈투성이다. 그런데도 눈을 돌릴 수 없었다. 말을 잇는 비스코의 두 눈에서 활활 불타오르는, 악의와도, 살의와도 다른 뭔가 강력한 의지가 파우를 응시하며 철곤을 봉쇄하고 있었다.

"사람이든 기계든, 아무리 깊은 녹이라도 빨아들이는 그런 버섯이야. 그걸로 구하고 싶은 녀석이 있어서…… 계속 여행하고 있지. 곤을 거두고 나를 보내줘. 이미하마에는 볼일도, 원한도 없으니까."

"……시시껄렁한 망언으로 이제 와서 현혹시킬 수 있을 것 같으냐! 준비해라, 아카보시! 나의 곤은 그 위치까지 닿는다!"

'……아카보시의 저 여유는 뭐지……? 내 녹을 보고 동요를 꾀하려는 건가……? 아니, 버섯지기가 뭘 꾸미든 상관없어. 이번에 곤을 휘두르면, 내가 이긴다!'

파우의 고민을 간파했는지 비스코의 입가가 유쾌한 듯이 올라갔다. 그리고 자신을 겨눈 철곤을 노려보며 뭔가 때가 됐다고 느꼈는지 악동 같은 기색을 내비치며 파우에게 말했다.

"근데 뭐, 이미하마에서 수확이 없던 건 아니었다고. 좋은 의사가 있어서 말이야. 신세 좀 졌지."

비스코가 그렇게 말을 꺼내며 파우의 얼굴을 빤히 바라봤다.

"……네코야나기, 라고 했던가? 꽤 닮았네. 너, 미로와 아는 사이냐?"

"미로, 라고?"

저주가 풀린 듯이 정신을 차린 파우의 얼굴에 약간 긴장감이 스치며, 아름다운 푸른 눈동자가 부들부들 떨렸다.

"미로에게…… 미로에게 무슨 짓을 한 거냐. 네 이놈, 미로를 어떻게 한 거냐!"

"뭘 했느냐, 라고?"

비스코는 그 광견 낯짝으로 씨익 웃으며 송곳니를 반짝였다.

"뭘 했으면, 어쩔 건데? 뭘 했다고 생각하지? 나를 뭐라고 부르는지 모르는 거냐?"

비스코의 말을 마지막까지 듣지 않은 파우가 어마어마한 스피드로 뛰어들었다. 수라 그 자체로 변한 파우의 철곤이 바람을 가르며 일직선으로 비스코의 이마를 향해 콰아앙! 하고 떨어져 그것을 수박처럼 깨버렸다……을 터였다.

철곤은 비스코의 이맛살을 살짝 찢었을 뿐, 그곳에 머물고 있었다. 푸슉 하고 뿜어져 나오는 피에 물든 비스코는 송곳니를 드러내며 씨익 웃었다.

"크윽?!"

"바~보."

비스코를 후려쳤던 철곤에서 뭔가 하얗고 동그란 것이 에어백처럼 부풀어 충격을 죽인 것이다. 그것은 철곤 끄트머리에서 손잡이 쪽까지 뻐끔뻐끔 계속 부풀어 오르더니, 빠웅! 하고 철곤을 모판 삼아 동그랗게 피었다.

매끄러운 하얀 표면이 아름다운, 원형 버섯이었다.

'철곤에, 독을……!'

철곤으로 철화살을 정면에서 막았을 때, 강하게 파고든 풍선버섯독은 파우가 곤을 강하게 휘두를 때마다 그 안에서 뿌리를 내렸다. 비스코가 방어전에 전념한 것도, 어울리지 않게 이야기를 오래 해서 시간을 끌었던 것도…… 파우의 철곤에 심은 독이 발아하기를 기다리기 위한 포석이었다.

비스코는 버섯의 충격으로 움츠러든 파우의 빈틈을 놓치지 않았다. 재빨리 품으로 파고들어 명치를 힘껏 걷어차자 파우의 몸이 공중에 높이 떴다.

"철 표면에 하얗게 균사가 떠 있으면, 그게 발아의 사인이거든."

공중에 뜬 파우의 눈에, 활을 당기며 웃는 비스코의 모습이 비쳤다.

"잡담에 어울려주지 않았다면, 네 승리였겠지."

"아카보시이이잇!"

"은퇴해서 시집이나 가라고. 미인이라, 때리기 힘들었거든."

그렇게 말하며 쏜 비스코의 활을 막을 방법은, 지금의 파우에게 없었다. 독화살이 자신의 녹슨 오른쪽 어깨에 깊숙하게 꽂히는 걸 본 파우의 의식이 격통으로 일그러지며 하얗게 날아갔다.

'미로……! 그 아이는, 그 아이만큼은……!'

눈을 감고 정신을 잃으며 떨어지는 파우를 지붕 한두 개를 뛰어넘어 끌어안은 비스코가 약간 자세가 무너지면서도 어떻게든 착지했다.

"겉보기보다 무겁네. 이 녀석."

비스코는 파우를 어깨에 둘러메고 뒷골목으로 뛰어내려 달리려다가…… 문득 파우의 윤기 나는 흑발이 바닥에 끌리는 것이 아깝다고 생각했다. 그래서 마지못해 몸을 앞쪽에, 머리도 정중하게 양손으로 다시 안은 뒤에야 겨우 쏜살같이 뒷골목을 내달렸다.

5

"움직이지 마."

목덜미에 닿는 싸늘한 살기에 비스코는 무심코 움직임을 멈췄다.

"인질을 놓고, 양손을 들어라."

뒤에서 노린 것 같다. 숙련된 적의 기척에 비스코의 표정이 굳어졌다.

파우와의 싸움으로 시간을 꽤 낭비하는 바람에 다른 자경단원이 모이는 기척을 느낀 비스코는 거미집처럼 펼쳐진 아랫마을 길을 달려 자비를 두고 온 하수구로 서두르는 중이었다.

보험 겸 인질로 삼기 위해 잠든 파우의 몸을 안고는 있었지만, 아무래도 자신을 노리는 기척은 상당한 실력자라 잔재주 같은 흥정이 먹힐 상대로 보이지 않았다.

비스코는 지시대로 인질을 놓고, 천천히 양손을 들어서…….

탁! 하고 지면을 박차며 뛰어올랐다. 그러면서 막 뽑은 도마뱀 발톱 단도를 번뜩이며 몸을 휘리릭 비틀어 살기를 뿜은 주인의 목덜미를 향해 휘둘렀다.

끼잉!

필살의 공격을 막아낸 것은, 똑같은 도마뱀 발톱 단도였다.

단도 너머의 복면에서 번뜩이는 눈을 본 비스코는 소리를 지르려던 자신을 황급히 억눌렀다.

"……으, 아……!"

"우효호호! 병상에서 막 일어선 늙은이에게 가차 없구만."

"자비!"

비스코는 무심코 눈을 크게 뜨고 외쳤다. 복면을 벗고 껄껄 웃는 스승에게 비스코는 뭐라 처음 말해야 할지 몰라서 입만 뻐끔뻐끔 움직일 뿐이었다.

"우…… 움직일 수 있어?! 상처는 어때?!"

"뭐, 보다시피 이렇지. 총알이 여섯 발 들어 있었다는구나."

자비는 그렇게 말하며 옷자락을 들어서 꿰맨 상처를 비스코에게 보여줬다.

"……야, 이 망할 영감탱이야! 결국 죽지 않을 거면 처음부터 건강하게 있으라고!"

"바보 같은 소리 마라, 그거 죽는 줄 알았다. 그 판다 애송이의 실력이 없었다면 나도 여기까지였겠지. 하지만 뭐, 살아 있는 나도 나대로 굉장하지 않느냐?"

"……바보…… 그런, 유언 같은 소리를 하니까, 나는……!"

비스코는 험상궂은 얼굴을 구기면서 가슴속에서 북받치는 것을 필사적으로 참았다.

원숭이처럼 뒷골목을 뛰어다니는 자비를 쫓아가다 이제야 겨우 따라잡은 미로는 비스코의 그 표정을 목격하고 무심코 우뚝 멈춰 섰다.

식인종 아카보시가 흘리는 눈물은, 이 흉포한 버섯 테러리스트의 가슴속에 따스하고 소년다운 다정함이 숨 쉬고 있다는 것을 알려주었기에, 미로는 뺨의 힘을 약간 풀었다.

"······미로. 너, 해준 거냐."

"아뇨! 할 수 있는 걸 했을 뿐이에요. 아카보시 씨의 앰플이 통했어요!"

"은인에게는 의리를 지키는 게 버섯지기의 철칙이야. 내가 할 수 있는 거라면 뭐든 말해."

"그런, 저는 그저······."

미로는 쑥스러운 듯이 비스코에게서 시선을 약간 돌렸다가 바로 근처에 쓰러져 있는 장발의 여전사를 발견했다.

"······아앗! 파우!"

"역시 아는 사이냐."

비스코는 고개를 끄덕이더니 여자의 몸을 일으켜 세워서 벽에 기대게 했다.

"마구 날뛰어대서 수면독을 먹이긴 했지만, 자고 있을 뿐이야."

"누나예요. ······수면독이라니, 아카보시 씨가 이겼나요?! 파우에게?!"

"이 녀석의 녹에는 아직 버섯이 통해. 아까 자비에게 투약한 걸 써."

비스코가 말을 끝내기도 전에 자비가 폴짝폴짝 다가가 남은 찡그림버섯 앰플을 파우에게 주사했다. 보라색 약액이 녹슨 어깻죽지에서 몸으로 빨려 들어가자 파우는 살짝 눈썹을 찡그렸지만, 이내 조용하고 편안한 호흡을 되찾았다.

"괴······ 굉장해······!"

버섯지기의 지식이 만들어낸 앰플의 약효는 미로의 재능으로도 조제한 적이 없는 근사한 것이었다. 지금까지는 괴로움을 억누르기 위해 자던 누나가 이렇게나 평온하게 잠든 모습을 보게 된 미로는 자신의 마음속에 새로운 결심이 솟아나는 걸 느꼈다.

"비스코, 멍하니 있지 말거라. 자경단의 이구아나 기병이 여기까지 왔더구나. 이제 5분도 걸리지 않을 게야. 다음에 포위되면 도저히 빠져나갈 수 없어."

"알았어. 북문은 바로 근처야. 가자!"

"응. 내가 막고 있으마. 갔다 오거라."

"그래…… 아앙?!"

힘차게 달려가려던 비스코는 스승의 생각지도 못한 대답에 몸을 돌렸다.

"뭘 막고 있겠다는 거야?! 네놈이 안 오면 의미가 없잖아!"

"조금은 생각해봐라. 총알을 여섯 발이나 얻어맞은 늙은이가 바로 여행을 갈 수 있을 리가 없잖느냐."

"생각해봐야 하는 건 네놈이야, 이 영감탱이야! 조제는 어쩔 거야! 《녹식》을 찾아봤자 그 자리에서 조제할 수 있는 녀석이 없으면……!"

자비는 흰 수염을 어루만지며 장난스러운 눈동자로 시선을 비스코 옆으로 던졌다.

비스코가 천천히 자비의 시선을 따라갔다. 그곳에는, 긴장감에 몸을 굳히며 우두커니 서 있는, 동안의 판다 의사가 있었다. 비스코의 시선을 받은 미로는 침을 한번 삼키고는, 그럼에도 최선을 다해 눈동자를 돌리지 않고 받아냈다.

"큭, 노망났냐?! 자비!"

"아카보시 씨! 저도! 저도 데려가 주세요!"

소매에 달라붙는 미로가 생각보다 힘이 있어서, 비스코는 그를 떨쳐내지 못하고 그저 경악해서 입을 벌렸다.

"앗, 이거 놔, 인마! 이 영감탱이한테 뭔가 들은 거구나!"

"들었어요, 《녹식》에 대해서! 도움이 될 거예요. 조제도 할 수 있고, 당신의 상처도 치료할 수 있어요!"

"바보 자식아! 너처럼 잠깐만 눈을 떼면 죽어버릴 것 같은 녀석을 누가 데려간다는 거야!"

"방금 뭐든 소원을 들어준다고 했잖아요!"

"나는 램프의 요정이 아니야!"

비스코는 눈을 부릅뜨고 열화와 같이 미로에게 고함쳤다.

"너 같은 도시 태생의 꼬마가 살아갈 수 있을 만큼 벽 바깥은 무르지 않아! 그 새하얀 팔 한두 개로 끝날 이야기가 아니라고!"

"그게 어쨌다고!"

미로는 용기를 쥐어짜서 눈에 힘을 한껏 담아 되받아쳤다.

"누나를, 유일한 육친을 구할 수 있을지도 몰라. 팔 같은 건 내어 주겠어. 목이 날아간다 해도 상관없다고!"

미로가 전력을 다해 본심을 외치자 비스코의 강철 같은 마음이 빠지직 균열을 일으켰다.

입을 일자로 다물고, 두 눈을 부릅뜬 채 미로의 멱살을 잡아당겨 눈동자를 들여다봤다.

지금까지 자비 말고는 아무도 비스코의 파트너를 맡지 못했다. 그 야생마 같은 강철의 의지력은 아무리 무용이 뛰어난 버섯지기도 안장에서 떨어뜨려 왔다.

하물며 눈앞에서 떠는 이 소년은 녹바람이 불면 날아갈 만큼 가느다랗고, 활도 당기지 못하고, 게도 탈 수 없다. 희멀건 도시 소년에 지나지 않는다.

하지만, 그 눈동자만큼은……

저 투명한 푸른 눈동자만큼은, 갈등 속에서 떨면서도, 그럼에도……

비스코의 비취색 눈동자를 강하게 끌어당기며, 항성처럼 타오르는 의지로 반짝이고 있었다!

"2반, 3반, 산개! 북문으로 돌아 들어가라!"

"비스코! 자경단이다! 이제 망설일 여유는 없다고!"

비스코는 크게 숨을 한번 들이쉬고 3초간 명상했다.

그리고 눈을 뜨자, 격정을 각오로 바꾼 버섯지기의 일등성 같은 날카로운 얼굴이 그 자리에 있었다. 있는 힘껏 숨을 내쉬고, 몸을 떨면서 자신을 바라보는 미로에게 날카로운 안광을 발하며 입을 열었다.

"죽고 싶지 않으면 말 잘 들어. 버섯지기의 여행은 기본적으로 파트너끼리, 2인 1조다. 한쪽이 죽으면 그대로 길동무야."

"아카보시 씨!"

"그리고! 그거, 그 더럽게 귀찮은 존댓말은 때려치워! 파트너는 항상 대등해. 나는 비스코! 너는 미로! 알겠냐?!"

"알겠습……"

비스코가 바로 노려보자, 미로는 황급히 입을 막고 터질 듯한 미소를 지으며 말을 고쳤다.

"알았어, 비스코!"

"우효호호!"

자비가 지붕 위에서 드높이 웃었다.

"새로운 태그가 탄생했구나. 자, 이제 가거라!"

다가오는 자경단, 이구아나 기병의 길을 막기 위해 자비가 쏜 버섯 화살이 뻐끔! 뻐끔! 하고 피어올라 이미하마의 밤에 다시 소란을 불러일으켰다. 멀리 뛰어가는 자비에게 뭔가 말하려던 비스코는 왠지 말하기를 망설였고, 이내 그만뒀다.

"야, 너. 누나는 어쩔 거야. 이대로 재워둘 거야?!"

"괜찮아! 자경단 사람이 확실히 보호해 줄 거야. 파우치에도 버섯 앰플을 잔뜩 넣어놨으니까! 아, 그래도……."

"평생의 이별이 될지도 몰라. 시간은 없지만, 얼굴 정도는 잘 봐놔."

미로는 고개를 끄덕이고는 숨소리를 내며 잠든 누나에게 다가가 자신이 팔에 차고 있던 가죽 팔찌를 누나의 팔에 채워줬다.

"몇 번이고, 몇 번이고…… 나를 지켜줬어. 내 방패가 되어주었어. 그러니까 한 번 정도는, 내가 파우를 지켜줘도, 파우를 위해 상처를 입어도, 되겠지……?"

잠든 누나의 얼굴에 자신의 이마를 대고, 잠시 눈을 감았다.

"내가 꼭, 꼭 구해줄 테니까. 기다려줘, 파우, 누나……."

미로는 잠시 그대로 애정을 확인하듯이 누나를 안았고……

문득 떠올랐다는 듯이 황급히 뛰어올라 비스코를 돌아봤다.
새로운 파트너는 손목시계를 핏발 선 눈으로 쳐다보며 엄청나
게 침착성 없이 주변을 돌고 있었다.

"끄, 끄, 끝났어, 비스코! 이제 됐어!"

"늦어어어어어어어어, 이 멍청아—! 시작하기도 전에 끝낼
셈이냐!"

미로의 말을 듣자마자 황급히 팔을 잡아당기고 우뚝 솟은
북문을 향해 달려갔다.

"미로, 라는 거 말야."

문득 돌아본 비스코가 물었다.

"그, 코코아 같은 그거냐? 우유에 타 먹는……."[#4]

"웅! 강한 아이의 미로[#5]. 엄마가 지어줬다고……."

"켁, 강한 아이의, 미로라……."

비스코는 달리면서 보라색 화살을 메겨 벽 앞쪽 지면을 향
해 쐈다. 화살독은 바로 균사를 퍼뜨려 주변 지면을 서서히
보라색으로 물들였다.

"……나쁜 이름은, 아니네!"

미로의 몸을 안은 비스코가 힘껏 화살을 밟고 뛰자, 뻐끔!
하는 커다란 충격과 함께 거대한 새송이버섯이 피었다. 그걸
타고 뛰어오른 두 사람의 몸이 이미하마의 밤하늘을 춤추며
그대로 높은 벽을 넘어 새로운 지평선을 향해 날았다.

#4 그, 코코아 같은 그거냐? 우유에 타 먹는……. 세계적 식품업체인 네슬레에서 판
매하는 코코아맛 분말 제품, 마일로(Milo). 일본에서만 「미로」라고 부른다.
#5 강한 아이의 미로 일본 마일로의 캐치프레이즈.

JAPAN

통뱀 서식지

코나키 유곡

골탄맥 광차 루트

토부 시라카바선

북시모부키 습지대

반료지 총본산

시모부키

일본 육군
미야기 기지

북미야기 대건원

이미하마 자경단
시모부키 주둔지

오로치 임도

이미하마 고속도로

후키누마

철인의 도시

칸베로
패각사해

전체 축소도

푸르고 맑은 하늘에 뭉게구름이 뭉게뭉게 하늘 높이 피어 올랐다.

때때로 조각구름이 강하게 비치는 햇살을 가렸고, 바싹 마른 바람이 땀투성이 몸을 식히며 불어왔다.

토치기, 《우키모바라(浮き藻原)》.

이미하마 북부에 펼쳐진 고원, 이름의 유래이기도 한 《부조(浮藻)》는 봄부터 여름에 걸쳐 힘차게 피어나 구슬 모양이 되어 둥실둥실 공중에 뜬다. 그것들이 낮 동안 빛을 모아놨다가 밤에 부드럽게 발광하는 모습은 꽤 아름다워서 여행자의 마음을 달래주지만, 이 길을 가는 거친 현상범들은 대개 그런 풍경을 그다지 흥미의 대상으로 삼지 않는다.

"……다행이네. 쫓아오지 않는 것 같아."

"덥다고! 알았으니까 달라붙지 마! 너 불가사리냐!"

뒤에서 필사적으로 따라오는 미로에게 비스코가 소매로 땀을 닦으며 대답했다.

열을 품고 떠 있는 부조에 더해서 발밑에 싹튼 새싹, 주변에 굴러다니는 자동차나 전차 등의 고철이 여름 햇빛을 받고 타오르는지라, 두껍게 입을 수밖에 없는 비스코는 굵은 땀방울을 흘리고 있었다.

"내 견해로는, 버섯 앰플 덕분에 파우는 석 달 정도는 버틸 수 있을 거야. 문제는 자비 씨 쪽인데, 벽 안에서도 한 달 정도가 한계라고 생각해."

비스코는 미로를 번뜩 쳐다보고는, 움찔거리는 미로에게 계속하라는 듯이 고개를 끄덕였다.

"자비 씨의 말대로 아키타의 비경(祕境) 같은 곳에 녹식이 있다 치더라도, 걸어서는 도저히 시간에 맞출 수 없어. 그렇다고 차 같은 걸 타고 갈 수 있는 여행길은 아니고, 이미하마 고속도로를 타면 바로 자경단한테 잡힐 거고……."

"너, 내가 싸우기만 하는 바보인 줄 아냐? 그런 건 알고 있어. 생각도 없이 뛰쳐나왔을 리가 없잖아!"

"뭔가 아이디어가 있는 거구나!"

비스코는 살짝 투덜거리고는 허리춤의 파우치에서 접힌 지도를 꺼냈다. 그것을 들여다보는 미로에게 알려주려는 듯이 상처투성이 손가락으로 지도를 가리켰다.

"아시오 골탄맥(骨炭脈) 말단이 마침 이 북쪽 부근까지 뻗어 있어. 탄광 안에 있는 가장 긴 광차(鑛車)선이 여기 이 산 남부까지 이어져 있다고 해. 잘 옮겨 타면 이틀도 걸리지 않을 거야."

"아시오의 탄광이라니……."

미로의 표정이 서서히 의심스럽게 흐려졌다.

"골탄맥 안을 지나간다는 거야?! 그, 그건, 비스코! 아무리 그래도 무모해!"

아시오 골탄맥이란 도쿄 폭재(爆災) 후에 나타난 새로운 연료 자원『골탄』의 채굴원으로 번영했던 일본 유수의 탄광지대를 말한다.

골탄이란 주석이나 석탄 등의 광물이 녹바람에 맞아 변질된 신세대 연료로, 뼈처럼 하얀 외관에서 그렇게 부른다는 둥, 철인에게서 튀어나온 뼈를 모판으로 삼아 발생한 거라는 둥 이름의 유래는 여러 설이 있지만, 아무튼 현재 많이 쓰이는 일반적인 연료 중 하나다.

일찍이 그 광대한 광맥 채굴권을 둘러싸고 토치기, 니가타, 후쿠시마 등의 현이 서로 다퉈가며 탄광 확대 개발을 진행했지만, 그것도 탄광 내부에 늘어난 이형의 진화생물이나 분출하는 유독가스, 빈발하는 폭발 사고 등이 겹쳐서, 현재는 모든 현이 광맥에서 손을 뗐다.

지금은 그저, 광차 터널이 뚫려 구멍투성이가 된 산맥이 천연 화약고로서 머물고 있는…… 그것이 아시오 골탄맥의 현재였다.

"골탄맥에 숨어 있는 쇠쥐는 무시무시하게 흉포하다고 하잖아. 집단으로 몰려와서 갉아먹으면 뼈만 남을 때까지 10초도 걸리지 않는댔어. 아무리 비스코가 강해도 우리만으로 그런 걸 상대하기에는……."

"누가 둘이서만 간다고 했어."

"에엑?! 그치만, 달리……."

그제야 미로는 비스코가 자기 말을 건성건성 들으면서 조금 전부터 주변을 두리번두리번 살피고 있는 것을 깨달았다.

"저기, 비스코. 아까부터 뭘 찾고 있어?"

"그 세 명째지. ……지금 찾았어."

비스코가 손피리를 삐익! 불자, 갑자기 눈앞의 흙이 화악 솟구치더니 거대한 게가 두 사람 앞을 가로막으며 햇살을 가렸다.

오렌지색 갑각이 햇살에 눈부시게 반짝였고, 들어 올린 왕집게발은 자동차 정도는 간단히 뭉개버릴 수 있을 만한 박력과 위용을 자랑했다.

"우와, 와, 와아악!"

"바보. 아군이야."

무심코 비스코 뒤에 숨은 미로를 팔꿈치로 찌른 비스코는 기뻐하며 대게에게 다가가서 등껍질에 묻은 흙을 세심하게 털어줬다. 그에 저항하지 않고 몸을 맡긴 대게의 모습에 미로도 조금씩 경계를 풀었고, 그래도 여전히 약간 아연실색한 채 비스코에게 물었다.

"이…… 이 게, 비스코의, 친구야?"

"형제야."

대충 흙을 털어낸 비스코는 커다란 다리를 타고 올라가 등에 설치된 안장에 탔다.

"쇠꽃게, 아쿠타가와. 벽 동쪽에서 우회해서 오라고 했어. 이 녀석, 더위를 싫어해서…… 흙 속으로 파고들었을 것 같아 찾고 있었지."

쇠꽃게는 그 이름대로 무척 단단한 갑각을 가진 대형 게다.

강인한 몸과 다루기 쉬운 성격 탓에 바다 근처 현의 자경단이 동물병기로 채용하기도 했고, 아쿠타가와도 그 후예로 보였다. 대포나 기관총을 짊어지고 산간, 늪, 사막 등 장소를 가리지 않고 행군할 수 있는 쇠꽃게의 돌파력은 굉장해서, 그 갑각과 강인한 집게발을 사용한 공격이 어우러져 한때는 무적의 병과로 불리기도 했을 정도다.

그러나 오키나와 게병 부대가 큐슈로 행군할 때 이상기후로 인해 게가 좋아하는 밀새우가 대량 발생한 바람에 모든 병사가 바다로 뛰어들어 돌아오지 않았다는 참으로 어처구니없는 일화 탓에 현재 자경단에서 쇠꽃게를 보는 일은 거의 없어졌다.

"탄광에 숨어든 타입의 동물은 이빨이나 독이 통하지 않는 상대는 절대로 덮치지 않거든. 어떤 곳이라도 걸을 수 있고, 힘도 중장비보다 강한 아쿠타가와는 우리의 히든카드야. 너도 빨리 친해지라고."

다시금 아쿠타가와의 위용을 바라보니 왼쪽의 왕집게발이 흉악해 보였지만, 얼빠진 듯한 애교 있는 얼굴에다 심심한지 조금 전부터 흙을 파는 모습도 더해져 꽤 귀엽게 보였다.

자신에게 손을 내민 비스코에게 조심조심 접근한 미로가 그 손을 잡자, 순식간에 비스코의 옆, 아쿠타가와의 오른쪽 어깨 안장으로 끌려 올라와서 그곳에 툭 앉혀졌다.

"우와앗! 굉장해……!"

아쿠타가와 위에서 바라보는 경치는 푸르게 우거진 우키모

바라 초원을 멀리까지 내다볼 수 있는 웅대한 광경이었다. 미로는 조금 전까지의 공포도 잊고 무척 기뻐하며 앞으로 몸을 내밀어 아쿠타가와의 얼빠진 얼굴을 들여다봤다.

"네코야나기 미로라고 해! 잘 부탁해! 아쿠……."

미로는 자기소개를 끝내지 못했다. 아쿠타가와의 오른쪽 집게발이 옷깃을 홀쩍 들어 올려서 그대로 머나먼 전방을 향해 대충 던져버렸기 때문이다.

"우와아앗──!"

"아, 아아앗! 바보, 아쿠타가와 너!"

아쿠타가와에서 내린 비스코가 멀어지는 비명과 함께 포물선을 그리며 떨어지는 미로를 황급히 쫓아갔다. 주변에 우거진 부드러운 부조 덕분에 다치지는 않은 모양이지만, 뾰로통하게 부푼 입술을 깨물고 울상을 지은 미로의 얼굴을 보자 정신적인 대미지를 입은 것을 쉽게 짐작할 수 있었다.

"……미움 받았어."

"……. 큭, 크히히힛……!"

그 침울한 말투에 비스코도 결국 참지 못하고 배를 잡고 웃었다. 그러다가 원망스러워하는 미로의 시선을 받고 황급히 헛기침을 하며 말했다.

"바보야, 그 정도로 침울해하지 마. 너도 모르는 게가 등에 올라타면 내던질 거 아냐. 저 녀석도 게 나름대로 자존심이 있다고. 서로 익숙해질 수밖에 없어."

"그의 자존심과 내 목뼈 중에 어느 쪽이 먼저 꺾일까?"

"상상 이상으로 말이 많은 판다구만."

비스코는 팔짱을 끼고 잠시 고민했지만, 느긋하게 다가온 아쿠타가와의 어깨에 있는 자루와 미로의 백의를 비교하며 혼자 끄덕였다.

"아무튼 아쿠타가와를 타지 않으면 탄광도 지나갈 수 없어. 좋아. 우선 옷부터 갈아입자고. ……그러고 보니 아쿠타가와, 의사를 싫어했었지."

버섯 균사를 섞어서 만든 불가사리 가죽 바지와 튜닉, 살무사 가죽 부츠. 허리에는 버섯독 약통을 꽂은 앰플집과 도마뱀 발톱 단도 두 개, 잡다한 도구를 쑤셔 넣은 파우치가 두 개. 벨트에는 화살통을 칼집처럼 꽂고, 자주 입은 흔적이 보이는 무두질한 버섯 외투를 목부터 걸치면 이것이 전신을 녹의 위협에서 지켜준다. 어엿한 버섯지기의 정장이다.

미로에게 이 세트를 입혀주자 백의를 입었을 때보다는 약간 사납게 보여서, 비스코가 봐도 의외로 잘 어울렸다.

실제로는 미로도 비스코의 생각만큼 허약하지는 않았고, 어린 시절부터 파우와 단련을 해온 덕분에 게를 탈 수 있는 몸의 기본만큼은 되어 있는 것 같았다.

그걸 그대로 전해주자, 미로는 만면의 미소로 기뻐하며 아쿠타가와에 올라탔고…….

약 세 시간 뒤.

"우와아아———앗! 멈춰줘———엇!"

이제 몇 번째인지 모를 미로의 비명이 드넓은 우키모바라에 메아리쳤다.

비스코는 주먹 크기 정도의 쇠항아리를 모닥불에 걸면서 미로를 곁눈질하며 어드바이스를 했다.

"꺾을 때 겁먹고 체중을 반대로 실으면 아쿠타가와가 화낸다고! 그 녀석을 믿어, 움직임을 제어하지 마."

"그야 말하는 바는, 이해하지만~!"

"그럼 나머지는 익숙해지면 돼. 괜찮아, 네 목뼈가 이길 거야…… 아마도."

미로는 몇 번이고 지면에 내동댕이쳐져서 진흙과 긁힌 상처 투성이가 된 얼굴에 땀방울이 맺힌 채 아쿠타가와의 안장에 가녀린 몸으로 기어올라 어떻게든 다시 고삐를 잡았다.

'조, 조금은, 제대로…… 옆에서, 가르쳐줘도 될 텐데!'

비스코는 멀리서 계속 뭔가 불을 피우고 있었다. 너무나도 방임주의인 그를 원망스럽게 곁눈질하던 미로는 문득 앞으로 시선을 돌렸다.

뭔가 큰 짐을 짊어진 조그만 행상인이 길을 뚜벅뚜벅 걸어서 바로 눈앞까지 다가와 있었다. 미로는 황급히 고삐를 당기며 큰소리로 외쳤다.

"우왓! 사람! 사람이 있잖아! 아쿠타가와, 스톱, 스토—옵!"

아쿠타가와의 급브레이크와 함께 미로는 전방으로 날아갔고, 하마터면 돌길에 처박힐 뻔했지만 둥둥 떠 있던 부조 하나에 쏘옥 안겨서 가까스로 기세를 죽여 착지했다.

"아, 아야아얏······! 아, 아쿠타가와, 너무 빠르잖아······!"

미로는 부딪힌 옆구리를 문지르다가 앞에 있던 상인의 안부가 떠올라 황급히 일어서······려고 했는데, 자신의 상태를 살피는 조그만 소녀와 눈이 마주쳤다.

"아, 눈떴네. 죽은 줄 알았어."

"으앗, 죄송해요! 어, 어디 다치진 않으셨나요?"

"그건 내가 할 말이거든? 뭐, 상관없나."

상인은 미로에게 씨익 웃어 보이더니 뒤에 있는 아쿠타가와의 위용을 돌아봤다.

"너 말이야, 엄청난 게에 타고 있네! 이런 훌륭한 녀석은 처음 보는데에."

하얀 소녀가 품속에 스르륵 뛰어들 듯이 다가와 금빛 눈동자로 미로를 올려다봤다. 눈이 아파지는 핑크색 머리를 한 조그만 소녀였다. 흔들리는 땋은 머리가 심해에서 춤추는 해파리를 방불케 했다.

"잘 보니 귀여~운 얼굴이네! 저기, 판다 군이라 불러도 돼? 이런 게를 살 정도라면 꽤 벌고 있는 거지~? 저기저기, 아내는 있어?"

귓가에 속삭이는 소녀의 목소리에 부르르 떤 미로는 황급히 고개를 내저었다.

"와, 와왓! 아니에요, 아쿠타가와는 제 게가 아니라고요! 파트너의······ 저기, 친구 거라······."

"뭐야~, 일행이 있었어? 쳇, 시시해라."

해파리 소녀는 바로 미로에게서 떨어지더니 아쿠타가와를 바라보며 고민에 잠긴 듯이 귀 앞으로 내려온 땋은 머리를 손가락으로 빙글빙글 만지작댔다. 그리고…… 퉁명스럽던 얼굴을 단숨에 싱글벙글 웃는 얼굴로 바꾸더니 자신을 의아한 듯이 바라보는 미로와 눈을 마주쳤다.

"있지, 판다 군. 이런 대게는 말이지, 그냥 타서 익숙해지려고 해봤자 몸이 못 버텨. 타고 싶을 때는 미간 주변에 유자향을 피워주는 게 보통이라고. 그러면 게도 릴랙스하니까, 자연스레 주인을 따르게 되는 법이야."

해파리 소녀는 품에 든 가죽 가방에서 노란 병을 꺼내더니 가느다란 손을 뻗어 미로 앞에 내밀었다. 뚜껑을 열자 산유자의 산뜻한 향기가 주변에 퍼졌다.

"에엑! 여, 역시 그런 방법이 있는 건가요!"

"상식이잖아. 이렇게 무리하다가 예쁜 얼굴이 상처투성이가 되면 아깝다고. 마침 향이 남아있으니까 내가 잠시 시범을 보여줄게!"

"와아, 정말이신가요! 앗, 그래도 지금은 별로 가진 게……."

"쿠후훗…… 돈 같은 건 안 받는다고!"

고양이 같은 금빛 눈동자가 씨익 웃었다.

"곤란할 때는 상부상조. 이런 변변찮은 세상이잖아……. 나는, 인정만큼은 소중히 여기기로 했거든!"

아쿠타가와에게서 반 킬로미터 정도 떨어진 곳.

비스코는 방심하지 않는 표정으로 눈앞의 쇠항아리를 바라봤다. 보글보글 약하게 끓는 붉은 액체를 보고 때가 됐다고 생각했는지 어떤 녹색 포자를 조금씩 추가했다. 그리고 잠시 상황을 본 뒤, 철화살촉을 신중하게 하나씩 담갔다.

미로의 그것과 비교하면 매우 원시적으로 보이는 이것이, 이른바 버섯독 조제다.

옆에서 보면 심플하지만 조금이라도 조절을 그르치면 조합 중인 버섯균이 단숨에 발아해서 큰 사고로 이어지기 때문에 매우 섬세하면서도 위험한 작업이라 할 수 있다.

특히 비스코가 조합하는 버섯독은 발아 위력을 극한까지 높인 터무니없이 섬세한 물건이 대부분인지라, 본인이나 스승인 자비가 아니라면 건드리는 것조차 위험하다.

그런 위험물인 대신 비스코의 버섯독은 대단히 고급품이고, 독창적이면서 풍부한 종류를 겸비했다. 특히 새송이버섯 같은 것은 발파(發破)버섯의 발아력에 달걀버섯의 탄력성을 합성해서 강력한 점프대 기능을 가지게 된, 자비조차도 신음하게 만든 비스코의 대표작이었다.

반면 비스코는 인간이나 게를 치유하거나 병을 회복시키는 버섯 앰플에 관한 재능은 조금도 갖지 못했다. 약은 독과 달리 인체에 효과적으로 작용하기 위한 섬세한 밸런스 감각이 필요한지라, 아무리 자비가 그쪽을 가르쳐도 심장이 정지할 수도 있는 극단적인 약만 만들어졌다. 자비도 이것만큼은 빠르게 그 분야를 포기하고 그 이상의 버섯 약학은 비스코에게 가르쳐 주지 않았다.

비스코는 균이 진정되는 때를 가늠해서 항아리에 담가둔 화살촉을 쇠젓가락으로 꺼냈고, 시험 삼아 주변에 난 거목을 향해 화살촉을 재빨리 던졌다.

뻐꿈, 뻐꿈, 뻐꿈!

화살촉이 꽂힌 거목에서 연속적으로 붉고 아름다운 버섯이 피더니 납작하고 얇은 갓을 천천히 펼치며 포자를 확 퍼뜨렸다. 골탄 광맥조차 먹어치우며 피어나는 붉은느타리버섯독이다.

"……으~음. 뭐, 됐나."

비스코는 눈앞의 버섯독 완성도에 일단 납득한 뒤 모닥불을 껐고……

"우와———앗! 게 도둑이야———!"

오랜만에 들려오는 미로의 비명을 그냥 넘기려 했다가 내용을 듣고 몸을 움찔 굳혔다.

"게 도둑……?!"

무심코 목소리가 난 쪽을 보니, 방향도 잡지 않고 주변을 달리는 아쿠타가와의 안장에 큰 짐을 짊어진 못 보던 여자가 앉아 있었다. 미로는 아쿠타가와의 거대한 왼쪽 집게발을 잡고 위아래로 붕붕 흔들렸다.

"소, 속였구나! 고삐 내려놔, 아쿠타가와를 돌려줘~!"

"남 듣기 안 좋은 말 하기는! 판다 군, 나쁜 건 내가 아니라 세상이야! 됐으니까 포기하고 손 놓으라고!"

본인들이 필사적인 건 이해하지만, 멀리서 보면 참으로 얼빠진 모습이었다.

"……뭐 하는 거야, 저 바보!"

대충 상황을 파악한 비스코는 등에 멘 활을 뽑아 들고 푸 슝! 하고 화살을 쐈다.

비스코의 화살은 달리는 아쿠타가와의, 정확히는 안장이 있는 높이에 위치한 커다란 부조에 꽂혔고, 만가닥버섯 무리 가 단숨에 빠끔! 하고 힘차게 피었다.

"꺄아악!"

해파리 소녀는 만가닥버섯의 어마어마한 발아 위력에 뭉개 진 듯한 비명을 지르며 날아가 아쿠타가와 위에서 굴러 떨어 졌다. 추가타라는 듯이 비스코의 두 번째 화살, 세 번째 화살 이 소녀와 가까운 지면에 꽂혔고, 소녀는 폭발하는 만가닥버 섯을 피해 도망쳤다.

"누구 게에 손을 대는 거야, 짜샤! 그대로 먹이가 되고 싶냐!"

"꺄아! 와~악!"

절규하는 해파리 소녀의 도망치는 속도는 굉장해서, 비스코 의 협박이 과연 들리는지조차 모를 정도로 이미 멀리 달아나 버렸다.

이윽고 안장에 있던 주인을 잃어버린 아쿠타가와가 비스코 곁으로 천천히 돌아왔다.

비스코 앞까지 와서야 겨우 아쿠타가와의 왕집게발에서 굴 러 떨어진 미로는 진흙과 부조로 완전히 더러워진 얼굴을 닦 으며 콜록콜록 기침했다.

"이 바보! 뭐가 어떻게 돼서 저런······."

비스코는 미로에게 고함을 치려고 하다가, 척 봐도 완전히 시무룩해져서 고개를 숙인 미로의 상처투성이 얼굴을 보고 너무나도 딱한 그 모습에 아무 말도 하지 못하게 됐다.

"비, 비스코, 미안, 나······!"

"됐어! 사과하지 마. ······오늘은 이제 네가 못 버텨. 앞으로 나아가자."

"괘, 괜찮아! 시간이 없어, 빨리 탈 수 있게 되어야······."

"그런 갓 태어난 사슴 같은 다리로? 훈련은 내일 하자. 다친 데나 치료해."

"······응, 알았어."

그렇게 말한 비스코는 미간에 주름을 약간 잡으며 다음 방법을 생각하고 있었다.

미로의 재능 운운보다는, 원래 버섯지기도 아닌 문외한이 바로 게를 탈 수 있게 되는 것부터가 애초에 무리다.

버섯지기조차도 다들 자유자재로 게를 조종할 수 있는 게 아니고, 개중에는 약물에 의한 최면 상태를 이용해서 반강제적으로 게를 조종하는 버섯지기도 존재한다.

'서두르는 여행이긴 해도, 아쿠타가와에게 약을 쓰고 싶지는 않은데······.'

비스코가 고민하면서 미로를 바라보자, 미로는 자신의 조그만 짐을 들고 터덜터덜······ 아무래도 아쿠타가와 쪽으로 걸어가는 모양이었다.

"아쿠타가와, 무리하게 해서 미안. 약 발라줄 테니까 가만히 있어!"

미로가 품에서 보라색으로 반짝이는 약통을 꺼내 아쿠타가와에게 다가가자, 역시 그도 꺼림칙했는지 왕집게발을 홱! 들며 위협했다. 위협하는 아쿠타가와의 박력은 굉장해서, 다른 동물은 물론이고 형제나 다름없는 비스코조차도 움츠러들 정도였다.

그것을 앞에 두고―

"센 척해도 안 돼! 가만히 두면 근육이 약해진다고! 자, 차렷!"

미로는 조금도 겁먹지 않고 소리쳤다. 비스코는 무척 놀랐고, 그때까지 왕집게발을 들고 있던 아쿠타가와는 서서히 경계를 풀고 천천히 위협을 그만뒀다.

"그래! 착한 아이네. 자, 앉아!"

아쿠타가와의 하얀 배를 어루만지며 웃은 미로가 속삭이자, 드디어 아쿠타가와도 전신의 긴장을 풀고 다리를 꺾어 그자리에 주저앉았다. 미로가 손에 든 약액을 아쿠타가와의 관절에 붓자, 미약한 향초 같은 향기가 주변에 퍼졌다.

멍하니 자신을 바라보는 비스코에게 미로가 아쿠타가와를 쓰다듬으며 말했다.

"미안, 너무 무모하게 타버려서 근육이 꽤 상해버렸어. 그래도 달쑥 재생약을 썼으니까 아쿠타가와라면 걸으면서 나을 거야!"

'……나는, 자기 상처를 치료하라고 했는데 말이지.'

비스코는 옆까지 다가와서 차분해진 아쿠타가와와 미로를 신기하다는 눈으로 바라봤다.

"너, 그렇게 할 수 있으면서 왜 등에는 못 타는데?"

"……응? 그렇게라니, 뭘?"

"……. 큭, 히, 히히힉……. 뭐, 됐어."

비스코는 유쾌하게 웃으며 안장에 올라 미로의 손을 당겨 오른쪽 안장에 올려줬다. 고삐에 반응해서 달리는 아쿠타가와 위에서 비스코가 중얼거리듯이 말했다.

"예정 변경이야. 게 훈련은 그만두겠어. 너, 게에 관해서는 재능이 있다고."

"에엑?! 그런 꼴이었는데……?"

"하지만 아쿠타가와랑 이야기했잖아. 나도 처음 봤다고. 게를 타기도 전에 게와 이야기할 수 있는 녀석이라니."

거대한 여덟 다리로 달리는 아쿠타가와의 기분은 신기하게도 평온해서, 오른쪽 어깨에 타고 있는 이물감에 대한 태도 역시 앞선 사건을 거쳐 꽤 부드러워진 것 같았다.

거대한 전자포 한 쌍이 무너져가는 거대한 절의 지붕을 부수고 하늘을 향해 튀어나왔다. 사원을 포위하듯이 포개진 자주포나 전차의 잔해 위에는 부조나 양치가 뒤덮여 낮에 모아 둔 햇빛으로 부드럽게 밤을 비췄다.

"닛코 전조궁(日光戰弔宮), 이라고 해."

아쿠타가와 위에서 미로가 비스코 너머를 보며 말했다.

"옛날에는 말이지, 녹슬어버린 전차 같은 걸 일제히 폐기할 때 이 절에서 추도하고 제사를 지냈대. 저기 도리이도 뭔가 주포 같은 통으로 되어 있지?"

"저 석상은 뭐야? 도리이가 있는 쪽. 원숭이가 세 마리 나란히 있는데."

"보여주지 않고, 들려주지 않고, 말해주지 않는다는 신상이래. 자경단의 속공 3원칙이네. 당시 토치기의 군율을 석상으로 만든 게 아닐까, 라고 알려져 있어."

"흐응. 꽤 잘 알잖아."

"학교를 나왔으니까."

"그러냐. ……누가 편차치 제로라는 거야, 인마!"

가증스럽다는 듯이 으르렁댄 비스코가 다시금 절의 모습을 바라보자, 오랜 세월 사람의 손길이 닿지 않은 것처럼 보이는데도 철은 깨끗해서 진한 녹의 기척도 없고, 명색이 사원이니만큼 무장 산적 같은 놈들이 시비를 걸어올 일도 없어 보였다.

"좋아. 여기서 일단 자자. 마침 아시오 광맥도 코앞이야. 너, 아쿠타가와만이 아니라 네 상처도 확실히 치료하라고."

"이 정도는 괜찮다니까. 나도 남자야!"

"피 냄새를 맡고 바위 진드기가 붙는단 말이야. 상처에 파고들면 죽을 만큼 가려울걸."

"……으윽. 제대로 치료하겠습니다……."

아쿠타가와를 뜰에 재우고, 두 사람은 본전(本殿)으로 들어왔다. 문득 어둠에 덮인 본전 안에서 연기 냄새와 조그만

장작 부스러기가 작은 빛을 발하는 게 보였다.

"……선객이 있네. 여기서 기다려."

움찔거리며 긴장한 미로를 한 손으로 제지한 비스코가 활을 들고 천천히 나아가자…….

어둠 속에서 기억에 남아 있는 핑크색 땋은 머리가 불규칙적으로 흔들리는 게 눈에 들어왔다.

"……뭐야. 아까 그 게 도둑 아냐? 야, 자주 만나네. 이 자식아."

"으, 으그, 윽…… 끄히익, 끄히익! 으, 게엑……."

"으응? 그리고 보니 너, 이미하마에서도 봤는데. 너 이 자식, 누구 지시로 우리를 쫓아와서……."

비스코는 스르륵 몸을 돌린 소녀의 이상한 모습을 보고 무심코 말을 삼켰다.

크게 부릅뜬 두 눈은 새빨갛게 충혈되어 있었고, 얼굴 전체에서 굵은 땀을 흘리며 목에서 끊임없이 끄륵끄륵 이상한 소리를 내고 있었다. 어딜 봐도 심상치 않은 상태였다.

"이 녀석……?!"

"비스코, 비켜!"

미로가 튕기듯이 소녀에게 달려가 등을 강하게 두드렸다.

"꾸어억!"

그러자 소녀는 끈적한 소리를 내며 입에서 피가 섞인 하얀 액체를 꿀럭꿀럭 토했다.

미로는 그 하얀 액체를 몇 번 토해내게 해서 기도를 확보한

후, 허리에 찬 앰플집에서 녹색 약통을 꺼내 소녀의 하얀 목에 주저 없이 꽂았다. 약액이 들어가자 소녀의 호흡이 거칠어졌고, 떨림도 한층 격렬해졌다.

"조심해, 미로! 이 녀석, 뭔가에 씌었어!"

"위 속에 뭔가가 있는 거야! 조금 거칠어지겠지만……!"

이완제 주사를 끝낸 미로는 숨을 한번 크게 내쉬고 소녀에게 힘껏 입맞춤을 했다.

"으읍?! 우읍~!"

눈을 부릅뜨며 버둥거리는 소녀를 무시한 미로가 기도를 힘껏 빨아들이자, 소녀의 하얀 목 안에서 뭔가가 솟아오르며 부풀어 올랐다.

미로는 입 안에서 움직이는 이물질을 포착하고 그걸 어금니로 꽉 깨물었다. 그리고 힘껏 목을 젖히자, 2리터짜리 페트병만 한 하얀 벌레가 소녀의 목에서 주르륵 튀어나와 점액과 피로 끈적하게 번들거렸다. 미로가 그 녀석을 바닥에 내뱉자 퓨기잇! 하는 비명이 솟구쳤다.

의외로 재빠르게 땅을 기어 도망치려는 벌레를 비스코가 걷어차서 날려버렸다. 본전 기둥에 철퍼덕 부딪힌 녀석은 몸이 부러져서 움직이지 않게 되었다.

"이게 뭐야?"

"불룩누에야."

미로가 이마의 땀을 닦으며 비스코에게 말했다.

"옛날에 노예가 도망치지 못하게 하려고 쓰던 벌레야. 처음에 알을 먹이고, 부화하지 않게 하는 약을 주면서 기르는 거지. 지금은 죄인이나……."

"이미하마 지사의 특수부대 같은 곳에서 쓴다고?"

콜록콜록 기침하며 남은 점액을 토해내고 겨우 한숨 돌린 소녀가 분통한 듯이 내뱉었다.

"어, 어쩐지, 계속 이상한 약을 먹인다 했어. 이상한 아르바이트는 하는 게 아니었다고. 그 사기꾼 지사…….."

"자, 물 좀 마셔요. 한동안 구역질이 나겠지만 이제 괜찮으니까…….."

정신없이 물을 마시자 새파래진 얼굴에 서서히 핏기가 돌아오며 차분해진 상인 소녀를 본 미로가 기쁜 듯이 미소를 지었다.

'이 녀석, 낮에 그렇게나 당했던 상대한테 잘도 이런 표정을 보인단 말이야.'

비스코는 어이없어해야 할지 감탄해야 할지 알 수 없었지만, 아무튼 미로와 눈을 마주치며 고개를 끄덕이는 기운을 되찾은 분홍색 해파리의 뒤로 가서 엉덩이를 퍽 걷어찼다.

"갸악! 우왓, 아, 아카보시……! 왜 네가 또…….."

"갸악, 좋아하시네. 『의사 선생님, 고맙습니다』라는 한마디가 먼저 아냐?!"

"……큭, 크흐흑, 농담하기는~. 여행길에 여자를 구했다는 건…….."

해파리 소녀는 입가를 닦고 흐트러진 하얀 어깨를 어루만지며 건방지게 단언했다.

"즉, 그런 거~, 아냐? 아까 키스 엄청나더라. 잡아먹히는 줄 알았다니까? 나 꽤 비싼데…… 판다 군, 낼 수 있어?"

"……에, 에에엑?! 그건, 결코 그럴 생각이……!"

"쿠후훗, 귀여워라~! 그럼 치료하는 거면 괜찮아? 저기, 선생님. 아까 그 벌레…… 뱃속에 한 마리 더 있는 것처럼 느껴지는데……."

소녀가 흐느적거리며 기대자 미로는 얼굴이 새빨개져서 움츠러들었다. 비스코는 어이없어하면서도 파트너를 감싸며 노성을 날렸다.

"야, 작작 좀 해! 네년의 그 어묵 같은 몸을 만져봤자 누가 기뻐한다는 거야!"

"아카보시는 여자를 모르네~. 내 가치를 몰라서야…… 쿠후훗, 식인종 아카보시도 한 꺼풀 벗기면 풋풋한 체리보이라는 건가요."

"……와앗! 진정해! 비스코!"

노발대발하며 눈을 부릅뜬 비스코가 진심으로 활에 손을 대려고 하자 미로가 황급히 달라붙어서 막았다.

"눈이, 눈이 진심이잖아! 우왓! 무, 무서워!"

"너는 분하지도 않냐! 이런 성미가 삐뚤어진 여자……!"

"쉿! ……저기, 당신, 행상을 나가는 거죠?"

자신의 입술 위에 손가락을 대고 비스코를 제지한 미로가 웃으며 소녀에게 말을 걸었다.

"우리, 먹을 게 부족하거든요. 괜찮으면 뭔가 좀 나눠 주실

래요?"

해파리 소녀는 예상치 못한 전개에 눈을 휘둥그레 뜨며 깜빡였다. 실컷 속여 넘겼던 판다 소년의 해맑은 미소를 멍한 표정으로 바라보다가…….

"……너희들, 진짜로 몸이 목적인 게 아니야?"

이윽고 의심쩍게 물었다.

"그럼 왜 의리 있게…… 나 같은 걸 구한 거야? 물품을 원한다면 내가 죽은 뒤에 슬쩍 가져가면 됐잖아."

두 소년은 잠시 놀란 듯이 서로를 바라보더니, 이윽고 입을 열었다.

"……듣고 보니, 그 말이 맞─."

"비스코는 손익계산 전에 몸이 움직이거든! 눈앞에서 죽어 가는 사람을 내팽개치지는 않아! 그렇지? 비스코!"

외투 속에서 미로가 손목을 꼬집자 비스코는 입을 꾸욱 다물고는 불만스럽게 침묵했다.

그 기묘한 2인조의 분위기에 독기가 빠졌는지, 해파리 소녀는 크게 숨을 내쉬고는 아양 떠는 걸 그만두고 거칠게 책상다리를 하고 앉아 바보 같다는 듯이 턱을 괴었다.

"아무래도~ 천연기념물 호인한테 구출 받은 것 같네. 운이 좋은 것 같기도 하고, 한심한 것 같기도 하고……. 쳇, 애들 상대로 아양을 떨다니, 손해 봤어!"

소녀는 고개를 휘저어 아까까지 아양을 떨던 태도를 완전히 버리고는, 다시 마음을 다잡고 눈앞의 램프에 불을 붙인 뒤빨간 돗자리를 펼쳤다. 재빨리 짐을 풀고 상품을 진열하는 모습은 미처 날뛰려던 비스코조차도 흥미진진하게 만들 정도로 장관이었다.

"뭐, 됐어. 그러면 본업으로 상대해주기로 할까? 매혹의 해파리 상점에 어서 오세요, 두 분."

"해파리 상점? 재미있네. 네 이름에서 따온 거야?"

"참~ 사람이 좋네. 판다 군. 요즘 세상에서 상인은 남에게 쉽게 이름을 가르쳐 주지 않아."

해파리 소녀는 땋은 머리를 빙글빙글 손가락으로 만지작거리며 즐겁게 말했다.

"내 머리, 해파리로 보이지 않아? 이 머리 모양이라면 손님이 잘 기억하거든. 가게 이름은 거기서 따왔지."

"……호언장담한 만큼, 본 적도 없는 것들뿐이구만. 우왓! 이 와인 2017이라고 적혀 있어! 이거 진짜냐?!"

"원래 우리 가게는 무기나 병기 도면이 전문이지만, 당연히 먹을 것도 충실하거든! 이런 건 어때? 순도 100의 전갈꿀, 혀가 녹아버린다니까! 지금은 없는 솔로몬 주조(酒造)의 바닐라 보드카 같은 것도 있지만…… 이건 너희 소년들한테는 조금 이른가?"

소녀의 손에서 상품이 하늘하늘 춤출 때마다 비스코의 눈이 반짝반짝 빛났다. 그러다 파트너의 손이 슬쩍 외투 옷자락을 당기자 황급히 정신을 차렸다.

"야, 진귀한 물품이나 고급품이 갖고 싶은 게 아니라고. 배

가 부르면 된단 말이야. 탄빵이라든가, 소금떡이라든가, 그런 건 없냐?."

"소금떡~? 난 그런 가난뱅이 냄새 나는 건 일일이 갖고 다니지 않거든?"

맥빠진 표정으로 뾰로통해진 점주 앞에서 즐겁게 시선을 움직이던 미로는 구석에 놓인 과자의 산을 가리켰다.

"봐봐, 비스코! 비스코 버터맛이 있어! 이거 사자! 좋아하지?"

"······아니. 먹어본 적 없어."

비스코는 왠지 묘하게 부끄러운 듯이 시선을 이리저리 돌리며 답했다.

"본 적만 있어. 버섯지기는 이런 걸 좀처럼 구할 수 없으니까······."

"······비스코는, 비스코인데도 비스코를 먹어 본 적이 없구나!"

미로가 호들갑스럽게 놀라더니 빵 터졌다는 듯이 웃었다.

"그럼 더더욱 사야겠네! 저기, 이거 주실래요?"

"뭐야, 이런 게 좋아? 하나에 4닛카야."

"뭐어엇?! 이 상황에서 그렇게 비싸게 받는 거냐!"

"당연하지! 네 힘이 활과 화살이라면, 나는 돈이라고!"

소녀가 핑크색 땋은 머리를 흔들며 비스코에게 얼굴을 내밀었다.

"운이 나빠서 너한테 못 이겼을 뿐이고, 이쪽은 네 상금만큼 손해를 봤거든?! 쪼잔한 소리 지껄이지 말란 말이야!"

뻔뻔스러운 소리도 여기까지 오면 설득력이 생기는 게 신기했다. 그 박력에 얼굴을 마주 본 두 소년이 손에 든 닛카 지폐 두 장을 재빨리 내밀고 비스코 상자 다섯 개를 가져가자, 소녀는 재미없다는 듯이 상품을 정리하고 돗자리를 갰다.

"아아~. 시시한 장사였어~. 게를 타는 녀석이 상대여서는 연료도 못 팔고…… 난 이제 잘 건데, 건드리면 100닛카야."

소녀는 불만스럽게 투덜거리며 오래된 액상 골탄을 폴리 탱크에서 꺼내 바깥 지면에 촤촤 뿌렸다.

"건드려어? 독해파리를 일부러?"

"판다 군은 반액으로 해줄 수도 있으니까!"

"됐으니까 넌 이제 자!"

비스코는 빈 탱크를 한 손에 들고 본전 안쪽으로 들어간 소녀를 퉁명스럽게 배웅했다. 그 소매를 미로가 쭉쭉 당겼다.

"자, 비스코. 화내면 배가 고파져. 모처럼 샀으니까 이거 먹자!"

미로는 바로 봉투에서 꺼낸 비스코 몇 개를 비스코에게 쥐여 줬다. 자신을 바라보는 별처럼 반짝이는 시선을 거스르지 못한 비스코는 그것을 조심조심 입으로 옮겼다.

"어때? 자기 이름의 유래잖아! ……상상하곤 달라?"

"……좀 더 뭐랄까, 딱딱할 줄 알았어. 강한 아이 어쩌고 했으니까. 맛도, 영양을 위한…… 뭐랄까, 곰의 간 같은 맛일 줄 알았는데."

"아하하! 그럴 리가 없잖아. 과자니까! 저기, 맛있어?"

"응. 맛있네."

비스코는 짧게 답하고는 심상치 않은 속도로 과자를 먹어치우며 순식간에 세 번째 상자에 손을 댔다.

"……도시 인간은 매일 이런 걸 먹는 건가……."

"자, 잠깐 비스코! 너무 먹잖아, 내 것도 남겨줘!"

"뭐야. 내가 더 덩치가 크다고. 어느 정도 많이 먹는 게 당연하잖아."

"파트너는 항상 대등하다고 아카보시 씨가 그러셨는데요오~?"

장난스러운 야유에 할 말을 잃고 퉁명스럽게 침묵한 비스코는 미로의 손바닥에 비스코 절반을 주고 남은 걸 소중한 듯이 아삭아삭 씹었다. 미로는 그 옆얼굴을 왠지 즐겁게 바라보며 하나하나 천천히 씹어 먹었다.

깊은 밤. 미로는 비스코를 깨우지 않게끔 조심스레 본전을 나와 아쿠타가와가 잠든 뜰로 걸어갔다.

눈부신 달빛이 아쿠타가와의 위용을 밤중에 비췄다.

"……굉장한 회복력이야. 아쿠타가와도 평범한 게가 아니구나."

저 비스코와 형제나 다름없이 오늘까지 함께 살아왔다면 이 강인함도 납득이 간다. 미로는 조용히 아쿠타가와의 관절 부분을 만지며 근육 상태를 확인했다.

그때, 자고 있던 아쿠타가와가 깨어나 몸을 스르륵 일으켰다.

"앗……! 미안, 아쿠타가와. 깨울 생각은……."

그렇게 말하려다 아쿠타가와의 상태와 기묘한 기척을 느낀 미로는 귀를 쫑긋 세웠다. 뭔가 땅속에서 울리는 듯한 고고 고고 하는 소리가 점차 확실한 진동이 되어 발밑에 전해졌다.

"지진……? 하지만 이건……!"

미로가 황급히 본전을 돌아본 순간, 절의 돌바닥이 굉음을 내며 갈라지고 증기가 여러 갈래로 분출됐다. 동시에 절 전체가 크게 흔들리는 것이, 아무래도 지면 전체가 서서히 솟아오르고 있는 것 같았다.

무심코 비명을 지른 미로는 점점 강해지는 지진을 버티다 못해 아쿠타가와 쪽으로 쓰러졌다. 아쿠타가와는 재빨리 미로를 집게발로 잡아 자기 안장에 올리고는 그대로 전조궁의 돌바닥을 박차고 부조가 우거진 지면에 내려섰다.

가까스로 자세를 다잡은 아쿠타가와와 미로의 눈앞에서—.

밤의 어둠 속에서 노란색으로 빛나는 두 개의 전구 같은 거대한 눈이 깜빡였다. 거목 같은 앞발이 굉음을 울리며 지면을 후려치자, 주변에 굴러다니던 폐차 고철이 종잇장처럼 공중을 날았다.

"전조궁이, 살아있어!"

아쿠타가와 위에서 흔들리던 미로가 경악하며 몸을 떨었다.

"무기를 그냥 추도만 하던 게 아니야! 절 그 자체가 동물병기였던 거야!"

소라게라고 표현하는 게 가장 가까운 모습이지만, 그 위용은 거의 사람의 두 배는 되는 아쿠타가와보다 세 배 이상은 될 정도로 거대했다. 그야말로 전함과도 같은 괴물이었다.

흙을 헤치며 돌진해 온 그것을 아쿠타가와가 가까스로 피했다. 하지만 『전조궁』은 그에 아랑곳하지 않고 뭔가 명확한 목적지가 있는지 망설임 없이 그곳으로 향했다.

"비스코가! 아쿠타가와, 비스코가 아직 안에—!"

미로의 말이 끝나기도 전에 아쿠타가와가 달렸다.

아직 일에 익숙하지 않은 신참 버섯지기와 베테랑 대게의 목적의식이 여기서 처음으로 비스코를 구한다는 사명으로 일치단결한 모양이었다. 아쿠타가와의 무시무시한 스피드! 미로는 자신이 게에 올라탄 것조차 잊고 롤러코스터처럼 고삐에 매달릴 수밖에 없었다.

나란히 달리는 대게를 향해 『전조궁』에 모셔져 있던 전차의 망해가 차례차례 포를 겨눴다. 콰앙! 콰앙! 연속해서 발사된 전차포를 아쿠타가와가 옆으로, 앞으로 피했다.

"아쿠타가와, 위!"

미로의 목소리에 반응해 그가 자랑하는 왕집게발로 튕겨낸 탄이 그대로 전차로 되돌아갔고, 거기서 폭발하여 전차 여러 대를 침묵시켰다.

"꺄악! 싫어싫어~! 두고 가지 마! 나 죽고 싶지 않아—!"

"바보 자식! 떨어져, 이년아! 이, 이 녀석 힘이 왜 이렇게 세!"

"비스코?! 어딨어?! 비스코—!"

본전 지붕 위, 비스코의 붉은 머리와 외투가 달빛에 비치며 펄럭였다.

그 발치에는 짐을 짊어진 해파리 소녀가 전력으로 달라붙은 게 보였다.

"미로! 이 녀석의 본체는 탄식(炭食) 갯가재야! 골탄을 먹어! 아까 이 해파리가 버린 연료 때문에 눈을 뜬 거야! 이대로 아시오 광맥으로 돌진해버리면 탄광이 폭발해서 광차를 쓸 수 없게 돼!"

비스코의 목소리에 호응하듯이 전차 기관총이 불을 뿜으며 비스코를 노렸다. 비스코는 절규하는 소녀를 안고 뛰어서 그것들을 모두 피했지만, 비스코에게 안겨드는 소녀의 예상 밖의 힘에 균형을 잃고 지붕에서 굴러 떨어졌다.

"안 되겠어, 이쪽은 해파리가 처치 곤란이야! 네가 어떻게든 이 녀석의 발을 막아봐!"

"막아?! 막는다니, 이런 걸 어떻게—!"

"미간을 깨부수는 거야!"

비스코가 목소리를 높이면서 자신을 노리는 주포 하나에 활을 쏴 버섯을 피워 자폭시켰다.

"뇌를 흔들어 주면 이 전차들도 멈출 거야! 아쿠타가와! 아쿠타가와의 집게발로 미간을 깨부숴!"

"느닷없이, 게타기 초보자한테 무모한 소리 하지 말라고!"

거기서 뭐라 말하려던 비스코를 향해 전차포가 돌아갔다. 간발의 차이로 소녀를 감싼 비스코의 주변은 흰 연기만이 남았고, 비스코의 목소리도, 상태도 완전히 가려져 버렸다.

"아앗! 비스코—!"

이런 위기 속에서 파트너의 모습이 보이지 않는 것만큼 불안한 건 없다. 그럼에도 미로는 마음을 두들기는 불안감을 억누르며 숨을 크게 한번 들이쉬고 내쉬었다.

'나보고 이 녀석의 발을 멈추라고 했어. 내가 할 수 있다고, 믿어 줬어⋯⋯. 할게, 비스코. 네 말대로, 해보겠어!'

미로가 감았던 두 눈을 뜨자, 눈동자에는 결의의 불이 켜졌다. 그는 달리는 아쿠타가와의 등에 뺨을 대고, 손가락으로 대게의 미간을 스윽 어루만지며 조용히 속삭였다.

"아쿠타가와. 여기가, 이 녀석의 약점이야. 미간을 노려서 발을 멈추는 거야. 그러면 분명 비스코가 올 거야. 아쿠타가와, 너⋯⋯ 잘, 할 수 있겠어?"

그 말에 아쿠타가와가 뿜어낸 거품 하나가 공중에 두둥실 떠올라 미로의 눈앞에서 터졌다. 그것이 아쿠타가와가 보내는 모종의 의사 표현이었는지는 확실하지 않지만, 아무튼⋯⋯.

퍼엉! 하고 착탄한 포탄의 폭발을 이용해 미로가 고삐를 조종하자 아쿠타가와가 거대한 몸을 날렸다. 그리고 그대로 전조궁의 본전 지붕을 뚫고 화려하게 착지하더니, 맹렬하게 전조궁 입구를 향해 달려가 우뚝 솟은 거대한 도리이를 왕집게 발로 잘라서 들어 올렸다.

"가라! 아쿠타가와―!"

아쿠타가와는 우뚝 솟은 낭떠러지 끝, 바로 탄식 갯가재의 미간을 향해 뛰어오르더니, 몸을 틀면서 들고 있던 커다란 도리이를 도끼처럼 다루며 자기 뜻대로 미간에 내리쳤다!

강철과 갑각이 서로를 부수는 어마어마한 광음이 일었다. 괴수 영화 같은 강력한 일격에 전조궁은 흰 연기를 피워 올리며 꽤 크게 휘청거렸고, 버티려는 듯이 앞발을 크게 들었다.

그리고 그 앞발을 타고 올라 흰 연기를 가르며 뛰쳐나온, 붉은 그림자!

"비스코!"

은빛 달을 등지고 높이 뛰어올라 기절한 소녀를 미로에게 내던지고, 붉은 머리와 외투를 펄럭이던 비스코는 그대로 거꾸로 뜬 자세로 활을 당기며 미로에게 사납게 웃었다.

"말했잖아. 넌 게에 재능이 있다고!"

미로가 해파리 소녀를 받아낸 것과 동시에 활이 발사됐다. 날아간 화살은 새빨간 직선을 그리며 아쿠타가와가 부순 전조궁의 갑각 안쪽, 뇌를 깊숙이 찔렀고…….

뻐꿈, 뻐꿈, 뻐꿈!

버섯독 균사가 어마어마한 기세로 퍼지며 전조궁의 몸 이곳저곳에서 거대한 붉은 갓이 피어나기 시작했다.

떨어진 비스코를 잡아낸 아쿠타가와와 미로는 괴로움에 미쳐 날뛰는 전조궁으로부터 급히 벗어나 조금 높은 언덕에서 붉은느타리버섯에 뒤덮여 가는 그 최후를 지켜봤다.

"……위험할 뻔했어. 이대로 저 녀석이 반 킬로미터 더 나아갔다면, 녀석과 함께 탄광이 날아갔을 거야."

"허억, 허억, 허억……, 저기, 비스코……."

미로는 그제야 겨우 자신의 피로를 자각한 듯이 어깨를 풀썩 떨구고, 현기증을 억누르면서 비스코에게 물었다.

"비스코는, 언제나 이런 굉장한 상대와 싸우고 있어?"

"아니. 아무리 그래도 절을 통째로 상대하는 건 처음인데."

그렇게나 크게 활약한 뒤인데도 비스코는 아무렇지도 않게 웃었다.

"내일은 분명 좀 더 굉장한 녀석과 싸울걸. 그런 별 아래 있단 말이지, 버섯지기의…… 삶이라는 건 말이야."

"……버섯지기라기보다는, 비스코의 별이라고 생각하는데……."

미로가 파트너에게 들리지 않도록 조심스럽게 중얼거렸다. 그에 조금도 신경 쓰지 않는다는 듯이 비스코는 눈앞에 우뚝 솟은 아시오 산맥의 탄광 시설을 가리켰다.

"이제 탄광 입구가 이쪽에서 보이네. 저게 골탄 집적장이고, 저기서 광차가 나갈 거야. 내일은 아쿠타가와로 저기까지 올라가서, 그리고……."

그때 갑자기 퍼엉! 하고 공기를 가르는 굉음이 비스코의 목소리를 가로막으며 울려 퍼졌다. 소리의 출처를 향해 두 사람이 돌아보자, 아무래도 버섯에 덮여 가던 전조궁이 마지막 포효로써 가장 거대한 전차포를 머나먼 밤하늘을 향해 쏜 것 같았다.

"……아."

시커멓고 둥근 포탄은 밤하늘에 커다란 호를 그리며 그대로 아시오 산맥의…… 지금 비스코가 가리킨 탄광 시설, 그 화약고를 향해 운석처럼 꽂혔다.

쾅, 퍼어어어어엉!

어마어마한 폭음과 함께 모래 섞인 열풍이 두 사람의 피부를 태우고, 외투를 펄럭였다.

"우오오! 빌어먹을! 이게, 이게 말이 되냐고!"

"폭발로 바위가 날아오고 있어! 도망치자, 아쿠타가와!"

달리는 아쿠타가와 위에서 보이는 아시오 골탄광은 쌓여 있던 골탄을 토해내듯이 활활 타올랐고, 그 광대한 산맥 일대를 붉은 화염으로 물들이려는 듯이 폭발을 반복하며 뜨겁게 번져가고 있었다. 비스코는 돌아보면서 이를 악물었고, 불꽃에 비치는 옆얼굴은 땀이 맺혔다.

"젠장! 앞으로 한 발짝만 더 가면 됐었는데, 결국 이렇게······! 이래선 광차를 쓸 수 없어······!"

"비스코······."

안전한 곳에 아쿠타가와를 세운 미로는 비스코에게 뭐라 말해야 좋을지 몰라서 걱정스레 그 얼굴을 들여다봤다. 그러나 비스코의 고민은 고작 5초 정도에 지나지 않았다.

"······아직 가능성이 사라진 건 아니야. 안 되면 다른 길로 갈 뿐이야."

비스코는 숨을 크게 한번 내쉬고는 분연히 가슴을 펴고 타오르는 산맥을 노려봤다.

"게다가, 저 덩치에게 버섯이 저만큼 피어났다면 이 주변 일대도 녹이 조만간 사라지겠지······ 그 영감탱이는 자기 목숨보다 그쪽을 더 기뻐할걸."

지금은 완전히 절명해서 자연의 일부가 된 전조궁으로 시선을 돌린 비스코의 에메랄드색 눈동자가 반짝였다. 미로는 그런 비스코의 옆얼굴을 바라봤고, 가슴을 치는 비장감에 어떻게든 그를 격려해 주려 했지만…… 결국 그럴싸한 말을 떠올릴 수 없었다.

아침 햇살이 눈꺼풀 속을 달궜다. 비스코는 코맹맹이 소리로 신음한 뒤 마지 못해 슬그머니 일어났다. 졸린 눈으로 배를 긁적이며 주변을 돌아보니, 드넓게 펼쳐진 초원과 공중에 둥실둥실 뜬 부조가 여름 햇빛을 반사하며 반짝반짝 빛났다.

"아, 비스코! 좋은 아침!"

벌레 쫓는 향로를 정리하던 미로가 졸린 눈을 한 비스코에게 달려왔다.

"상처는 어때? ……응, 제대로 아물었네. 만약 부으면 바로 가르쳐줘."

"그 해파리는 어딨어? 그 녀석은 다친 데 없냐?"

"응, 건강해. 긁힌 상처밖에 없었고, 조치도 취했으니까. 지금 보고 올게!"

미로가 감아준 붕대의 익숙하지 않은 감촉이 걸리적거리는지 비스코는 곤란한 듯 목을 어루만졌다. 그때, 「아아아앗!」 하고, 이제는 익숙해진 파트너의 비명이 들려왔다.

"그 사람, 도망친 것 같아. 가방에 있던 돈을 전부 가져갔어!"

아쿠타가와의 가죽 자루를 뒤져본 미로가 어이없어하며 말했다.

"히에엑…… 비스코와 지갑을 나눠서 다행이야."

"아직 멀리 가진 못했을 거야. 잡아서 태워버리자."

"앗, 비스코. 잠깐 기다려봐!"

가죽 자루를 뒤지던 미로가 뭔가를 발견하고는 과자나 볶은 콩 등 보존식을 차례차례 꺼냈고…… 마지막으로 종이 한 장을 비스코에게 보여 주며 곤란한 듯이 웃었다.

『식인종 아카보시 님 일행, 각종 식료품값으로 87닛카 70전, 확실히 받아갑니다.』

동그란 글자로 적힌 수령서 끝에는 『판다 군, 아카보시가 죽으면 나랑 손잡자♡』라는 글귀와 귀여운 하트 모양 초콜릿이 붙어 있었다.

"그 사람, 우리에게 이것저것 넘겨주고 간 모양이네. 도둑인 줄 알았어."

"요컨대 강매잖아! 비슷한 거지!"

비스코는 웃고 있는 미로 뒤에서 분한 기세로 아쿠타가와에 올라탔고…… 문득 미로가 완전히 아쿠타가와에게 익숙해져서 떨어지지 않고 앉아 있는 걸 깨달았다.

"……응?"

비스코는 의아해하는 파트너의 얼굴을 들여다보며 세심하게 관찰했다.

자기가 직접 치료하기는 했지만, 미로의 얼굴은 지면에 쓸렸을 때 생긴 무수한 상처로 가득했고, 또 두 눈 밑에는 수면 부족 상태임을 쉽게 알려 주는 다크서클이 내려앉아 있었다.

"너, 그 상처……."

미로는 그제야 자기 얼굴의 상처를 지적하고 있다는 걸 눈치챘는지 숨을 삼키며 그만 시선을 돌리고 말았다.

　미로가 이른 아침부터 아쿠타가와와 격투를 벌이며 몇 번이나 날아간 끝에 마침내 길들이는 데 성공했다는 걸 비스코도 깨달았다. 원래는 자랑해도 될 만한 상처를 부끄러운 듯이 숨기는 모습이 오히려 미로의 묘한 옹고집과 자존심을 보여 주며 비스코의 배를 간지럽혔다.

　"큭, 크히히힛……."

　"뭐, 뭔데!"

　"별로오—."

　비스코가 아쿠타가와에게 채찍을 휘둘렀다. 기분 좋게 웃는 주인과 달리 아쿠타가와는 신참의 이른 아침 트레이닝에 어울려준 게 약간 불만이었지만, 그래도 여덟 개의 다리를 기운차게 움직이며 여름의 우키모바라를 유유히 달렸다.

7

　현청 바닥에 가죽 구두 소리가 소란스럽게 울렸다. 검은 옷을 입은 덩치 큰 토끼탈이 리놀륨 복도를 빠른 속도로 걸으며 대량의 서류를 든 신입 직원을 어깨로 밀쳐서 종이의 비를 뿌렸다.

　이미하마 현청. 아직 아카보시가 남긴 대량의 버섯을 제거하고, 거리 곳곳을 복구하는 데 바쁜 이 청사에는 사무원, 자경단원, 과학자, 건축업자 등 다양한 인종이 대응에 쫓기며 더할 나위 없이 바쁘게 움직였다.

그중에서도 한층 초조감이 배어 나오는 토끼탈의 손이 어느 한 방의 검게 칠해진 문을 노크했다.

"열려 있어."

낮고 침착한, 그럼에도 불구하고 의아할 정도로 불안감을 부추기는 목소리가 문 안쪽에서 대답했다. 토끼탈은 호흡을 한 차례 한 후 천천히 문을 열었다.

어둡고 커다란 방이었다.

정면 벽에 설치된 스크린에서는 영사기가 점멸하며 빈말로도 깨끗하다고 할 수 없는 화질의 영화를 비추고 있었다. 영화 속에서는 양복 차림의 흑인 남자가 햄버거를 먹으면서 영문 모를 설교를 늘어놓으며 눈앞에서 떠는 백인들을 계속 쏴 죽였다.

"텐렌토(天戀糖)라는 과자를 아나?"

스크린에서 약간 떨어진 책상에 걸터앉은 남자가 영화도 제대로 보지 않고 손에 뭔가 과일 같은 것을 들고 빙글빙글 돌렸다.

"천연 에조 망고를 바다표범 통에 재워서 발효시킨 거라더군. 너무나 감미로워서 전국에서 주문이 쇄도한다고 하길래 이바라키에서 주문했지. 아니, 팔랑귀인 걸 변명하는 건 아니지만, 명색이 지사라는 인간인데 먹어두지 않으면 지식 계급들의 이야기를 따라갈 수 없을 것 같아서 말이야."

그리고 지사…… 쿠로카와는 그 망고로 보이는 과일의 윗부분을 숟가락으로 떠서 버리고, 안쪽에 있는 꿀향을 몇 번 맡아보더니 싫지만은 않은 표정을 짓고는 크게 떠서 그 꿀을 입에 넣었다.

"음…… 음."

쿠로카와는 그 꿀을 맛보듯이 혀로 여러 번 굴리면서 뭐라 말 못 할 표정으로 토끼탈을 올려다봤다.

"뭐랄까…… 기린의 뇌를 빨아먹는 것 같은 맛이 나는군."

그 말과 함께 쿠로카와는 들고 있던 텐렌토를 숟가락째로 힘껏 내던졌다. 유리 선반이 깨지고 망고가 질퍽질퍽 뭉개지며 달콤하게 썩은 듯한 냄새가 방 전체에 퍼졌다.

"바보 취급하기는. 이바라키에 보내는 경제 지원은 전부 스톱시켜."

"지사님. 들으셔야 하는 게 있습니다. 아마 아카보시는—."

"살아있다고?"

쿠로카와는 책상 서랍에서 입가심용 멘토스를 꺼내 민트맛을 으득으득 씹으며 답했다.

"그 아시오 광맥 대폭발에 말려들었는데도…… 터미네이터처럼 불꽃 속에서 되살아났다. 그런 뜻인가? 하하. 좋군. 속편도 기대돼."

"그 기폭은 저희 특수대원이 일으킨 게 아닙니다."

무표정이어야 할 토끼탈의 목에서 땀이 폭포수처럼 흘러내렸다.

"인근에 거대한 포격형 동물병기가 버섯균에 쓰러진 것을 확인했습니다. 아마도 그 생물에 의한······."

"오사로, 폭발했다?"

쿠로카와는 거기서 입을 크게 벌리며 껄껄 웃고는 책상 위의 콜라병을 쓰러뜨려서 주변에 있던 서류를 끈적하게 적셨다.

"하, 하, 하하. 후우, 후우. 이야~ 그렇구만. 매복해 있다가 아카보시 일행을 통구이로 만들 작정이었는데······ 우리가 통구이가 돼버렸다는 뜻인가? 특수대원, 대략 50명이 말이지."

"이것만큼은 계산할 수가 없었는지라······ 인원이 부족한 가운데, 정말로······!"

"어차피 폭발로 죽었을 50명이니까 그건 상관없지만. 으음~, 아시오에 진을 쳤던 건 노림수대로였는데 말이지."

쿠로카와는 거기서 한 번 말을 끊고, 쓰러졌던 콜라병을 들어서 한 모금 들이켰다.

"운이, 좋다······? 아니, 그것만으로는 정리되지 않는 묘한 별의 힘이 느껴진단 말이야. 아카보시······."

쿠로카와는 검은 눈동자로 촉촉하게 허공을 노려봤다. 그 때—.

쾅! 하고 자물쇠가 걸린 문을 박살내며 백은의 여전사가 코트를 휘날리면서 성큼성큼 방으로 들어왔다. 무례한 태도였지만 쿠로카와는 오히려 기분이 좋아졌는지 여자에게 말을 걸었다.

"노크를 해라, 노크를. 자경단은 하는 일이 거칠단 말이지. 나랑 이 토끼가 만약 불륜 관계에 있어서······ 뜨거운 포옹이라고 나누고 있었으면 어쩌려고?"

"실례. 하지만 『정체 모를 녀석』으로부터 지사님을 지키는 것도 자경단의 의무인지라."

자경단장 파우의 아름다운 눈동자가 쿠로카와를 노려봤다. 붙들려는 토끼탈을 한 팔로 잡아 가볍게 내던지자, 토끼탈은 그대로 쿠로카와의 만화 컬렉션 선반에 부딪혀서 축 늘어지고 말았다.

"아카보시의 위치를, 알고 있었으면서!"

파우의 목소리가 방 안에 크게 울렸다.

"어째서 추격대 파견 허가를 내주지 않는 겁니까! 내버려 둬도 될 남자가 아닙니다!"

"그걸 어디서 들었지? 우리 토끼를 두들겨 패서 실토하게 했나?"

쿠로카와는 좋아하는 환타 포도맛을 냉장고에서 꺼내 그중 하나를 파우에게 건넸다. 그러나 그에 아랑곳하지 않고 파우가 날카롭게 노려보자, 재미없다는 듯이 어깨를 으쓱하며 말을 이었다.

"아무튼 안 돼. 버섯 제거에도 아직 인원이 필요하고, 버섯 지기가 한 명 더 있다는 소문도 있어. 현 내부가 아직 진정되지 않은 상황인데 자경단에서 이 이상 할애할 인원이 있나?"

"그렇다고……!"

"시시한 흥정은 그만둬라, 네코야나기."

그 자리의 분위기를 단숨에 까맣게 가라앉히는 쿠로카와의 낮은 목소리가 파우를 강타했다. 다크서클이 짙은, 시커멓게 가라앉은 두 눈이 축축하고 무거운 기운을 품으며 파우를 바라봤다.

"왜 간단히 말하지······? 구하러 가고 싶은 거잖나. 납치당한, 사랑스러운 왕자님을 말이야······."

쿠로카와가 근처의 버튼을 조작하자, 영상이 바뀌며 벽을 뛰어넘는 붉은 머리 남자와 하늘색 머리 남자를 비췄다. 버섯의 발야력을 이용해 넘어간 두 사람을, 벽에 설치된 감시 카메라가 포착한 것이다. 쿠로카와는 놀라서 숨을 삼킨 파우를 제쳐놓고 환타를 쭈욱 들이켰다.

"본인에겐 몇 번이고 한 소리다만, 네 동생은 참 예쁘장하단 말이지."

쿠로카와는 다시 버튼을 조작해 미로의 얼굴을 크게 확대했다.

"이 반점만 없었다면 완벽했을 텐데, 아까워. 하지만······ 크큭, 뭘까? 아무리 봐도 납치당한 공주님의 얼굴로는 보이지 않는데."

그것은 다름 아닌 파우 스스로도 강하게 느끼고 있는 것이었다. 비스코에게 안겨서 벽을 넘는 미로의 표정은, 약간의 불안감은 있지만 그래도 옆에 있는 식인종 테러리스트를 믿고 몸을 맡긴 듯한 안도감이 배어 나왔다.

'어째서냐······ 미로······!'

"경우에 따라서는, 네 동생에게 테러리스트 방조 혐의가 씌워지겠어."

쿠로카와는 목소리를 낮추며 파우를 뿌리치듯이 말했다.

"동생 일은 자기 책임이다. 몇 번을 찾아와도 추격대는 보내지 않아."

"지사님!"

"괜찮아. 조만간 발견되겠지…… 전신이 버섯투성이일지도 모르지만. 뭐, 그건 그것대로 좋은 오브제가 될 것 같지 않나?"

그러자 파우는 억누르던 분노가 임계점을 넘었는지, 하마터면 휘두를 뻗은 팔을 누르며 입술이 떨릴 만큼 강하게 깨물었다. 찢어진 입술에서 피가 턱을 타고 바닥에 뚝뚝 떨어졌다.

그 모습을 보자, 지금까지 가벼운 말을 지껄이면서도 미소한 번 보이지 않던 쿠로카와의 입꼬리가 씨이이익 올라갔다. 너무나도 사악한, 보는 이를 얼어붙게 만드는 악마의 미소였다.

"큭! 실례, 하죠."

비틀거리며 방을 나서는 파우를 향해 쿠로카와가 웃음기 어린 목소리로 말했다.

"네코야나기. 이미하마 자경단의 공주 장군님이 만약 뛰쳐나가게 되면 우리도 곤란하거든. 너도 같은 죄를 뒤집어쓰게 될 거다. 이해하겠지?"

콰앙! 하고 힘차게 닫힌 문을 바라본 쿠로카와는 무척이나 재미있다는 듯이, 어떻게든 목소리를 죽이려고 고생하며 한동안 웃었다. 그리고 하아, 하아 숨을 내쉬더니 이번에는 비스코의 얼굴을 화면에 크게 비추며 찬찬히, 반쯤 넋을 잃고 바라봤다.

"그 악동 꼬마가……. 많이도 자랐구만, 아카보시……. 보라고, 이 낯짝. 강해 보이는군. 강하겠지. 분명 나 같은 건 발끝에도 못 미칠 거야."

쿠로카와의, 깊은 다크서클 속의 검은 눈동자는 비스코의 그 터질 듯한 젊음이 느껴지는 얼굴에 못 박혀서 조금도 움직이지 않았다. 혼자 중얼거리는 목소리는 증오로도, 도취로도 보이는 울림을 품고 있었다.

"최강의 버섯지기. 내 앞에 잘 나타나 줬다. 꼭 죽여주마, 아카보시……. 내가, 네 목을 확실히 날려버리고, 옆구리를 간지럽혀서 웃지 않나 확인하고…… 그리고……."

쿠로카와는 떨리는 손으로 책상 위에 놓인 병을 붙잡아 알약을 입에 와르륵 쏟아 넣고 씹어 먹었다.

"그리고, 잘 거다. 푸욱. 이런 오줌이 빨개지는 안정제 없이……."

쿠로카와는 조금 전까지의 일을 완전히 잊고, 비스코의 얼굴을 바라보며 말을 이었다.

"기다려라, 아카보시……."

언뜻 보면 그것은, 좋아하는 여자아이의 사진을 바라보는 소년처럼 비쳤다.

8

바람이 없는, 8월 초순의 조용하고 맑은 아침이었다.

자잘한 패각사(貝殼沙)가 얇게 깔린 수면이 햇살을 반사해 반짝반짝 빛나며 마치 거울처럼 하늘을 그대로 비췄다. 다양한 색상으로 이루어진 선명한 패각사의 아름다운 모습과 겹쳐서, 마치 보석으로 된 하늘을 걷는 것 같다.

칼베로 패각사해(貝殼沙海).

이미하마 북벽에서 북쪽으로 50킬로미터 정도 떨어진 곳. 우키모바라를 빠져나가면 토치기현 북부에서 시모부키현 남부에 걸쳐 아름다운 패각사에 덮여 있는 광대한 호수가 보인다.

원래는 칼베로 주얼리라는 후쿠시마의 큰 회사가, 다 파낸 천연 광물 대신 아름다운 조개를 합성해서 신시대의 보석으로 만들었던 공업지역이 바로 이 주변이었다고 한다.

그것이 다른 것들과 마찬가지로 녹바람에 맞아 흔적도 없이 깎여 나갔고, 보석 조개만이 자잘한 모래가 되어 지표를 형성하고, 높은 빌딩의 잔해가 드문드문 패각사 위에 기울어져 있는 그런 토지가 되었다.

사이타마 철사막과 다른 점은 패각사가 배출하는 미세한 염분과 수분이 이 일대에 끊임없이 얇은 물의 막을 치고 있는지라, 그게 의도치 않게 이 멸망한 땅에 이루 말할 수 없는 아름다움을 체현하고 있었다.

그렇다고는 해도…….

이곳을 걷는 대게의 등 위에서 흔들리는 두 젊은 버섯지기는 그런 배경을 즐길 여유도 없이 공복과 초조함에 시달리고 있었다.

"아쿠타가와, 어떻게든 먹이를 찾겠어…… 부탁이니까 힘내."

아시오 광맥의 광차 루트가 막혀버린 일행은 패각사해를 우회하지 않고 시모부키현 방면으로 건너가는 루트를 선택했다. 자비의 남은 시간을 생각하면 다른 방법이 없었기 때문이다.

'우우, 배, 배고파…….'

미로가 입 속에서 우물거렸다. 겉으로야 아름다워 보이지만 패각사해를 지나는 여정은 험난했다. 일대에 펼쳐진 아름다운 수면은 인간의 식재료가 될 만한 것이 하나도 보이지 않았다.

식용 버섯을 키우려고 해도, 버섯 자체는 칼로리가 거의 없기 때문에 결국은 배를 채울 수가 없다. 걸으면서 뭐든 먹으며 영양으로 삼는 쇠꽃도 이 지형만큼은 먹이가 될 만한 게 없기 때문에 건강한 다리도 둔해져서 속도가 떨어지고 말았다.

우키모바라에서 예기치 않게 해파리 소녀가 줬던 보존식이 도움이 되어서 두 사람의 목숨을 이어주고 있지만, 그것도 대부분 아쿠타가와의 먹이가 돼서 한참 전에 바닥을 드러냈다.

'……비스코…….'

미로는 초조함 때문인지 가뜩이나 날카로운 눈을 더더욱 번뜩이는 파트너의 옆얼굴을 살폈다.

공복도 물론 그렇지만, 무엇보다 스승인 자비의 목숨이 얼마 남지 않았다는 점이 그를 조바심 나게 하면서 화상을 입을 만한 열을 발하고 있는 것이리라.

여행에 익숙하지 않은 미로 역시 격한 굶주림에 시달리고 있다. 하지만 이런 비스코를 옆에 두고 약한 소리를 할 수가 없어서 어떻게든 다부지게 행동하고 있었다.

"……. 미로, 배고프냐?"

"……으, 응!"

찰싹! 하고 뒤통수에 한 방 날아들었다.

"다음에 말했다가는 두 방이야."

"안 물어보면 말 안 한다고!"

"……야, 저건 뭐야……?"

비스코가 가리킨 곳에는, 커다란 잎을 펼친 키 작은 식물이 패각사 위로 솟아 수면에 잎을 꾸물거리고 있었다.

그 중앙에 커다랗고 새빨간 과일 네 개가 촉촉하게 반짝이는 것이 보였다.

"수, 수박이다!"

"수박!"

미로가 조금 전까지의 시체 같은 표정을 단숨에 반짝이며 기뻐했다. 비스코는 겨우 제대로 된 걸 아쿠타가와에게 줄 수 있겠다고 기뻐하며 고삐를 쥔 손에 힘을 줬다.

그때—

뭔가 조그만 그림자가 후다다닥 달려와 그 수박…… 홍옥 (紅玉) 참외에 다가갔다.

멍해진 두 사람 앞에서, 그 조그만 녀석은 재주 좋게 커다란 네 덩어리를 잘라내고는 짊어진 바구니에 휙휙 던져서 그 대로 뚜벅뚜벅 왔던 길을 돌아가려 했다.

뭔가 커다란 고둥 같은 것을 헬멧 대신 쓰고, 간소한 셔츠 와 바지를 입은 모습은 아무래도 아직 어린아이 같았다.

"이런 곳에 아이라니, 가까이에 도시가 있는 걸까? 저기, 비 스……."

돌아본 미로가 파트너의 모습에 무심코 놀라며 굳어버렸다.

"야, 꼬마아―! 바구니 놓고 가―!"

굶주린 수라가 된 비스코가 아쿠타가와를 힘차게 몰며 그 아이를 뒤쫓았다.

거대한 게에 올라탄 새빨간 오니 같은 녀석이 어마어마한 기세로 다가가니 아이 쪽에서는 이보다 무서울 수 없었으리 라. 아이는 꺄악~! 하고 비명을 지르며 펄쩍 뛰고는 토끼처럼 패각사 위를 달렸다.

"비, 비스코! 그만두자! 너무 놀라게 하면 불쌍해!"

"밥을 도둑맞은 나는 불쌍하지 않은 거냐, 인마!"

미로가 달랬지만 더더욱 기세등등하게 고삐를 쥔 비스코의 눈앞에서―.

푸슝! 라이플탄 한 발이 공중에서 날아와 패각사에 꽂혀 아쿠타가와의 발을 멈췄다.

"……윽!"

비스코는 즉시 표정을 다잡고는 도망치는 아이에게서 총탄 이 날아온 곳으로 시선을 돌렸다.

"아이라도 아랑곳하지 않고 끌고 갈 셈이냐, 야쿠자 놈들아!"

고지에서 소리가 들렸다. 힘찬 패기로 가득했지만 목소리가 높은 것이, 아무래도 나이 어린 소년의 목소리 같았다.

"오늘이야말로 너희를 구멍투성이로 만들어서 쿠로카와에게 돌려보내 주겠어!"

눈앞에 우뚝 솟은 거대한 사람으로 보이는 기묘한 건조물 주변에서 총구가 튀어나와 비스코와 미로를 겨눴다. 공복 탓에 주변이 보이지 않았던 아카보시 일행은 예기치 못하게 일촉즉발의 상황에 처해지고 말았다.

"그 꼬마를 어떻게 할 생각은 없어. 밥이 필요할 뿐이야."

비스코는 새파래져서 겁을 집어먹은 미로의 머리를 가리려는 듯이 안장에 쑤셔 넣었다.

"무슨 소리를 하는지 잘 모르겠지만 나는 너희의 원수가 아니야. 여기도 우연히 지나가고 있었다고."

조금 뜸을 들인 뒤, 소년의 목소리가 돌아왔다.

"그럼 그대로 몸을 돌려서 돌아가, 외부인. 이상한 짓을 하면 머리통을 뚫어버리겠어."

"뒤숭숭한 꼬마구만. 뭔가 먹을 게 필요하다고. 양보 좀 해줘."

비스코가 물고 늘어졌다.

"이 게하고, 이 녀석은 의산데 아무튼 두 사람에게 밥을 먹여주고 싶어. 돈도 어느 정도 낼 수 있어."

"됐으니까 당장 돌아가! 칼베로의 어부는 쏜다면 쏜다!"

"……반항기 같은데."

비스코는 약간 어이없다는 듯이 말하고는 미로가 메고 있던 파우치에서 어떤 종이 한 장을 꺼냈다.

"뭐, 됐어. 하나 가져와서 다행이네."

"하나, 가져왔다, 니……."

미로가 조심조심 비스코가 든 종이를 보자, 그가 얼굴 옆으로 들어 올린 것은 바로 비스코 자신의 현상범 수배 전단이었다.

"아카보시 비스코. 식인종 아카보시! 지금 가장 핫한 현상범이란 말씀! 산 채로 이미하마에 끌고 가면 80만 닛카의 거금이 나온다고. 이런 구석진 곳이 아니라 벽 안쪽 집 열 채는 살 수 있을걸!"

"와, 와, 와아아앗! 뭐 하는 거야, 비스코!"

미로가 공포 따위 어딘가로 날려버린 듯이 안색을 바꾸며 비스코의 목덜미를 잡아 돌렸다.

"무슨 생각이야! 만약 부, 붙잡히면! 여행이고 뭐고 없다고, 전부 엉망이 돼버리잖아!"

한편, 구멍 뚫린 인형 도시 쪽에서도 상당한 소란이 벌어지고 있었다.

"아카보시?"

"식인버섯, 아카보시!"

"진짜야?"

"80만 닛카래."

도시 이곳저곳에서 그런 소리가 들려왔다. 신경 쓰이는 것은 그들 대부분이 아마 소년소녀라는 것이었다.

"아쿠타가와에게 먹이를 주려면 다른 방도가 없어."

조금 전까지 악동 같은 미소를 짓던 비스코가 이 틈을 타서 미로에게 속삭였다.

"도시를 세울 정도니까 식량 비축분이 있을 거야. 아쿠타가 와의 배가 차면 때를 봐서 도망치자. 있는 대로 갖고 가면 좋겠지만, 보아하니 꼬마들만 모여 있는 취락이야. 너무 많이 훔쳐 가는 것도 좀 그러니까."

"……응, 알았어."

한번 비스코와 눈을 마주하자 무모한 짓도 무모한 짓처럼 보이지 않게 되는 게 신기했다.

"저기, 나는 어떻게 움직일까? 뭔가 작전이 있어?"

"그런 거 없어. 어차피 잘 풀릴 테니까."

두 사람의 이야기가 끝날 무렵, 무장을 하고 각자 머리에 조개를 뒤집어쓴 어린 소년 집단이 패각사를 밟으며 아쿠타 가와 앞으로 걸어왔다. 선두에 있는 상어 마스크를 쓴 펑크한 소라 소년이 아무래도 조금 전 목소리를 외쳤던 이 집단의 수장 같았다.

"……저, 정말로 아카보시잖아. 왜 이런 곳에서 단념하게 된 거냐."

"현상범이라도 배는 고프다는 걸 까먹었거든. 이 게, 판다, 나, 셋에게 밥을 줘. 그 후에 나를 이미하마에 넘겨주면 돼."

"너는 묶어놓는다고 치고. 저 하얀 판다가 날뛰지 않는다는 보장은……."

"얌전한 품종이야. 만약 날뛰면 세 명 모두 쏴."

비스코는 교섭 같은 게 귀찮다는 듯이 초조해하며 포즈를 취했다.

"자, 묶을 거잖아? 빨랑 해."

소라 소년은 총을 들이밀고 있는데도 태연한 비스코에게 다소 눌리긴 했지만, 어떻게든 위엄을 되찾고는 부하 소년들에게 날카롭게 지시를 날렸다.

"프람, 코스케! 아카보시를 묶고 짐도 수거해. 이 게는……우우, 크네……. 묶거나 하면 날뛸 것 같아. 큐피를 불러와서 돌보게 해."

"저기, 너츠. 큐피만으로 괜찮을까? 이 녀석 엄청 세 보여. 역시 마비독 같은 걸 쓰는 편이……."

"앗, 꽤, 괜찮아! 아쿠타가와는 나랑 비스코가 말하면 얌전히 있어 줄 거야!"

소년들이 긴장하며 이야기를 나누는 가운데, 엉뚱할 만큼 밝고 청량한 목소리가 들렸다. 미로는 어색한 거동으로 안장에서 내려오려다 화려하게 넘어져서 컬러풀한 패각사에 머리부터 푹 박혀버렸다. 곧바로 일어나서 마치 개처럼 머리를 흔들자, 젖은 푸른 머리에서 조그만 보석이 흩어지며 햇빛에 반짝반짝 빛났다.

미로는 부끄러운 듯이 헛기침을 한 번 하고는 아쿠타가와의 배를 만지면서 조용히 속삭였다.

"지금부터 여기서 잠시 신세를 질 거야. 괜찮아, 긴장하지 마……."

미로의 부드러운 동작에 영향을 받았는지, 한 명이 무심코 총구를 내렸다.

"머…… 멋진 사람……."

"자, 잠깐, 프람! 너, 너츠한테 들린다고!"

"전부 들려, 이 바보들아!"

소라 소년의 노성에 두 일행이 모두 어깨를 움찔했다. 아무래도 소년의 이름은 너츠인 모양이고, 일련의 대화를 들어보니 이 험난한 생존경쟁 속에서도 아직 소년소녀다운 정서를 잃지 않은 것 같았다.

"자, 됐어! 아, 아카보시는 묶었어. ……너, 너, 너무 세게 묶었나? 괴, 괴롭지 않아?"

"바보! 상대는 대악당이라고, 세게 조이는 게 딱 좋아! 자, 걸어!"

"크히히힛……! 기운찬 꼬마구만. 일본의 미래는 밝은데?"

히죽히죽 웃는 비스코에게 밀리지 않기 위해서인지 너츠가 허리를 걷어찼다. 한편 프람이라고 불린 여자아이는 미로가 내민 양손에 수갑을 제대로 채우지 못하고 있었다.

"아마, 그 한가운데 구멍에 자물쇠를 넣는 걸 거야. 내가 이렇게, 손등을 위로 올려서……."

"이, 이렇게?"

"응, 거기서, 자물쇠를……. 아, 됐다, 다 됐어!"

미로는 자기 팔에 찬 수갑을 들어 보이며 프람에게 웃어 줬다. 프람은 거미조개 모자 속의 귀여운 얼굴을 펑! 하고 새빨갛게 물들이며 고개를 숙이고는 억지로 미로를 끌고 갔다.

위층에서 소년 몇 명이 수동 핸들을 돌리자 비스코 일행 다섯 명이 탄 곤돌라가 천천히 올라갔다. 문명 자체가 빈약한 수준으로 퇴화한 이 시대이건만, 그럼에도 이 도시는 꽤 아날로그 같은 방식으로 성립된 모양이다.

"저기, 이 도시는 신기한 모양인데…… 뭘 기반 삼아 만든 거야?"

미로가 너츠에게 들리지 않도록 코스케에게 속삭였다.

"처, 철인, 이야."

코스케는 자기 목소리의 톤을 조절하는 게 어려운지 딱할 정도로 신중하게 답했다.

"도, 도쿄, 대폭발에서, 날아온, 철인이야. 그 몸을 파내서, 만든 거라고…… 옛날, 어른들이 그, 그랬어."

'……이게, 철인. 철인의 유해로 도시를 만들다니…….'

과연, 잘 보니 거대한 몸통 위에 노출된 척추에서 옆으로 뻗어 나온 갈비뼈에 저마다 텐트나 해먹 등을 내걸어 생활공간을 구축했고, 그 정상에는 표정을 전혀 알 수 없게 된 철인의 안면 부분이 약간 기울어져서 입을 벌리고 있었다.

일찍이 대도쿄 중심에서 폭발한 녹바람의 원흉, 철인. 일본을 한 번 멸망시킨 저주의 상징으로서 오랜 세월 일본인들에게 기피를 받아왔지만, 도쿄 폭재를 체감하지 못하는 현세대 사람들에게는 의식이 흐릿해서, 그 존재는 역사 교과서를 장식하는 1페이지 정도에 지나지 않는다.

일찍이 인류의 묘비였던 것이 지금은 인류의 도시로서 숨 쉬고 있는 모습을 바라본 미로는 신기한 감회에 잠겨서 잠시 눈을 깜빡이는 것조차 잊고 홀린 듯이 도시를 바라봤다.

"하얀 판다는 프람, 네가 돌봐줘. 아카보시, 너는 이쪽. 코스케, 같이 와."

"밥을, 줘도 되겠어?"

"그렇게 약속했어. ……큐피한테도 전해둬."

곤돌라가 발판에 닿자, 너츠는 비스코의 밧줄을 당기며 계단을 올라갔다. 코스케는 우렁이 모자를 흔들며 걱정스레 몇 번 돌아봤지만, 이내 황급히 너츠를 따라갔다.

"……이리 와. 뭔가 만들어줄 테니까."

프람은 조심조심 말하며 간소한 조리도구가 있는 텐트 한쪽으로 미로를 데려가 그곳에 앉혔다. 이윽고 어젯밤 먹다 남긴 것 같은 조개 우유조림이 그릇에 담겨 나왔다.

"우왓! 굉장해! 스, 스튜다!"

"호들갑스럽네, 고작 개량조개 우유조림인데…… 아아, 잠깐, 흘리고 있잖아!"

"으급, 으, 읍…… 푸핫! 우와아, 이거 맛있어!"

수갑을 차고 서툴게 수프를 마시며 기뻐하는 미로의 표정에 거짓은 전혀 없었다. 먹지도 마시지도 못한 행군이 쭉 이어져 왔다. 가뜩이나 말랐던 미로의 몸은 당장 부러질 것만 같았고, 이 수프 한 그릇이 얼마나 그의 몸에 스며들었는지는 눈앞의 프람에게도 충분히 전해진 모양이었다.

프람은 미로의 서툰 모습을 보고 조금 망설이다가…… 결국 미로의 수갑을 풀어줬다.

"고, 고마워……. 어, 이거 괜찮아?!"

"어, 어쩔 수 없잖아. 너무 위태로워서…… 저기, 그렇게 배가 고프면 흰꼬리수리 회도 줄까? 마침 오늘 상할 것 같은 게 있거든."

"또 뭔가 만들어 줄 거야?"

"기다려봐, 바로 썰어줄 테니까……."

컬러풀한 흰꼬리수리를 냉장고에서 꺼내 식칼로 자르는 프람의 뒷모습을 보면서, 미로는 도시의 모습을 돌아봤다. 소년들은 모두 뒤숭숭한 모습에 총기로 무장하고 있지만, 보아하니 절반 정도는 심하게 녹슬어 있어서 제대로 작동하는지조차 의심스러웠다.

"저기, 이 도시 아이들은 왜 무장하고 있어? 도적이 나오거나 그런 거야?"

"……옛날에는, 이미하마에서 자주 군대 같은 게 와서 어른들하고 다퉜는데. 지금은 인간을 상대로 쏴본 적은 거의 없어."

"그럼 뭔가 생물이 나오는 거구나."

"응. 날복어 무리가 겨울에 나와. 숫자가 엄청나서…… 그래서 매년 우리도 숫자가 줄고 있어. ……총도 이제 낡았으니까. 올해를 과연 넘길 수 있을지 모르겠어……."

날복어는 체내에 모아둔 가스로 하늘을 나는 공유어(空浮魚)의 일종으로, 크고 귀여운 외견과는 달리 강인한 턱을 갖고 있어 인간 정도라면 씹어 먹을 수 있는 흉악한 진화생물 중 하나였다.

"……어른들이 있었다면, 돌아와 준다면, 이 도시도 분명…… 아, 아얏!"

격정 탓에 손이 미끄러진 프람이 식칼에 손가락을 베였다. 미로는 슬쩍 옆으로 다가가 굳어진 프람의 손을 잡고 해파리 기름을 품에서 꺼내 손가락에 발라줬다.

그리고 그때, 프람의 손가락 마디 부분에 잿빛으로 메마르고 갈라진 피부가 퍼져 있는 걸 놓치지 않았다.

"고, 고마워……."

조심조심 올려다본 프람과 미로의 눈이 마주쳤다. 조금 전까지의 연약한 얼굴이 거짓말 같을 정도로 눈빛이 진지했다. 별처럼 반짝이는 눈동자가 바로 근처에서 바라보자, 프람의 뺨이 타오르듯이 빨개졌다.

"으, 이, 이제 괜찮으니까…… 손, 놔줘……."

"너, 이거."

미로가 손을 쥔 채로 조용히 중얼거렸다.

"손가락 부분, 패피증(貝皮症)이네. 꽤 오래 지났어?"

"……어?!"

프람은 숨을 삼키며 과연 어디까지 말해야 할지 망설였지만, 마음속으로는 눈앞의 남자를 완전히 믿어버렸는지 자연스레 나오는 말을 막을 수 없었다.

"이, 이건…… 계속, 이래. 나뿐만이 아니야. 취락에 있는 대부분의 아이가, 이래……. 이 병, 녹병이라고 하지? 어른들은, 아이들을 위해 이걸 치료하고 싶어 했지만…… 그래도 약이 엄청 비싸니까. 우리를 지키기 위해 이미하마에 돈을 벌러 나갔어. 거기서, 이미하마 지사인 쿠로카와란 녀석이…… 이상한 탈을 씌워서……."

프람은 비통한 표정으로 쥐어짜듯이 말을 이었다. 평소에는 다정하고 부드러운 미로의 두 눈이 마치 푸르게 타오르는 불꽃처럼 분노로 떨렸다.

"……쿠로카와. 그 녀석, 아이들을 상대로 이런……!"

미로는 재빨리 품에 있는 앰플집에서 약통을 몇 개 꺼내 약물을 천에 적셔 패피증에 걸린 피부를 조심스레 닦아줬다. 그러자 놀랍게도 잿빛 피부가 윤기를 되찾고 신선한 살색이 되어 내리쬐는 햇빛을 반사하며 빛났다.

"거짓말…… 거짓말! 이, 이건……!"

"너희의 병은 녹병 같은 게 아냐."

미로는 다정함과 분노가 뒤섞인 기묘한 표정으로 프람에게 말했다.

"패피증은 약학 지식이 조금만 있으면 바로 치료할 수 있어. 병에 걸린 다른 애들은 어디 있어? 여기로 불러줘…… 오늘, 전부 한꺼번에 치료해줄게."

철인의 머리 꼭대기 부분, 너츠의 개인실 대용이 된 그곳은 철인의 이빨을 이용한 듯한 간소한 철창이 있었고, 비스코는 양손이 쇠사슬로 엄중하게 묶인 상태로 철창 안에 갇혀 고개를 내밀어 방 안을 돌아봤다.

"꼬마의 방치고는 호화롭네. 근데 말이지, 감옥이 딸려 있다니 어떻게 된 거야?"

"떠들지 마, 악당 주제에! 젠장, 다리에라도 한 발 쏴줄까……!"

"저기 걸려 있는 작살은 뭐야? 꽤 흉악한 무기인데."

비스코의 시선 너머에는 햇빛에 반사되어 번뜩이는 날카로운 작살 두 개가 교차되어 벽에 장식되어 있었다. 너츠는 이번에야말로 비스코에게 고함을 치려다가…… 질문 내용을 반추하며 조용히 대답하기 시작했다.

"……아버지의, 작살이야. 이 주변 제일의 어부이자 이곳의 수장이었지. 이미하마의 군대에 거역해서 머리가 날아갔지만. 그때의 일을 잊지 않도록, 여기에 장식해 놨어."

너츠의 목소리가 긴장감으로 팽팽해지며 서서히 비장한 마음이 배어 나오기 시작했다.

"훌륭한 작살이야. 이것만큼은, 그리고 나의 원한만큼은, 녹슬게 하고 싶지 않아……."

너츠의 말 마지막 부분은 만감의 감정으로 떨려서 목소리가 되지 못했다. 진중한 얼굴로 리더를 바라보는 우렁이 모자 코스케 옆에서, 비스코는 악동 같은 얼굴로 송곳니를 번쩍였다.

"추억 이야기는 아무래도 좋고. 좋은 작살이네. 저거 나 줘."

"……뭐, 뭐라고?!"

"달라고, 그거. 장식해 놔봤자 의미도 없고…… 쓰려고 해봤자, 너 같은 꼬마는 반대로 휘둘릴 뿐이야. 내가 쓰는 게 제일 좋아."

"너, 너, 너어—!"

너츠가 노발대발하며 라이플을 겨눈 바로 그 순간—.

"너츠, 너츠—!"

희색으로 넘쳐나는 목소리가 복도에서 들려왔다. 무슨 일인가 싶어 돌아보자, 수많은 아이들이 가구조차 밀쳐내며 우르르 밀어닥쳤다.

"뭐, 뭐야, 너희들! 소란스럽게! 하얀 판다의 감시는 어떻게 됐어!"

"그거 말인데, 이거 봐봐, 너츠! 내 팔! 오른팔이 완전히 살로 돌아갔어! 움직일 수 있게 됐다고! 이거 봐, 귀도! 오른발도!"

"내 눈도! 눈도 봐줘, 너츠! 보여, 전처럼 또렷하게! 다시 파수대 일을 시켜줘, 예전보다 훨씬 잘 할 수 있어!"

"너, 너희들, 대체……?"

아이들은 입을 모아 원인 불명이었던 자신들의 병이 나은 것을 기뻐했다. 보아하니 확실히, 하얗고 딱딱하게 굳어졌던 그들의 피부가 윤기를 되찾고 건강한 살로 돌아갔다.

"그 하얀 판다는 부처야, 그리스도야! 굉장한 약을 써서 우리를 단숨에 치료해줬어! 야, 너츠. 너도 그 입 주변을 치료해 달라고 해봐!"

"뭐라고……?! 바보, 헛소리하지 마! 이상한 술수를 써서 좋아하게 만들려는 수작이야! 내가 가보겠어! 판다가 있는 곳으로 가자!"

너츠는 아이들에게 일갈하며 제지하고는 계단을 내딛었다.

"코스케! 너는 아카보시를 보고 있어. 조심하라고, 뭘 할지 모르니까!"

그리고 움직이려던 코스케에게 한마디를 던지고 계단을 뛰어 내려갔다.

"에엑! 그럴 수가, 나만…… 너, 너무해! 너츠!"

불만을 늘어놓았지만 대답은 없었다. 코스케는 시시한 듯이 고개를 수그리더니 한동안 멍하니 있었고…… 이내 주머니에서 접힌 종이를 꺼내 사랑스럽게 바라보기 시작했다.

"……철도 노선도냐?"

순간 코스케의 몸이 움찔! 떨렸다.

"보, 보, 보고, 알 수 있는 거야? 이거."

"조금이지만. 자비…… 스승하고 여행 도중에 있던 검문소를 빠져나갈 때 지하철을 썼거든. 나라에서 미에로 빠져나가는…… 케이큐 베니바시선이라고 했던가."

"폐, 폐, 폐선을, 움직인 거구나……! 괴, 괴, 굉장하다……!"

코스케는 두리번두리번 계단 아래쪽에 인기척이 있는지 확인하고는 아무도 보지 않는다는 것을 확인하고 서둘러서 친근하게 비스코 쪽으로 다가갔다.

"혀, 형. 버섯지기지? 지, 지, 진짜로, 여, 여러 곳을 여행해

온 거구나. 굉장하네, 부러워라."

"뭐야. 소라 애송이하고는 엄청 다르네. 버섯지기가 무섭지 않은 거냐?"

"아, 아, 아빠가, 말했어. 옛날에, 병으로 죽어가던 나를, 버섯지기가 치료해줬다고. 그, 그래서, 그때부터, 버, 버섯지기를 좋아하게 됐다고!"

코스케는 앙증맞은 코에 난 주근깨를 손으로 한번 쓸었다.

"그, 그러니까, 나도, 버섯지기하고 이야기를 해보고 싶다고, 줄곧 생각했었어. 새, 생명의 은인이니까! 저, 저기, 혀, 형은 어디로, 가?"

"북쪽이야. 아키타에 꼭 찾고 싶은 버섯이 있어서 말이지. 그래서 여행 중이야. 도중에 아쿠타가와…… 게가 배고파해서 여기에 들렀지만."

"그럼!"

코스케의 얼굴에 화색이 가득 돌았다.

"이, 지, 지도를 가져가! 아빠랑, 자주 봤었어. 언젠가 모두 함께 여행을 가고 싶어서……. 토, 토호쿠 쪽 지하철 위치가, 전부 실려 있어. 예, 옛~날 옛적 지도니까, 지금은 폐선됐다고 생각하지만, 그, 그래도, 움직이는 열차도, 분명 있을 거야!"

"너 말이야, 나는 죄인이라고. 너, 이 일에는 전혀 안 어울리네."

비스코는 눈앞의 아이가 너무나도 순진한 것에 어이없어하며 넘겨받은 지도를 어쩔 수 없이 품에 넣었다.

"조금 더 사람을 의심하라고. 내가 너 정도 무렵에는 남의 이야기 중 9할은 거짓말이라 생각했어."

"괘, 괜찮아! 나, 나, 이제, 너무 많이 읽어서, 그거, 전부 기억하거든."

코스케는 대답인지 아닌지 잘 알 수 없는 말을 하며 우렁이 모자를 한번 고쳐 썼고…… 그리고는 반짝이는 눈으로 비스코를 빤히 바라봤다.

"아, 아빠는, 언젠가, 언젠가 버섯지기에게 은혜를 갚고 싶다고, 줄곧 그랬었어. 아, 아빠는, 죽었지만, 내, 내가, 대신해서, 은혜를 갚으려고 하는 거야!"

코스케는 그렇게 말하고는 갑자기 뭔가 떠올랐는지 옥상으로 가는 계단을 올라갔다. 그 위태로운 모습에 철창 속 비스코가 오히려 걱정할 정도였다.

"야! 내 감시는 괜찮은 거냐고! 리더한테 얻어맞는다!"

"자, 잠깐만, 오줌!"

그 외침에 비스코는 완전히 평소의 험악함이 빠져나가서 어이없다는 듯이 그 자리에 주저앉았다. 그리고 품에 넣어둔 꾸깃꾸깃한 지도를 곁눈질하고는「크, 크히힛……」하고 소리 내서 웃었다.

"감옥에 들어간 남자한테 지도를 건네줘서 뭘 시키려는 건지……."

그런 부분도 귀여운 녀석이라며 신기한 기분을 곱씹던 비스코는 천천히, 묶여 있는 손에 어마어마한 힘을 주기 시작했다.

"이, 이건 대체……!"

상어 마스크를 뗀 너츠가 자신의 입가를 어루만지자, 그곳에는 옛날 같은 윤기 나는 피부와 촉촉한 입술이 돌아와 있었다. 너츠는 믿기지 않는다는 듯이 몇 번이나 거울을 바라봤다.

"이미하마가 너희에게 팔던 약은, 쓸모없는 가짜야."

미로는 다정함 속에 이미하마를 향한 조용한 분노가 배어나오는 표정을 지으며 짐 속에서 노란색 약통을 몇 개 꺼냈다. 그리고 종이에 뭐라 적고는 프람에게 오라며 손짓을 보내서 그것과 함께 건넸다.

"이리 와, 프람. 이게 패피증 특효약. 특히 침식이 심한 아이에게는 아끼지 말고 다 나을 때까지 쓸 것. 이 양이면 한동안 버티겠지만, 만약 약이 떨어지면 여기에 조제법을 적어 놨어. 이 주변에서 채집할 수 있는 재료로 만들 수 있겠지만, 채집은 조심해."

"너, 천사님 같은 사람이야……? 거짓말 같아…… 정말로 모두의 병을 치료하다니……."

"저기, 너츠. 마을 동료들을 전부 치료해줬잖아. 뭔가 사례를 하자. 칼베로 어부는 의리가 무엇보다 중요하다고 어른들도 그랬잖아."

"맞아, 너츠! 이 사람이 없었으면 다들 언젠가 몸 전체가 까끌까끌해져서 죽었을 거야! 뭔가, 우리가 사례를 해줘야 해!"

"……."

너츠는 주변 소년들의 목소리에 팔짱을 끼고 잠시 찌푸린 표정으로 서 있다가, 침묵을 유지하지 못하고 입을 열었다.

"……뭔가, 바라는 게 있냐. 여기에는 대단한 건 없어."

"……있어, 딱 하나."

미로는 그때까지의 다정한 눈동자에, 책사 같은 기색을 풍기면서 상쾌하게 말했다.

"내 파트너, 아카보시 비스코. 그를 풀어주고 내게 넘겨줘."

"……!"

"앗!"

"그랬지……!"

"아카보시를……!"

주변 조개 모자 아이들이 서로를 바라보며 일제히 웅성거렸다. 이 치유의 사도 같은 예쁘장한 남자가 그 대악당 아카보시의 일행이었다는 걸 지금까지 줄곧 잊어버리고 있었던 것이다. 그렇지만…….

"아카보시가 얌전히 있겠다면야, 그 정도는…….'

"은인의 말이니까."

아이들의 반응은 완전히 미로에게 기울어져서, 이 자리에서는 긍정적인 무드가 대부분을 점유하고 있었다.

프람이 팔짱을 낀 너츠에게 슬쩍 다가가서 「저, 저기……」 하고 말을 걸자…….

"그럴 순, 없어."

"너츠!"

"아카보시를 풀어줄 수는 없어! 다른 걸로 골라, 판다!"

'······어, 어라? 그렇게 나왔나····· 조금 판단을 그르쳤나······!'

아이들의 선한 마음을 믿고 있던 미로는 이 대답에 약간 식은땀을 흘렸다. 치료 과정에서 너츠의 딱딱한 표정 내면에는 솔직하고 의리가 두터운 점이 있다는 걸 느끼고 있었지만, 지금의 너츠는 뭔가 별도의 사명감 같은 것으로 마음을 굳게 닫아걸고 있었다.

"너츠, 이 의사의 일행이니까 아카보시도 분명 악당이 아닐 거야. 응? 이 사람에게는 소중한 동료야, 풀어주자!"

"그런 건 상관없어! 돈 이야기를 하는 거야!"

너츠는 프람의 목소리를 억지로 뿌리치고는 난폭하게 고개를 흔들었다.

"80만 닛카면 도시 전체의 무장을 완전히 새로 살 수 있는 금액이야. 우리 총은 거의 다 녹슬었고, 총탄도 없어. 겨울까지 무기를 새로 마련하지 못하면 날복어 무리가 도시 전체를 먹어치울 거라고. 그래도 좋은 거냐!"

너츠의 일갈에 소년들은 입을 다물었다.

너츠 역시 남들보다 훨씬 정이 두터운 소년임이 틀림없다. 그러나 그 동료의 목숨을 지키겠다는 한결같은 마음이 그에게 비정한 결단을 강요하고 있었다.

"이야기가 끝났다면, 이제 가겠어. ······게에게는 밥을 잔뜩 먹여놨으니까. 빨리 나가."

너츠는 미로의 얼굴을 보지 않으려고 하면서 발길을 돌렸다. 미로는 엄지손톱을 깨물고 뭔가 다음 수를 고민했다.

너츠의 발이 계단을 딛은 그 순간—.

"복어다! 복어가 왔다—!"

"앗?! 코스케! 위냐!"

철인 도시 전체에 코스케의 비명이 울려 퍼지자 소년들이 다시금 웅성거렸다. 너츠는 부엌의 계단을 달려 철인의 가슴팍에 튀어나온 광장으로 향했다.

위쪽 시야 끄트머리, 철인의 머리 부근으로 당장 달려들 것처럼 입을 벌린 날복어의 부푼 몸이 크게 비쳤다.

"어째서 이런 여름이 한창일 때······! 낙오된 복어 중 한 마리인가?"

"너, 너츠······."

총을 든 너츠의 귀에 프람의 떨리는 목소리가 들려왔다.

"낙오된 녀석이 아니야······ 이, 이 녀석들, 무리로······. 자, 작년의 몇 배나······!"

깜짝 놀란 너츠가 프람의 시선을 따라가자, 낮은 구름 사이에서 날복어의 통통한 몸이 수없이 내려오는 게 보였다. 기상 변화로 먹이가 줄어든 걸까. 원인은 모르겠지만 조금 전의 평화로웠던 분위기는 급변했고, 철인 도시는 미증유의 멸망 위기에 몰리고 말았다.

"와, 와아앗! 너츠! 엄청난 숫자야! 우리 총보다 많아!"

"탄이, 탄이 안 나가! 제장, 이럴 때! 제장!"

동료들의 비명을 들은 너츠의 얼굴이 일그러졌다. 평소였다면 침착하라고 일갈했겠지만, 이런 상황에서 그건 멸망을 기다리라고 지시하는 거나 다름없었다. 깊은 고뇌가 너츠를 덮쳤고, 마침내 그의 입에서 「으으, 어떻게 해야……」라는 약한 소리가 나왔다.

　"……모두를 구할 굉장히 간단한 방법이, 하나 있어."

　이 자리와는 어울리지 않는 침착한 목소리에 너츠와 프람이 동시에 미로를 돌아봤다. 미로는 이번에야말로 진지한 표정을 지으며 너츠의 시선을 정면에서 받아냈다.

　"뭐, 뭐야. 손쓸 방도가 어디 있다는 거야!"

　"이 정도의 동물 100이나 200, 식은 죽 먹기로 쓰러뜨릴 수 있는 사람을 알아. 맡기기만 하면 돼. 이 정도의 숫자는 10분도 걸리지 않아 퇴치해버릴 거야."

　"그, 그게 누구야. 그런 녀석이 어딨어!"

　"잡아놨잖아, 네 방에."

　미로는 불안해하는 프람에게 싱긋 웃어 주고는 너츠에게 슬쩍 다가가서 약간 말투를 굳혔다.

　"너츠. 비스코를 풀어줘! 이 상황을 타개할 수 있는 건 비스코뿐이야. 80만 닛카와 맞바꿔서 동료들을 복어에게 먹여 줄 셈이야?!"

　너츠가 이마에 고민의 땀을 흘린 그 직후—.

　콰앙! 하고 굉음이 울려 퍼지며 철인의 머리 일부가 부서졌다. 흩어지는 파편에 하늘을 올려다보자, 복어의 두꺼운 입술에 작은 그림자가 걸려 있는 게 보였다.

"와앗! 너츠—!"

코스케의 비통한 비명이 상공에서 일동의 귀에 꽂혔다. 코스케는 재킷 옷자락이 복어의 입술에 얽혀서 어쩔 방도도 없이 공중에 떠올라 지금 막 먹이가 되려 하고 있었다.

"코스케—!"

총을 겨눴지만, 친구를 쏠지도 모른다는 압박감 탓에 손이 떨렸다. 너츠의 손이 방아쇠를 당기지 못하고 무심코 눈을 감은 그때—.

후웅, 콱!

맑은 하늘 아래 붉게 나부끼는 그림자가 춤추며 코스케를 물려던 날복어를 향해 유성처럼 꽂혔다. 착지하자마자 손에 든 창 같은 것을 복어의 미간에 꽂더니 어마어마한 완력으로 꼬리 쪽까지 단숨에 찢어버렸다.

날복어를 꿰뚫은 것은, 너츠가 보물처럼 모셔놓은 『작살』이었다.

보에에에에에에!

얼빠진 포효와 함께 날복어의 몸이 쪼그라들었다. 붉은 그림자는 재빨리 코스케를 업고 날복어의 등을 박차 다시 철인 머리 꼭대기에 착지했다.

"소라. 작살 쓰는 법을 알겠냐?"

비스코의 눈동자가 강하면서도 어딘가 다정하게 너츠를 꿰뚫으며 손에 든 작살을 던져서 넘겨줬다.

"아버지의 유품이라면 더더욱, 원한으로 벽에 고정해 두는 게 아니라…… 당장 마구마구 써서, 저세상에 보내줬어야지."

"아, 아카보시……!"

작살을 받고 휘청거린 너츠가 놀란 표정을 지었다.

"구속은 어떻게 됐어?! 철창은! 자물쇠는 나밖에 갖고 있지 않은데!"

"나를 묶을 작정이었다면 그딴 건 도움이 안 된다고."

햇살에 비친 비스코의 팔에서 끊어진 쇠사슬이 덜렁거렸다.

"그런 다 녹슨 철창도 말이지. 뭐, 꼬마의 소꿉장난치고는 귀여웠어."

"뭐, 뭐, 뭣이이!"

"미로, 활!"

"여기!"

분한 듯이 어금니를 악문 너츠를 제쳐놓고, 미로는 비스코를 향해 에메랄드 활과 화살통을 던졌다. 비스코가 활을 휙 당기자, 푸른 하늘 아래 붉은 머리가 휘날리며 전쟁 깃발처럼 춤췄다.

"코스케. 네가 준 지도 봤는데 말이지. 그거 결함품이야."

"에엑?! 그, 그럴 리가 없어!"

비스코는 거기서 조금 말이 막혔고, 쑥스러움을 감추듯이 코스케에게 통명스럽게 답했다.

"……역이름에 읽는 방법이 적혀 있지 않았다고. 나는 한자를 못 읽으니까. 내 활과 너의 정보를 교환하자. 토부 시라카바선의 역 하나당 한 발씩 쏴주지.”

“에, 에, 에에엑?!”

비스코는 자신의 목을 꽉 잡은 코스케에게 악동 같은 미소로 호소했다.

“야, 왜 그래. 친구들이 먹혀버린다. 순서대로 말해. 전부 기억하고 있다며?”

“아, 아, 알았어! 시라카바선, 처음 역은, 어어……”

동족의 죽음을 본 날복어는 일제히 대상을 바꿔 비스코에게 달려들었다.

“아, 아아~ 큰일인데, 먹히겠어, 잡아먹히겠어~.”

“아, 떠올랐다! 첫 번째 역, 키츠네자카!”

“키츠네자카. 그렇구만.”

순간, 비스코가 쏜 화살이 섬광처럼 꽂혀서 날복어의 몸을 꿰뚫었다.

날복어는 움찔 경련하며 움직임을 멈췄고, 직후 몸 이곳저곳에서 진한 납색 버섯이 뻐끔! 뻐끔! 피어나며 바닥에 거꾸로 떨어졌다.

어마어마한 중량을 자랑하는 버섯, 『닻버섯』독이었다.

“자, 하나뿐이야? 복어는 아직도 있다고!”

“어, 어어어! 두 번째 역, 카가미보시, 세 번째 역, 츠에오키!”

섬광 두 줄기가 뻗어 나가 닻버섯이 작렬하며 날복어가 지면으로 떨어졌다.

“히나리야마, 카메고시, 쇼가이와, 카부토바시!”

코스케의 말에 호응한 비스코의 강궁이 차례차례 날복어를 격추했다. 절망적인 대군이었던 날복어 무리도 순식간에 숫자가 줄어들어, 마침내 마지막 한 마리만을 남겨 됐다.

"자, 이제 한 마리 남았어."

"마, 마침, 역이름도 마지막이야…… 종점은, 코나키 유곡!"

코스케의 말과 함께 화살 하나가 쏘아졌다. 마지막 화살로 피어난 닻버섯이 복어를 바닥에 내리꽂자 도시 이곳저곳에서 환성이 울려 퍼지며 비스코의 기술을 칭송했다. 비스코 본인은 약간 지루한 듯이 목을 울렸지만, 목에 매달려서 눈을 반짝이는 코스케에게는 악동 같은 미소를 보여줬다.

"응, 공부가 됐어, 코스케. ……뭐, 어차피 미로한테 읽어달라고 하겠지만."

"나, 나, 나, 오늘 일, 평생 잊지 않을게……! 괴, 굉장했어, 형……!"

"만약 또 나중에 버섯지기가 네 도움을 원한다면—."

비스코는 흥분하며 뺨을 물들인 코스케와 시선을 맞추며 말했다.

"도와줘, 오늘처럼. 인연이라는 건 그렇게 이어져 가는 거라고…… 내 스승도 그랬으니까."

감격해서 목소리조차 내지 못하고 끄덕이는 코스케를 철인의 목 주변에 내려주고…….

비스코 자신은 그대로 메마른 바람을 맞으며 기분 좋은 듯이 머리를 휘날렸다.

"……아쿠타가와—!"

그리고 한 마디 외치면서 철인의 머리를 박차고 그대로 공중으로 뛰어내렸다. 소년들이 숨을 삼키며 바라보는 그때, 지면에서 높이 뛰어오른 게가 그를 안고 데굴데굴 패각사 위를 굴렀다.

"미로! 휴식은 끝났어! 가자!"

"응!"

달려가려던 미로의 소매를 가녀린 팔이 붙잡았다. 미로가 돌아보자, 프람의 필사적인 눈동자가 매달리듯이 미로를 바라봤다.

"부탁이야, 여기 있어 줘. 이 도시에는 네가 필요해. 다들 너를 존경하고 있어. 나, 나도…… 하고 있어! 그러니까 여기 있어 줘. 좀 더 약을 가르쳐줘……!"

미로는 다정한 눈으로 프람을 바라보며 손을 떼었다.

"프람. 이 도시에 필요한 건 내가 아니라 너야. 이런 쇠락해진 세상에서 남을 생각해 줄 수 있는 다정한 마음을 가졌잖아…… 의사의 자질이라는 건 그거면 충분해."

"저기, 부탁이야, 이름……. 또, 언젠가 만날 수 있어?"

"미로. 네코야나기 미로."

미로는 그렇게 말하며 조용히 프람의 뺨을 어루만졌다.

"분명 만날 수 있어…… 나보다 훨씬 멋진 사람을. 잘 있어, 프람. 건강해야 해……."

미로는 그대로 비스코와 마찬가지로 철인의 턱 주변을 박차며 공중을 날았고, 다시 뛰어오른 아쿠타가와에게 안겨서 착지했다. 그제야 겨우 여느 때처럼 두 사람이 두 안장에 앉을 수 있게 되었다.

"푸핫! 무척 충실한 하루였네, 비스코! 배도 가득 차서 대역전이야!"

"처음부터 말했잖냐. 내가 하는 일은 빗나가지 않는다고."

"그러게! 그리고 말이지, 후홋! 비스코는 역시 애들에게는 다정한 타입이구나."

"역시라는 건 뭐야. 그냥 평소 그대로잖아. 딱히 다정하거나 그렇진 않아."

"굉장히 뻔한 불량배 만화 같았어. 이렇게, 눈가까지 수그리면서. 만약 또 나중에 다른 버섯지기가, 너희의⋯⋯ 아, 아야야! 험담한 거 아닌데!"

"아카보시이ー잇!"

그때, 걸어가는 아쿠타가와 옆에 푹! 하고 날카로운 작살이 박혔다. 너츠의 방을 장식하던 두 자루 중 하나였다.

"오, 뭐야. 결국 넘겨줄 생각이 든 거냐?"

비스코가 돌아보자, 너츠가 퉁명스러운 표정으로 비스코를 노려봤다.

"착각하지 마라! 그걸로 죽여버리려고 했을 뿐이야, 멍청아ー!"

너츠의 높은 목소리가 맑은 패각사해에 한껏 울려 퍼졌다.

"이 굴욕, 잊지 않겠어! 내가 붙잡을 때까지 죽지 말라고, 아카보시ー!"

"……도시를 구해줘서 고맙습니다, 라는 말을 왜 못하는 거
냐고."

작살을 주워 올리자, 무척이나 강력해 보이는 그것이 햇살
을 받아 번쩍 빛났다.

"정말이지 귀엽지 않은 꼬마라니까. 저건 빨리 죽겠어."

"아하하핫! 솔직하지 않네~."

"정말이라니까. ……응? 야, 그 말, 어느 쪽이야."

평소보다 시끄러운 주인들의 대화가 위에서 들려왔지만, 배
부른 아쿠타가와는 기운차게 패각사해를 나아갔다.

9

"야, 아쿠타가와! 씻으라고! 따개비가 생긴단 말이야!"

비스코는 칭얼대는 아쿠타가와 위에서 설득에 고심하고 있
었다. 껍질에 묻은 패각사를 털기 위해 일단 안장이나 짐을
풀어야 하는데, 아쿠타가와가 가진 것을 푸는 걸 싫어해서 평
소에는 생각지도 못할 만큼 끈질기게 날뛰었다.

"안 된다니까, 비스코. 그렇게 억지를 쓰면 아쿠타가와가 무
서워해."

"무서워해?! 이 녀석이?!"

보다 못한 미로가 근처까지 와서 안장에 훌쩍 올라타고는 「그
래~ 옳지옳지」 하고 중얼거리며 아쿠타가와의 등을 쓸어줬다.

"안장이나 가방은 아쿠타가와 나름의 패션이야. 아무리 형

제라고 해도 갑자기 벗기려 하면 싫어하지."

"묘하게 생생한 말을 하는구만, 너."

"아쿠타가와, 괜찮아. 너에게서 아무것도 떼어내지 않아. 조금 깨끗하게 해줄 뿐이니까……."

미로가 속삭인 말의 의미가 아쿠타가와에게 전해졌는지는 알 수 없다. 그러나 그 파문 하나 일어나지 않는 수면 같은 부드러운 배려에, 칭얼대던 아쿠타가와도 점차 침착함을 되찾고 드디어 발을 꺾어서 얌전히 앉았다.

"자! 다 됐어!"

"우오……."

방긋! 하고 자랑스럽게 웃는 미로의 얼굴을 분한 듯이 올려다본 비스코가 아쿠타가와의 안장을 떼어냈다. 지금까지 아쿠타가와와 관련된 일은 자비에게 맡겨두고 있었다고는 하나, 형제나 다름없이 자라온 아쿠타가와가 만난 지 얼마 되지 않은 미로에게 마음을 터놓고 있다는 게 조금 아니꼽긴 했다. 하지만 동시에 이렇게나 빠르게 인심(게심?)을 장악할 수 있는 미로의 재능에는 감탄하지 않을 수 없었다.

"……뭔가, 있는 거냐? 그러니까, 요령이……."

아쿠타가와의 껍질을 쓸어주던 비스코가 분한 듯이 미로에게 물었다.

"어? 뭐야! 기특하네, 비스코! 혹시 감기 걸렸어?"

"그 콧대 꺾어버린다~?!"

"딱히 특별한 요령은 없어! 비스코는 그대로 있으면 돼. 게는 우리 인간과 달리 순수하거든. 비스코가 긴장하면 아쿠타가와도 긴장해버려."

"긴장……? 내가?"

"하고 있어. 비스코, 언제나 혼자서…… 《녹식》 일로 머리가 가득하지?"

비스코는 부드러운 표정으로 아쿠타가와의 껍질을 매만지는 미로를 바라봤다.

"아쿠타가와는 비스코가 다정하다는 걸 잘 알고 있어. 그래도 지금 궁지에 몰린, 칼집에서 뽑은 칼 같은 비스코에 닿는건…… 분명 무서운 거야. 비스코가 다른 사람 같아서……."

"……내가, 무섭다고……."

"칼은 계속 뽑아두고 있으면 언젠가 부러져버려."

미로는 아쿠타가와의 배에 기대며 비스코에게 말했다.

"시간이 없는 것도, 비스코의 힘도 잘 알아. 그러니까 더더욱, 고독해지지 말았으면 좋겠어. ……나는 아직 약하지만, 네고민의 절반이라면 맡아줄 수 있어. 분명 자비 씨가 지금까지 비스코를…… 고독하게 만들지 않았듯이."

"……."

"……파트너라면, 좀 더 나를 의지해줘. 괴로워도 둘이서 앞을 보고 있으면, 분명 아쿠타가와도 비스코를 무서워하지는 않게 될 거야."

"……. 알았어."

"에엑! 이해력이 너무 좋잖아! 역시 열 있는 거 아냐? 비스코. 이마 좀 내밀어봐."

"시끄러~! 만지지 마!"

아쿠타가와의 안장을 다시 올리고 어째서인지 화가 난 듯이 모닥불로 돌아가는 비스코를 배웅한 미로가 소리를 내지 않고 웃었다.

활을 당기면 천하무쌍인 광견의 앳된 부분을 엿볼 때마다 자신이 비스코에게서 떨어지면 안 된다는, 위태로움과 신뢰가 뒤섞인 기묘한 감정이 미로의 마음에 솟구쳤다. 미로는 비스코를 배웅하면서 그 마음을 확인하고, 완전히 차분해진 아쿠타가와를 한번 돌아보고는…… 그대로 파트너의 뒤를 종종걸음으로 쫓아갔다.

두 사람과 게 한 마리는 옆으로 쓰러진 거대한 전망대 폐허를 찾아서 그곳에 오늘 밤 야영 준비를 했다. 건물 자체는 강화 유리가 전부 녹바람에 녹아서 뼈대만 남은 정도라 바람조차 피할 수 없었지만, 그래도 바닥에 바닷물이 들어오지 않는 만큼 그나마 나았다.

"자! 날복어와 만가닥버섯 간국이야!"

생각지 못한 사냥감이었던 날복어 고기를 바로 미로에게 맡겨보니 훌륭한 수완을 보여줬다. 모닥불 위에 보글보글 끓는 투명한 흰색 수프에서 참으로 향긋한 냄새가 풍기며 비스코의 공복을 자극했다.

"우왓! 뭐야, 이거?! 무지막지하게 맛있는데?!"

"거기~!『잘 먹겠습니다』는?!"

비스코는 그야말로 애들처럼 정신없이 간국을 떠서 홀짝이고 또 홀짝이며 탐닉하듯이 먹었다. 자신이 만든 것을 먹으며 좋아하는 비스코를 보니 미로도 기뻤지만, 그래도 자기 몫의 밥까지 가져가는 건 그냥 둘 수 없기에 경쟁하듯이 국물을 휘저었다.

활짝 갠 패각사해의 밤은 낮과는 다른 정취가 있어서, 이것 역시 절경이라 할 수 있었다. 하늘의 별자리가 그대로 잔잔한 수면에 비쳐서 별들을 물 위에 품었다. 이러쿵저러쿵하며 복어 고기를 잔뜩 뱃속에 넣은 두 사람은 마치 우주 속을 떠다니는 듯한 신비한 감각에 한동안 몸을 맡겼다. 아쿠타가와가 남은 복어를 부지런히 먹어치우는 소리만이 평화롭게 들렸다.

"……겨우 이 짜증나는 조개 바다를 빠져나갈 수 있게 되었어. 어떤 괴물이 나와도 활만 있으면 쏴 죽일 수 있지만, 이 바닷바람하고 배고픔만은 역시 힘들다니까."

"힘든 정도가 아니야! 나는 얼마 전까지 벽 안에 있었는데……."

미로는 크게 한숨을 내쉬며 뭔가 감회가 깊은 듯이 중얼거렸다.

"벽 바깥이 어떤지는 전혀 몰랐어……. 그런 커다란 생물이라든가, 자연이라든가, 문명의 유해 같은 것도. 나 혼자였다면 바람 한번 불기만 해도 간단히 뭉개져 버릴 것 같아서……."

"호들갑 떨고 있네. 걱정하지 마, 이 여행으로 누나를 구하면 원래대로 도시 생활을······."

"그게 아니야, 비스코!"

미로는 어둠 속에서 몸을 내밀며 비스코의 무릎을 만졌다.

"그런 게, 아니야. 즐거웠어······ 아름다웠어, 무척! 경치도, 공기도, 물도, 그 커다란 절의 갯가재도, 뭐랄까······ 생명의 힘으로 넘쳐났어! 이미하마의, 강한 인간이 약한 인간을 먹어치우는 그런 고여 있는 분위기와는 전혀 달랐어······."

"······너······."

"그런 시야가 막힌 도시 안에서······ 나는 줄곧 뭘 보고 있었던 걸까? 내가 도시에 보호받고 있는 동안, 방금 전의 아이들은 지사인 쿠로카와의 희생양이 돼서 가혹한 생활을 보내고 있었어······."

"바보야. 너무 깊이 생각하는 거야. 너는 열심히 거기서 의사로 살아갔잖아. 누구에게나 한계라는 게 있다고. 관철할 수 있는 억지는 고작해야 한두 개 정도야."

"······홋, 크큭······ 아하하핫! 비스코가 그런 말을 하는구나!"

미로는 어둡게 가라앉은 표정을 곧바로 미소로 바꾸며 재미있다는 듯 웃었다. 비스코는 파트너가 대체 뭘 재미있어하는지 몰라서 어둠 속에서 고개를 살짝 갸웃했다.

"아무튼, 아직 가는 도중이야. 이제 예쁘니 어쩌니 하고 있을 수 없게 될걸. 이 호수를 빠져나가서 한동안 걸으면 바로 시모부키현이야. 방한을 고려하지 않으면 얼어버릴 거야."

"비스코. 아까 본 느낌으로는, 코스케의 지도는 진짜야. 확실히 시라카바선 안이라면 아직 움직이는 열차가 있어도 이상하지 않아. 역을 잘 찾아보면 단숨에 길을 단축할 수 있을지도 몰라!"

"응……. 그렇게 생각하긴 하지만, 역시 어린애의 이야기야. 과하게 기대했다가 시간 낭비가 되는 게 제일 무서워. 지하철 수색은 적당히 하고 지상으로 갈 생각이야. 도박보다는, 할 수 있는 것에 힘을 쏟고 싶어. 내 목숨의 힘이 이어지는 한……."

"……. 비스코, 자비 씨는……."

한동안 침묵한 뒤, 미로가 청량한 목소리로 찔러보듯이 비스코에게 물었다.

"비스코의, 스승님이야? ……아니면 아버지?"

어둠 속이라 비스코의 표정은 알 수 없었다. 그는 미로의 질문을 자기 스스로 확인해보듯이…… 더듬더듬 말을 자아냈다.

"……뭘까. 스승이고, 아버지고…… 그래도, 자비는 자비야."

밤의 어둠 속에서 녹색 눈동자만이 반짝반짝 깜빡였다.

"내게 이것저것 가르쳐 줬어…… 활이나, 살아갈 기술 같은 거. 지금이야 그런 얼빠진 영감탱이지만, 옛날에는 엄했다고. 몇 번이나 죽을 뻔했어."

"그 자비 씨가?"

"안 믿기냐?"

비스코는 웃었다.

"몇 번이나 생각했어. 내가 영감보다 강해지면 가장 먼저 박살을 내버릴 거라고. 하지만 지금은 그런 생각도 사라졌어. 비겁한 영감이라니까. 내가 강해지니까 일 다 끝났다는 듯이 둥글어져서……."

비스코는 거기서 일단 말을 끊고 짙은 남색의 하늘을 빤히 올려다봤다.

옆자리에 있는 미로에게도 뭔가 마음속 깊은 곳에서 상념에 잠긴 비스코의 고동이 전해졌다.

"있잖아, 비스코. ……자비 씨는 비스코를 사랑해서…… 아얏!"

그림자가 스르륵 뻗어서 미로의 이마에 딱밤을 정확하게 먹였다.

"기분 나쁜 소리 지껄이지 마, 멍청아!"

비스코는 신음하는 미로를 곁눈질하며 웃었다.

"……뭐, 그런 망할 영감탱이지만. 내게는 한 명뿐인…… 그런 망할 영감탱이야."

약간 뜸을 들인 뒤—

"구하고 싶어."

미로는 비스코의 너무나 조용한, 투명한 목소리에 감명을 받았다.

지금까지 끓어오르는 의지로 전신을 채찍질하며 그저 목적을 향해 매진하던 비스코가 처음으로 보여준 빈틈이었다. 뭐라 말해도 촌스러워질 것 같았지만, 그래도 미로는 파트너를 격려하지 않을 수 없었다.

"구할 수 있어…… 자비 씨는 구할 수 있어, 비스코. 너는 버섯지기의 일등성이고…… 나는 의사니까. 너와 내가 노력하면, 분명……."

"네가 그런 소리를 해도 말이지."

비스코는 평소의 악동 같은 기색을 되찾으며 크게 웃었다. 그리고 어둠 속에서 미로를 돌아보며 녹색 눈동자로 빤히 응시했다.

"당연하지. 구할 거야. 자비도. 네 누나도."

"비스코……."

"이제 자. 내일도 일찍 출발해야 하니까."

비스코는 그 말과 함께 외투를 덮고 몸을 돌려서 한마디도 하지 않았다. 미로는 이 밤하늘 속에서 좀처럼 잠들지 못하고, 그저 비스코의 뒷모습만을 빤히 바라보았다.

10

일반적으로 한 도시 안에서 태어나 그 벽 안에서 죽어가는 현대 일본인이 보기에는 이미하마현이 대략 문명의 최북단에 있으며, 그보다 더 북쪽의 실태는 이와테에 있는 반료지의 총본산이 유명한 정도고 대부분 미개지 같은 곳이라 인식하고 있다.

원인은 패각사해, 후키누마(腐姫沼), 오로치 임도(林道)로 이어지는 난관은 물론이고 그곳 너머에 있는 시모부키현의 존재도 한 요인이었다.

녹바람을 정화한다는 목적으로 설립된 세기의 신기술, 빙정

(氷淨) 회로의 실험시설이 가동한 지 사흘을 넘기지 못하고 대사고를 일으켜 후쿠시마현 남쪽에 대규모 영구동토를 선물로 남긴, 그 영락한 흔적이 시모부키라는 토지였다.

주변 현과 전혀 관계를 맺지 않는 이 현은 검문소는 고사하고 현으로서의 통치도 거의 존재하지 않는다. 그저 여름이라 해도 일상적으로 불어오는 눈보라 덕분에 녹바람의 영향이 적기도 해서, 눈 속에서 소박하게 살아가는 주민이 적잖이 있을 뿐이다.

"야, 하라제라모. 닛카, 츠레네가."

"닛카, 츠레네르도?"

"츠레네가."

눈보라 속에서 커다란 짐차 한 대가 정차해 있었다. 크고 뚱뚱한 면소 두 마리가 거의 얼굴까지 뒤덮는 털 사이에서 검붉은 혀를 내밀어 얼굴에 달라붙은 눈을 핥고는 부르릉 하고 울었다.

미로는 그 앞에서 점주와 한동안 시모부키 말로 대화를 나누다가 닛카 지폐를 들고 비스코를 돌아보며 곤란한 듯이 고개를 내저었다.

"닛카는 못 쓴대. 도쿄 폭재 전의 술이나 통조림, 이불 같은 걸 원한다고 하는데."

"켁! 그런 게 있겠냐. 회수꾼이 아니라고."

그렇게 내뱉은 비스코는 자신의 눈동자에서 배어 나오는 미로를 존경하는 기색을 숨기기 위해 옆을 돌아보며 말을 이었다.

"그나저나 너, 시모부키어 같은 걸 할 수 있었냐. 나한테는 곰이 으르렁거리는 소리로밖에 안 들리는데."

"환자 중에 시모부키 사람이 있었거든. 몇 사람 보면서 꽤 많이 익혔어."

"흐~응, 그런 건가……."

"그리고 학교에서도 배우니까."

"환자 이야기에서 그만두라고, 멍청아!"

미로와 이야기를 나눈 시모부키 행상인은 토실토실 부드럽고 동그란 핫(hot) 수트로 몸을 감쌌고, 얼굴도 캡슐 같은 걸로 덮은 뒤 그 위에 소털 후드를 뒤집어썼다. 마치 추위를 타는 우주 비행사 같은 그 모습은 옆에서 보면 무척 귀여워 보였지만, 외견과 달리 이 행상인 자체는 꽤 억척스러운 녀석 같았다.

"게, 헤도. 게, 유루헤도, 니, 오루츠레."

"에엑?! 아, 안 돼."

"야, 뭐라는데?!"

"저기, 게를 원한다고…… 아쿠타가와를 주면 짐차랑 통째로 교환해주겠다고 하고 있어."

"뭐, 뭐 이런 놈이 다 있어?"

비스코는 끝이 없다고 생각했는지 아쿠타가와의 짐을 난폭하게 뒤져서 비장의 왕곰치 육포를 몇 개 꺼내 상인의 눈앞에 내밀었다.

"여행을 위해 사냥해서 모아놓은 고기야. 이게 전부라고! 이걸로 부족하면 더는 볼일 없어."

상인은 단단히 벼르는 비스코의 위압 따위는 아랑곳하지 않고 한동안 눈 위에 놓인 곰치 고기를 품평하다가 이윽고 일어나서 한번 끄덕이고는, 「츠루요키」라고 말하며 짐차 안에서 부스럭부스럭 상품을 꺼냈다.

"정말? 해냈다!"

"해내지 않았어, 멍청아."

비스코는 퉁명스럽게 대꾸했다.

"얕잡아보기는…… 또 사냥해야 하잖아."

상인에게서 구입한 커다란 시모부키곰 외투를 걸치고 시모부키를 북상했다.

눈이나 추위를 별로 좋아하지 않는 비스코에게는 오래 있을 곳이 아니다. 비스코는 아쿠타가와에게 이동을 맡긴 채 우렁이 소년, 코스케에게 받은 지도를 빤히 노려봤다.

"지하철은 이 주변일 거야. 토부 시라카바선, 맞지? 으음…… 젠장, 주변이 눈투성이라 잘 모르겠어……."

비스코는 눈을 가늘게 뜨며 손가락으로 지도를 덧그렸다.

"폐선을 움직일 수 있다면 일정에 꽤 여유가 생길 텐데. 뭔가 이정표 같은 거 없나."

문득 비스코가 옆을 보자, 미로가 멀리 설원을 노려보며 활을 당기고 있었다. 그 얼굴은 꽤 늠름했고, 자세도 그럴싸했다. 노리는 건 아무래도 중간 정도 크기의 서리 토끼 같았다.

휙 하고 쏜 화살은 눈을 파내던 서리 토끼의 바로 옆을 지나 눈 위에 꽂혔다.

"크히히힛…… 아깝구만, 판다 선생."

비스코는 묘하게 기쁜 듯이 웃으며 미로의 옆구리를 찔렀다.

"바람을 너무 의식한다고. 잘 들어, 눈보라가 칠 때의 활이라는 건……."

비스코가 빈정거리며 설명하려던 순간, 토끼 옆에 꽂힌 활을 중심으로 하얀 실 같은 것이 파앙! 하고 터지며 주변에 쏟아졌다. 도망치려던 서리 토끼에게 실이 여러 겹 얽히자, 토끼는 더 이상 움직이지 못하고 그곳에 쓰러지고 말았다.

"조제기를 써서, 발파버섯에 강철거미독을 조합해봤어."

미로는 어안이 벙벙해진 비스코를 곁눈질하며 말한 뒤, 기쁨을 감추지 못하고 싱긋 웃었다.

"나도 화살이 맞지 않더라도 방도가 있단 말이지! 알았는가? 비스코 군."

"인정 못해~~~!"

"에엑?! 어째서—!"

여행을 시작했을 때에는 도시의 풋내기였던 미로도 지금은 발군의 성장을 보이며 비스코를 놀라게 만드는 일면을 보여주고 있었다.

제약이나 독특한 버섯독 조제는 물론이고, 앞서 오로치 임도에서 강철거미 무리가 습격해 왔을 때에는 포위하던 거미집에 의료기기로 전기 쇼크를 먹여준다는 기발한 기술로 격퇴했다. 사람만큼 커다란 살인 잠자리— 포옹잠자리가 습격해 왔을 때에도 겁먹지 않고 비스코 옆에 나란히 서서 훌쩍 성장한 궁술로 훌륭하게 파트너에게서 마무리 일격을 빼앗았다.

비스코가 길러 준 용기가 원래부터 갖고 있던 독특한 지혜를 더욱 빛나게 했고, 미로는 조금씩 비할 데 없는 버섯지기의 재능을 개화해 나가고 있었다.

'……으음, 확실히 굉장한 독이야…….'

지면에 내려선 비스코는 거미집에 엉켜서 버둥거리는 토끼를 들어 올리려 했다.

"기냐앗!"

그때, 예상 밖의 무거운 감촉과 함께 뭔가 커다란 것이 눈을 헤치고 비스코의 손끝에 매달렸다.

두 사람도 본 적이 있는 핑크색 머리. 우키모바라의 해파리 소녀, 예의 그 조그만 여자 상인이었다.

"아, 아앗! 이 아이!"

금빛 눈이 깜짝 놀란 두 소년을 원망스럽게 노려봤다. 거꾸로 선 머리가 흔들릴 때마다 쌓여 있던 눈이 후두둑 떨어졌고, 그중 하나가 조그만 코에 직격하자 소녀는 크게 재채기를 했다.

"큰일이야, 얼었어! 어, 어째서 이 눈 속에 파묻혀 있는 거야?!"

"서리 표범한테서 도망칠 때, 눈을 덮는 방법이 있어. 그 녀석들은 코가 별로 좋지 않으니까. 그러다가 운 나쁘게 놈들이 그 자리에 계속 머물고 있어서…… 나갈 타이밍이 없었던 거 겠지."

"비, 비스코, 언제까지 거꾸로 들고 있을 거야! 내려줘야…… 와앗, 흔들지 마!"

앞길을 서두르는 여행이긴 하지만, 눈앞에서 동사 직전인 여자아이를 내팽개칠 수는 없었다. 비스코는 마지못해 얼음상처럼 굳어진 해파리 소녀의 몸을 안고, 일단 눈보라를 피할 수 있을 만한 동굴을 찾기 위해 아쿠타가와를 서둘러 몰았다.

"켁, 왜 우리가 이런 짓을…… 얼마 전에도, 이번에도, 악운이 강한 여자라니까."

"정말 운명이라고밖에 할 수가 없어. 10분만 늦었으면 위험했을 거야."

얕은 동굴 속에서 미로가 골탄 난로봉 몇 개를 뚝뚝 꺾었다. 오렌지색으로 켜진 그것을 옷 속에 넣어주자 소녀의 몸은 서서히 체온을 되찾았고, 덜덜 떨면서도 겨우 한숨 돌렸는지 노려보는 비스코에게서 시선을 돌리며 분한 듯이 흥! 하고 입을 열었다.

"……또 너희야? 쓸데없는 짓만 하기는…… 에췌! 어지간히 한가한가 봐?"

"이 태도 좀 보라고! 이렇게까지 해줬는데 왜 생명의 은인한테 감사 한마디 안 하는 거야? 남한테 고개를 숙이면 심장이 멎는 체질이냐?"

"누가 감사 같은 걸 한다고. 말하든 듣든 방해만 될 뿐이야. 빚이나, 인연 같은 쓸데없는 것만 따라오니까…… 에취!"

"괜찮아? 이거 꿀화주야. 천천히 마셔, 응……. 바로 효능이 있을 거야. ……저기, 우리는 가급적 서두르고 있었는데, 넌 대체 어떻게 여기까지 온 거야?"

미로가 올곧은 시선으로 바라보자, 소녀는 인상을 찌푸릴 여유도 없이 고개를 수그리고는 아득한 설원 저편을 턱짓으로 가리켰다. 그 방향에는 지면에 꽂혀서 검은 연기를 피워 올리는 소형 헬기의 잔해가 보였다.

"그 소라게 절에 붙어 있던 헬기를 고쳤어. 그걸로 미야기까지 갈 생각이었는데……."

에취! 하고 크게 재채기를 한 소녀가 코를 훔쳤다.

"시모부키 주둔지의 고사포에 격추돼서 이 꼴이 됐다고. 짐도 타버렸고…… 쳇, 정말 재미없다니까."

"남을 속이면서 깊은 악업을 쌓으며 살아왔으니 그런 꼴이 되는 거 아냐?"

"내가 달리 뭘 해야 살아갈 수 있는데?"

평소에는 교활하기만 하던 금빛 눈동자가 이때만큼은 날카롭게 비스코를 노려봤다.

"뭐든 하면서 살아남았어. 더러운 일이든, 한심한 일이든. 어린애 두 명은 상상도 못할 일도 해왔다고! 원해서 악업을 짊어진 게 아냐. 해야 할 일을 했어. 나는 그랬다고……!"

평소의 고혹적인 행동과는 다른, 떨리는 목소리. 비스코는 목구멍까지 치솟은 불평을 참고, 고개를 숙인 핑크색 머리를 바라봤다. 미로도 근처로 다가가 소녀의 말을 기다렸다.

"······하지만, 왠지 이제 지쳤어······. 앞으로도 남을 속이고, 남에게 속아가면서, 점점 무거워지는 나를 질질 끌면서 살아가는······ 그런 시시한 인생이라면, 이제 됐다 싶어서······. 그러니까 쓸데없는 참견이라고 한 거야. 너희가 없었다면 깔끔하게 끝날 수 있었을 텐데······."

조그만 몸이 살며시 떨리는 것은 과연 추위 탓일까. 소녀에게 다정하게 자신의 외투를 덮어주려던 미로의 뒤에서 비스코가 슬쩍 다가오더니······.

얼얼하게 뜨거워진 골탄 화로 끝을 그녀의 목덜미에 스윽 갖다 댔다!

"앗뜨거어어어—!"

땋은 머리를 흔들며 뛰어오른 해파리 소녀는 어안이 벙벙해진 미로 주위를 빙글빙글 돌다가 히죽거리는 비스코의 눈앞에서 있는 힘껏 외쳤다.

"죽일 셈이냐, 이 자식아! 그게 여자한테 할 짓이야—!"

"일단 지금은 죽을 생각이 없어 보이는구만."

비스코가 낄낄 웃었다.

"그런 무식한 힘으로 나한테 달라붙어서 죽고 싶지 않다고 울부짖던 녀석이 할 말로는 안 보여서 말이야. 뭔가에 씌인 줄 알았는데, 아닌가?"

해파리 소녀는 비스코의 말에 하아, 하고 한숨을 내쉬고는 자신의 연약한 발언을 떠올리며 얼굴을 새빨갛게 물들였고, 곧장 비스코의 손에서 새로운 화로를 강탈하더니 금빛 눈동자로 비스코를 밑에서 노려봤다.

"쳇! 판다 군한테 위로받고 싶었을 뿐이야! 너는 다른 데 좀 가 있어!"

"그렇다는데?"

비스코가 어이없다는 얼굴로 돌아보자, 미로는 미소로 답하며 아쿠타가와에게서 내린 가죽 자루 하나를 소녀 앞에 놓았다.

"우리도 그다지 비축 물량은 없지만…… 설원에서 필요한 도구나 식재료 같은 게 들어 있어. 남쪽으로 가면 상인 캠프가 있으니 거기서 뭔가 필요한 거랑 교환하면 돼."

눈을 동그랗게 뜨고 황급히 품을 뒤지는 소녀를 제지한 미로가 방긋 웃었다.

"돈 같은 건 필요 없어! 네가 말했잖아? 이런 세상이니까 인정이 소중하다고!"

이걸로 일단 끝났다는 듯이 몸을 돌린 미로에게 고개를 끄덕인 비스코는 아쿠타가와가 있는 눈 속으로 돌아갔다. 그때, 접혀진 낡은 종이가 품속에서 나와 하얀 눈 위에 툭 떨어졌다.

"……기다려봐! 뭔가 떨어졌잖아!"

목소리를 듣고 돌아보니 해파리 소녀가 눈을 사박사박 밟으며 퉁명스레 걸어왔다. 그리고 눈투성이가 된 낡은 종이를 한 번 찬찬히 살피더니, 비스코에게 홱 내밀었다.

"이거, 시라카바선 노선도지? 지하철을 써서 북쪽으로 빠져 나가려고?"

"뭐, 그렇지. 하지만 역을 찾으려고 해도 시간이 없어. 슬슬 탐색은 포기하고 이대로 지상을……."

"알고 있어. 내가."

"……뭐라고?"

"시라카바선 폐역. 장소를 알고 있다고!"

소녀는 깜짝 놀란 두 소년이 보내는 시선이 거북한지 고개 를 홱 돌렸다.

"이 눈보라 속을 게를 타고 가다니 무모한 것도 정도가 있지! ……어쩔 수 없네~. 내버려 뒀다 죽으면 꿈자리가 사나우니까……."

소녀는 땋은 머리를 만지작거리며 더듬더듬 말했다.

"나, 나를, 믿어준다면, 안내해줄 수도…… 있는, 데……?"

소녀의 안내를 따라 1킬로미터 정도 나아가서 언뜻 보면 아 무것도 없는 설원을 헤치고 두껍게 쌓인 얼음을 아쿠타가와 를 써서 깨부수자, 돌로 된 계단이 지하의 어둠 속으로 뻗어 있는 걸 발견할 수 있었다.

"여기가 키츠네자카역이야. 한때는 행상인들 사이에서 붐이 일어나서 다들 이용했던 것 같아."

"뭐야, 너는 안 썼던 거냐. 동료는 여기서 벌었다며?"

"글쎄? 그 후에는 못 들었으니까. 안에서 뼈다귀가 된 게 아닐까?"

소녀의 말에 얼굴을 마주 본 두 소년은 일단 앞서서 새카만 계단을 내려갔다. 불어오는 눈보라는 없지만 역시 찌르는 듯한 차가움이 공간 전체에 감돌았다. 공기는 끈적하고 축축했고, 뭔가 이끼 같은 풀냄새가 코를 찔렀다.

"이렇게 어두우면 아쿠타가와가 무서워해서 들어와 주지 않을 텐데……."

"으~음, 너무 밝은 것도 좋지는 않지만……."

비스코는 잘게 빻은 금가루 같은 것이 든 봉투를 품에서 꺼내 입에 살짝 머금고는 천장을 향해 안개처럼 뿜었다. 그러자 이윽고 작게 발광하는 오렌지색 버섯이 쑥쑥 돋아나 점점 천장 일대에 퍼지며 뒤덮였다.

"우와…… 예쁘다!"

천장에 핀 작은 버섯에서 발하는 빛이 역의 플랫폼을 비췄다. 부서진 바닥, 구부러진 시간표가 붙은 기둥 등의 잔해가 흩어져 있긴 하지만 의외로 깔끔한 형태로 남아 있다는 걸 알 수 있었다.

"등불버섯이야. 광량이 그리 세지는 않지만."

아까와 똑같이 안개를 두세 번 더 뿜은 비스코는 입에 남은 가루를 맛없다는 듯이 뱉어냈다.

"이 포자, 벽에 붙어서 나는데 비스코의 입 안은 괜찮아?"

"이런 건 요령이야. 나를 누구라고 생각하고…… 윽!"

콜록콜록 기침하는 비스코의 입에서 등불버섯이 하늘하늘

떨어져 역 바닥을 비췄다.

"돌아났잖아."

"가자."

"요령 있다고 하지 않았어?"

"넌 하나하나 너무 시끄럽다고! 닥치고 따라와!"

미로는 웃으면서 입구에 있는 아쿠타가와에게 손짓을 해 역 안으로 불렀다. 해파리 소녀도 조심조심 아쿠타가와에 달라붙어서 지하로 내려와 두 사람에게 다가왔다.

"비, 빛나고 있잖아……! 너희들, 버섯만으로 뭐든 가능하네."

"만능까지는 아냐. 나는 이런 게 고작이라고."

비스코는 그렇게 대답하며 이마의 고글을 내려서 터널 안쪽을 살폈다.

"버섯지기도 각각 특기 분야가 있어. 특히 균술은 말이지. 우리 영감탱이의 균술은 굉장하다고. 지장버섯 같은 건 걸작 중 하나지."

"자비 씨의 걸작? 그건 무슨 버섯이야?"

"말 그대로야. 이렇게…… 발아하면, 거기서 지장보살 같은 버섯이 핀다고. 그게 완성도가 굉장해서, 매번 표정도 미묘하게 다르단 말이지. 다들 놀라서……."

"괴, 굉장해……. 근데, 그거 뭐에 쓰는데?"

"어?"

미로의 질문을 전혀 예상하지 못했는지 비스코는 얼빠진 목소리를 냈다. 지하철 선로에 귀를 대고 기적을 살피면서 잠시 고민했지만…….

"그야 너, 오봉 같은 때 참배한다거나……. 지장보살이 바로 돌아나면 편리하잖아."

비스코는 그 이상의 질문을 피하려는 듯이 일어나서 바로 앞으로 가버렸다.

"……버섯지기는 뭐가 뭔지 잘 모르겠네. 현자야? 아니면 바보야?"

"아하핫! 그러게. 자비 씨나 비스코를 보면…… 분명, 양쪽 다라고 생각해."

"……판다 군, 너 말이야."

해파리 소녀가 고개를 수그리더니 미로에게 물었다.

"아카보시네 할아버지는, 이제 그리 길지 않잖아. 너희 누나도 녹슬어가니까, 죽는 건 당연하다고. 그런데 어째서 그렇게까지 해서…… 누군가를 위해 목숨을 걸 수 있는데?"

"어째서, 냐니……."

미로는 소녀의 물음에 허를 찔린 것처럼 고민하다가, 이내 대답했다.

"……아마, 사랑하니까…… 라는 게 첫 번째고. 두 번째는—."

그리고는 다음 말을 흐리며 수줍어했다.

"우리가, 엄청…… 서투니까…… 라고, 생각해!"

"……너희는 바보구나. 정말이지……."

그 말에 미로는 웃으며 소녀의 손을 당겨서 등불버섯을 뿌리며 걷는 비스코를 쫓아갔다.

"······봐봐, 비스코! 열차가 잔뜩 있어!"

7, 8차선은 될 법한 넓은 선로를 걷다가 마치 열차의 묘지 같은 곳으로 나왔다. 거대한 지진이라도 있었는지 열차 여러 대가 겹겹이 쌓여서 서로를 뭉개고 있었는데, 그 모습이 마치 아이가 엉엉 울면서 부숴버린 장난감 같았다.

"코고(興号), 슌츠(俊通), 신푸(震風)······ 전부 카호쿠 제철의 차량이야."

찌그러진 차량의 글자를 읽은 미로가 중얼거렸다.

"이런 열차는 셀프 서비스로 움직이고 있었을 텐데. 만약 움직일 수 있는 게 있다면······."

"어~이, 미로. 코스케의 지도에 따르면 이 노선인데, 이 녀석 움직일 것 같아?"

터널 안쪽에서 비스코의 목소리가 들렸다. 목소리가 들린 곳으로 달려가자 비교적 깔끔한 형태의 투박한 광물 열차가 제대로 레일 위에 올라가 있었다.

"굉장해, 이거라면 움직일지도 몰라! 해볼게······ 어어, 레버를 정규 위치까지 당기고······ 이건가? 통행 표시등을 켜고······ 운행요금 300엔을 넣고, 빨간 버튼을······."

"비싸구만. 뭐, 어쩔 수 없······ 뭐라고, 에~엔?"

비스코는 손을 품속에 넣으면서 무심코 미로에게 되물었다.

"엔 같은 걸 갖고 있을 리가 없잖아! 옛날 화폐상도 아니고."

"아~, 정말! 비켜, 비켜! 정말 못 봐주겠네!"

어둠 속에서도 눈에 띄는 핑크색 머리가 열차를 뛰어넘어 왔다. 소녀는 두 소년을 밀쳐내고 품에서 쇠지레를 꺼내 요금 박스 뚜껑을 한 방에 부순 뒤, 움푹 파인 뚜껑을 뜯어내고 안을 살폈다.

"나 참, 엄청 심플한 구조네. 움직이면 그걸로 충분하다는 느낌? 뭐, 조작하기 쉬우니까 나로서는 편하지만."

"이런 옛날 기계의 구조를 아는 거구나! 너, 정말로 그냥 행상인 맞아?"

"그냥 행상인 맞아. 전직이 메카닉일 뿐."

소녀는 재빨리 박스 안의 배선을 끊고, 시커먼 절연껌 같은 걸 질겅질겅 씹고는 쭉 늘여서 갈아붙인 배선을 묶었다. 소년들도 무심코 얼굴을 마주 볼 정도로 익숙한 손놀림, 아름다운 수완이었다.

"이건, 프로의 작업이야……! 전직이라니, 어느 기업에서 일했다는 거야?"

"……그 시절에는 노예 같은 대접이었지만 급료는 나쁘지 않았어. 근데 어느 날 갑자기 출토된 철인 보수 공사를 맡아버려서……."

"철인이라니, 그 철인이냐? 도쿄에 바람구멍을 뚫어버린 원흉."

해파리 소녀는 돌아보지 않은 채 고개를 끄덕이고는 작업을 이어가면서 비스코에게 답했다.

"진짜인지는 모르겠지만. 아무튼 그걸 복원하라고 시키더라. 천하의 마토바 제철이, 어디 멸망시키고 싶은 현이라도 있었던 걸까? 정신 나갔구나 싶더라고. 하지만 진심이었어. 직원들이 녹슬어 죽어갔고, 가장 말단이었던 내가 현장 책임자가 될 무렵에…… 목숨을 걸고 회사의 에스카르고 한 대를 훔쳐서 도망친 거야. 이제 꽤 옛날이야기가 되었지만……."

소녀는 중얼거리듯이 말하며 작업을 마치고, 검댕투성이가 된 얼굴로 혼자 기지개를 켰다. 그리고 조금 전 미로가 당겼던 레버를 다시 당기고 요금 박스의 가운데를 있는 힘껏 걷어찼다.

도루루루룽!

차체 전체가 흔들렸다. 연료차의 골탄이 힘차게 타오르며 훅훅 하는 소리가 들렸다.

"돼, 됐다! 굉장해! 비스코!"

"어~이! 이리 와, 아쿠타가와! 단숨에 아키타까지 갈 수 있어!"

주변에서 신기한 듯이 열차를 붙들고 놀던 아쿠타가와가 비스코의 부름에 성큼성큼 달려왔다. 점점 속도를 내는 열차를 향해 뛰어올라 대형 짐받이에 쏙 들어갔다.

기뻐하는 비스코 옆을 빠져나와 조용히 열차에서 내리려는 가느다란 팔을, 미로의 손이 붙잡았다.

"……저기, 감사 인사를 하고 싶은데, 아직 이름도 못 들었네."

놀란 듯이 눈을 크게 뜬 소녀와 눈을 마주 본 미로가 절실하게 말했다.

"나는 미로. 네코야나기 미로야. 저쪽의 무서운 녀석은 아카보시 비스코! 네가 없었다면 우리는 여기서 끝장났을지도 몰라. 저기, 이름을 알려줘."

"해, 해파리면 돼. 나, 난 이름은 말하지 않아. 언제나 웃음거리가 되니까……."

"우리도 이상한 이름인걸. 괜찮아! 절대 안 웃어!"

미로가 반짝이는 눈동자로 바라보자 해파리 소녀는 숨이 막힌 채 고개를 수그리더니, 눈을 치켜뜨고 미로를 바라보면서 더듬더듬 말했다.

"티……, 티롤. 오오챠가마, 오오챠가마 티롤. ……이, 이름 같은 거, 한동안 불린 적이 없지만……. 판다 군이…… 미, 미로, 가, 알고 싶다고 한다면……."

"고맙다, 티롤. 네 덕분에 살았어."

입을 연 것이 비스코였기에 티롤은 더더욱 놀라며 비스코와 눈을 맞췄다.

"확실히 묘한 인연이었으니까 빨리 이름을 물어봤어야 했어. 여행길에서 네가 뒈져 있는 걸 봐도 묘에 뭐라 새겨 줘야할지 몰랐으니까 말이지."

"시끄러워! 먼저 죽는 건 너희야! 찾아내면 너희 둘 상하 반대로 돌려서 묻어줄 거야!"

"티롤, 꼭 다시 만나자!"

미로가 달리는 열차에서 뛰어내린 티롤에게 크게 외쳤다.

"우린 꼭 티롤의 이야기를 잔뜩 할 거야! 친구가 어디서 뭘하는지 언제나 생각할 거야! 분명 건강하게 지낼 거라면서! 또 만나자! 고마워, 티롤! 잘 있어!"

"……치, 친구, 라니……."

힘껏 외친 미로와, 자신을 바라보는 비스코의 눈동자를 멀리 배웅하면서, 티롤은 뭔가에 조종당하듯이 한 발을 내딛고는 스스로도 의외일 만큼 목청을 높여 힘껏 외쳤다.

"아…… 아카보시이~! 미로—!"

"고, 고마…………!"

"…………고마워……."

티롤은 두 사람에게는 이제 닿지 않을 말을, 자물쇠를 걸어 둔 상자에서 끄집어내듯이 소중하게 중얼거렸고, 자신이 확실히 말했다는 것을 새기듯이 작은 가슴을 꼬옥 움켜쥐었다.

그리고…….

한때는 쇠약해졌던 금빛 눈동자의 광채를 어둠 속에서 빛내면서 가죽 자루를 짊어진 채 선로를 딱 한 번 돌아봤고…… 이내 산토끼처럼 원래 왔던 길로 뛰어갔다.

"탄때까치……도, 분명 아니야. 마른 벌레, 오니게라…… 이쪽도 아니겠고."

"뭐 읽어? 시모부키 상인한테서 산 거냐?"

앞서 거미집 화살로 잡은 토끼를 모판으로 삼아 커다란 등불버섯을 켠 미로가 근처에 앉아 뭔가 너덜너덜한 책을 살피고 있었다.

"코나키 유곡의 생태 도감이래. 봐봐, 전부 손으로 쓴 거고…… 적혀 있는 게 엄청 대충대충이야. 여기, 이『몸길이』칸. 크다고밖에 안 적혀 있잖아."

저번에 거래했던 시모부키 상인이 흥미를 보인 미로에게 버리는 수고를 덜었다며 준 것이었다. 녹식 서식처의 생태계를 알 수 있다면 미로에게는 이보다 고마울 수가 없지만, 왠지 아이들 자유연구 같은 내용이라 그 신빙성에 대해서는 의문을 품지 않을 수 없었다.

"……아니, 아마 믿을 만한 걸 거야. 이건 버섯지기가 적은 거야."

"에엑?! 그, 그렇구나, 그렇다면! 근데 어떻게 알았어?"

"자비가 이런 그림을 그려. 형식이 똑같아. 게다가 이 그림…… 독특한 감성이 있잖아. 뭔가 아트의 마음이 들어 있다고. 도감인데도 말이야. 버섯지기가 그림을 그리면 이렇게 돼."

버섯지기의 이상한 인간성에 곤혹스러우면서도 묘하게 납득한 미로는 그 장난기 넘치는 버섯지기의 동물 그림을 빤히 살펴봤다.

"토호쿠의 버섯지기가 적은 걸지도 몰라. 버섯 종류가 적혀 있지 않을까? 이런 도감에는 반드시 적거든. 어느 동물이 무슨 인자를 가졌는지. 만가닥버섯이라든가, 목이버섯이라든가."

"아, 있어, 있어! 오른쪽 아래에 도장을 찍어 놨어! 이거라면, 어어……."

미로는 재빨리 페이지를 넘겨서 조금 전 눈여겨봤던 동물

페이지를 펼쳤다. 페이지 오른쪽 밑에는 버섯 이름이 귀여운 만가닥버섯 캐릭터가 곁들여 있었다.

"……녹식. ……히라가나?"

"녹식이라고 한자로 적는 거 힘들잖아. ……뭐야, 그 얼굴은. 애초에 버섯지기는 말이지."

"그렇다면! 역시 이거야!『통뱀』…… 통칭 어묵벌레, 쌍두사가 무식하게 커진 것. 난다. 커다란 먹이에만 반응하고 헬기나 전투기를 즐겨 먹는다……."

"응. 살았네. 자비는 주변에서 가장 커다란 녀석이라고밖에 말하지 않았으니까. 현지 버섯지기의 그림이 있다면 많이 달라져."

전진하는 화물 열차 위에서 비스코의 말에 고개를 끄덕인 미로는 대충대충 적혀 있는 정보들 속에서 조금이라도 유익한 정보를 얻으려 했고, 그렇게 펼친 페이지 위에—.

철퍽!

"우왓!"

미로가 외쳤다. 뭔가 오물 같은 검은 물체가 떨어져 페이지를 새카맣게 더럽혔다. 부드러운 물체는 촉수를 꿈틀대며 즉시 미로를 감싼 비스코의 안면으로 뛰어들었다.

"끄억!"

"비스코!"

검은 물보라가 주변에 퍼졌다. 비스코는 허리춤에 찬 단도를 뽑아 자신의 안면을 덮은 것을 쓸었다.

"이 녀석."

단도를 휘두르자 그것은 짐받이 바닥에 철퍽 쏟아져서 꾸물거렸다. 어둠 속인데도 노랗게 빛나는 안구가 그 몸 표면에서 수없이 빛나며 저마다 눈을 깜빡이기 시작했다.

"케엑, 퉷! 중유(重油) 문어야."

비스코가 신음했다.

"어딘가에서 둥지를 지났구나. 벽을 타고 쫓아올 거야."

터널 폭이 좁아지면서 점차 주변 벽이 밝아지자, 벽을 뒤덮은 어둠의 정체가 어둠이 아니라 무리를 지은 중유 문어라는 것을 알게 된 미로는 너무나도 섬뜩해서 소름이 끼쳤다. 열차가 나름 빠른 속도로 달리고 있는데도 이걸 따라잡는다는 건, 사냥감을 쫓는 중유 문어의 속도가 무시무시하다는 뜻이었다.

"뛰어드는 녀석만 노려, 뛰어들지 않는 녀석은 상대하지 마."

"비스코, 나, 활은 아직……!"

"할 수 있어!"

비스코는 얼굴에 묻은 시커먼 기름을 닦고 미로의 두 눈을 응시하며 외쳤다.

"너라면 쏠 수 있어. 맞출 수 있어! 나는 알 수 있어. 너에게 등을 맡길게!"

"비스코……!"

"대답!"

"넷!"

미로의 대답이 개전 신호가 되었는지, 중유 문어들이 일제히 암벽에서 뛰어내려 두 사람을 덮쳤다.

등을 맞댄 두 명의 활이 섬광처럼 번뜩이며 날아오는 문어를 차례차례 격추했다. 미로가 직접 만든 거미집 화살이 문어 여러 마리를 한꺼번에 묶어 선로로 떨어뜨렸고, 그래도 붙잡지 못한 것들이 열차에 달라붙었지만 미로가 즉시 허리춤의 붉은사슴뿔버섯 유탄을 던지자 고열을 띤 연기가 남은 문어의 촉수를 떼어내서 지면에 미끄러뜨렸다.

"잘했어."

비스코는 웃으면서 무시무시한 힘으로 당긴 화살을 쉭 하고 쐈다.

어마어마한 위력의 두꺼운 화살이 암벽을 아슬아슬하게 스치며 날아가 중유 문어 수십 마리를 한꺼번에 떨어뜨렸다.

한편 선두 차량 부근에서는 아쿠타가와가 종횡무진 날뛰며 집게발을 휘둘러 문어를 떨쳐 내거나 우걱우걱 먹어치웠다. 입에서 커다란 거품을 뽀글뽀글 뿜어내자, 점성을 가진 그것에 감싸인 문어들이 한꺼번에 열차에서 미끄러져 떨어졌다.

그러나 일동의 분전에도 불구하고 중유 문어의 습격은 멈출 기색을 보이지 않았다. 그뿐만 아니라 다가오는 문어의 수는 계속 늘어나서, 지금은 문어 위를 다른 문어가 기어오는 상황이었다.

"끝이 없어!"

"어쩔 수 없지. 돌아갈 때 이 길을 쓰지 못하게 되겠지만……!"

비스코는 이를 갈며 각오를 다지고는 화살통에서 끈적하게 실을 잇는 은색 화살을 뽑아 쐈다. 벽에 꽂힌 화살은 어둠 속 암벽에 차례차례 버섯을 피웠다.

이번 버섯은 매우 강한 점착질 점액을 가진 은색 버섯으로, 그것은 어마어마한 번식력으로 순식간에 터널 일대에 퍼져 나갔다. 또 그와 동시에 강렬한 산 냄새가 주변 일대에 감돌았다.

"으엑—! 저게 뭐야!"

"은산(銀酸) 나도팽나무버섯이야."

비스코가 기침하며 미로에게 외쳤다.

"너무 들이쉬지 마! 엎드려 있어!"

강렬한 산이 쫓아오는 문어들을 녹이며 발을 묶었다. 녹아내린 문어는 그냥 중유가 되어 눈알을 후두둑 떨구면서 선로에 고였다. 그렇게나 어마어마한 숫자로 덮쳐오던 중유 문어 무리가 은색 나도팽나무섯벽에 가로막혀 멀어져 갔다.

"해, 해냈다! 이제 쫓아오지 않아!"

"케엑! 퉷! 빌어먹을, 매번 지독한 냄새라니까."

비스코는 멀어져 가는 터널을 바라보며 한숨 돌리고는 문득 어둠 속 깊은 곳을 바라봤다.

뭔가, 가늘고 기다란 것이 슈륵슈륵 벽을 기어왔다. 그것들은 두께를 늘려서 스르륵 올라가더니, 채찍처럼 뻗어나가 방심한 탓에 멍하니 있던 미로의 몸을 칭칭 묶었다.

"우, 우와아악!"

"미로!"

비스코는 즉시 활을 뽑아 촉수에 화살을 쐈다. 하지만 검고 두꺼운 피부에 화살이 박히기는 해도 중요한 버섯독이 침입하지 못해 버섯이 피지 않았다. 끌려가지 않도록 필사적으로 짐받이 난간을 붙잡은 미로의 어깨와 조여드는 몸통이 삐걱삐걱 비통한 소리를 냈다.

"커헉, 아, 아악……!"

격통 탓에 미로의 푸른 눈동자가 크게 뜨였다. 비스코의 판단은 빨랐다. 자신에게도 덮쳐온 촉수 몇 가닥을 단도로 잘라내면서 미로를 감고 있는 촉수에 단도를 꽂아 그에 매달리듯이 붙잡고 입을 벌려 촉수를 물어뜯었다.

비스코의 전신 근육이 한계를 넘어 끓어올랐고, 팔과 턱에 혼신의 힘을 담아 촉수를 뜯어냈다. 뿌직뿌직 소리와 함께 촉수의 살이 찢어지더니 드디어 두 갈래로 갈라지며 숨을 헐떡이는 미로를 풀어줬다.

"미로, 아쿠타가와에게 의지해! 코나키 유곡을 찾는 거야, 알았지?!"

"아앗! 비스코—!"

이미 다른 촉수 몇 가닥에 묶인 비스코는 움직이지 못한 채 그대로 물수제비처럼 지면에 튕기며 터널의 어둠 속으로 끌려가고 말았다.

비스코는 선로나 벽에 몇 번이나 부딪혀서 흐릿해진 머리를 흔들며 어떻게든 의식을 되찾고, 어둠 속 깊은 곳을 바라봤다.

두꺼운 거목 같은 촉수의 뿌리가 수없이 돋아난 중심에 지옥의 가마솥처럼 벌어진 구멍이 점액을 질질 흘리며 수축을 반복했다. 구멍에는 톱날 같은 이빨이 빼곡하게 나 있었고, 주변에는 검붉은 중유 문어의 내장이 번들거렸다.

'우두머리인가……!'

그 중유 문어의 크기는 지금까지 뿌리쳐 온 인간 머리 정도의 문어 사이즈하고는 비교도 되지 않았다. 애초에 너무나 커서 비스코에게 보이는 건 입뿐이고, 터널 전체에 살이 꽉 들어찬 상태였다. 비스코는 그 커다란 지옥의 가마솥 앞에서 왼발을 잡힌 채 대롱대롱 거꾸로 매달려 있었다.

대왕문어는 기절했던 비스코의 모습을 한동안 바라보다가 움직이지 않는 비스코를 죽었다고 판단했는지 입을 천천히 쭈욱 뻗어서 비스코를 통째로 삼키려 했다.

'……내장이라면, 독이, 스며들어!'

비스코의 눈동자가 번뜩이며 등에서 활을 뽑아 쐈다. 필살의 광대버섯 화살이 대왕문어의 입 속으로 날아가 내장에 깊이 꽂혔다. 광대버섯독은 풍부한 영양을 얻은 것을 기뻐하며 왕성하게 날뛰었고, 꾸뽕! 꾸뽕! 하는 흐릿한 소리를 내며 대왕문어의 몸속에서 마구잡이로 피어나 내장을 먹어치웠다.

보오오오오오오! 하고 크게 울부짖은 대왕문어의 거대한 육벽이 꿈틀대며 터널째로 부술 기세로 부풀어 올랐다. 비스코는 거꾸로 매달린 채 낄낄 웃었다.

"먹이는 골라 먹으란 말이지. 나한테는 맹독이 있다고!"

대왕문어의 울부짖음에 고함으로 되받아쳤다. 아픔에 둔한 대왕문어가 죽을 때까지의 긴 시간 동안 비스코가 과연 살아남을 수 있을지, 그것은 이미 도박이었다.

비스코를 잡고 있던 촉수가 춤추며 죽음의 위기에서 발휘되는 무식한 힘으로 천장을 힘차게 후려쳤다. 촉수는 비스코가 피를 뿜을 새도 없이 되돌아가면서 바닥, 왼쪽 벽, 천장 등 미친 듯이 전력으로 비스코를 계속 후려쳤다. 그 충격으로 선로나 암벽에 금이 갔고, 지진처럼 터널 전체가 흔들렸다.

전신의 살이 터지고, 뼈가 부서지고, 즉사할 정도의 충격을 계속 받고 있었지만 비스코의 두 눈동자만큼은 피투성이가 된 눈꺼풀 안에서 찬란하게 빛나며 타올랐다.

비스코는 자신의 목숨을 쥐어짜듯이 크게 포효한 뒤, 놓치지 않기 위해 꽉 쥐고 있던 활을 다시 한번 당겨서 결사의 화살을 쏘기 위해 자세를 잡았다. 그 순간, 뭔가 더욱 커다란 충격이 대왕문어의 촉수를 뒤흔들어 잡고 있던 비스코를 동굴 바닥에 내동댕이쳤다.

용광로처럼 붉게 빛나는 커다란 쇳덩어리가 바퀴를 삐걱거리면서 선로를 따라 달려와 어마어마한 속도로 대왕문어에게 처박힌 것이다. 미로가 다리를 끌며 필사적으로 달려와 피투성이가 된 비스코를 안고 선로에서 벗어났다.

"아앗, 비스코! 이런, 너무해⋯⋯."

"커헉, 미, 미로. 아, 아직이야!"

대왕문어는 집념이 한없이 강한지, 또다시 벽을 기는 촉수를 뻗어 두 사람을 붙잡으려 했다. 이미 도망치기도 어렵다고 생각한 미로는 등에서 활을 뽑아 떨리는 손으로 당겼다.

미로가 대왕문어에게 처박은 것은 아쿠타가와가 괴력으로 끊어낸 열차 골탄로였다. 폭주하는 골탄로는 당장에라도 폭발할 듯이 새빨갛게 불타올랐지만, 증기를 뿜어내는 배기 밸브가 가까스로 그걸 막고 있었다.

'저기에, 쏘면……!'

활을 겨눈 미로의 이마에 굵은 땀방울이 맺히고, 초조함이 폐를 조이며 호흡이 거칠어졌다. 그 사이 몇 가닥이나 되는 촉수가 다가와 비스코와 함께 휘감으려 하고 있었다.

그 순간—.

떨리는 미로의 왼손에 비스코의 손이 겹쳤다. 신기하게도 활의 떨림이 뚝 멎었고, 당겨진 오른손에도 힘이 똑바로 들어갔다.

"활은 두 가지뿐이야. 먼저, 잘 보는 것."

비스코가 중얼거리는 말이 메마른 모래에 떨어지는 물처럼 미로의 마음에 스며들었다.

"그리고…… 믿는 것."

촉수가 수없이 다가와 몸을 감았지만, 미로는 동요하지 않았다.

그저 조용히, 푸른 눈동자에 잔잔한 불꽃을 일렁이며 골탄로를 노렸다.

믿는 것—.

맞는다, 라고 생각했다.

비스코가 겹친 손에서 느껴지는 피의 온기가 힘이 되어 흘러들어와 전신이 불타오르는 게 느껴졌다.

"맞겠냐?"

"—응."

조용히, 짧게 끄덕이며 쐈다. 미로의 푸른 화살은 한 줄기 직선이 되어 골탄로 밸브에 빨려 들어가 빗나가지 않고 그것을 날려버렸다. 오렌지색 빛이 약간 줄어들었다가 힘을 늘리기 시작했고, 팽창한 공기가 촉수를 벗겨내며 두 사람의 외투를 펄럭였다. 이윽고 그것은 강렬한 섬광이 되어 두 사람을 삼키고 굉음과 함께 터졌다.

어마어마한 충격이었다. 비스코와 미로는 마치 야구공처럼 날아가서 그대로 데굴데굴 굴러 터널을 나와 푸른 하늘 아래, 하마터면 선로가 끊어진 낭떠러지로 떨어질 뻔하다가 아쿠타가와의 집게발에 막혀 가까스로 멈췄다.

아름다운 녹색이 싹튼 계곡이었다. 귀엽게 우는 새들의 지저귐이 맑은 하늘에 울렸다.

폭발한 골탄이나 중유 문어의 기름, 피, 땀, 피로 등, 아무튼 여러 가지 것들에 물든 두 사람은 한동안 아쿠타가와에 안겨서 누워 있었다.

"……우웨엑!"

갑자기 미로가 입을 누르며 아쿠타가와의 발밑에 시커먼 탄을 꿀럭꿀럭 토했다.

"……큭, 으히히힛."

"뭐, 뭐야."

"입덧인 줄 알고. 크히힛, 응? 웨에엑!"

마지막까지 미로를 놀리기 전에 비스코 역시 탄을 토해내서 아름다운 녹색 지면을 시커멓게 물들였다. 그 안에서 중유 문어 한 마리가 폴짝폴짝 뛰며 비스코의 치아 조각을 보물처럼 안고 도망치듯이 낭떠러지를 미끄러져 내려갔다.

"비스코 쪽이, 낳았네."

"……처녀 임신이야."

비스코는 남은 탄을 토해내고는 진지하게 미로를 돌아봤다.

"박힌 적이, 없으니까. ……아니, 박혔다고 해도 낳지는 못하지만……."

거기서 미로도 참다못해 빵 터졌고, 비스코의 등을 두드리면서 눈물을 흘리며 웃었다.

아쿠타가와가 잘 알 수 없는 이유로 웃음을 터뜨린 두 주인을 자기 등에 들어 올렸다.

두 사람은 간신히 안장에 앉아서…… 낭떠러지 위에서 내려다보이는 경치에 무심코 숨을 삼켰다.

"비스코, 여기가……!"

"응……. 코나키 유곡(幽谷)이야. 자비에게 들었던 경치가 틀림없어."

평원에 푸르게 우거진 울림보리가 사람 키만큼 자라서 붙어오는 바람에 흔들렸다. 바람이 불 때마다 그것들은 해안가에 밀려오는 파도처럼 흔들리며 태양빛을 규칙적으로 반사했고, 마치 골짜기 전체가 하나의 보석처럼 아름답게 빛났다.

"……가자, 미로. 이제 얼마 안 남았어."

잠시 경치에 넋을 잃었던 비스코가 조용히 말했다. 미로는 고개를 끄덕이며 고삐를 잡은 비스코의 옆얼굴을 빤히 바라봤다.

그리고 깊게 찢어진 비스코의 목덜미 상처를 건드렸고…….

"비스코. 아쿠타가와의 흔들림, 조금 억누를 수 있어?"

"어. ……이 정도면 되냐?"

"응. 움직이지 마……."

게 위에서 치료하는 것도 완전히 익숙해져서 재주 좋게 소독하고, 바늘로 꿰매기 시작했다.

11

코나키 유곡.

유곡이란 이름은 평원의 풀에 가려져 있는, 거인의 손톱자국처럼 여러 줄기 뻗은 골짜기에서 유래한다. 또한 골짜기 깊숙한 곳에서 바람이 불 때 갓난아기가 우는 듯한 꺼림칙한 소리가 들려 그것을 「코나키」[#6]라고 불렀다고 전해진다.

투명한 파란색 연기가 때때로 골짜기에서 뿜어져 나와 골짜

#6 **코나키(子泣き)** 아기 울음이라는 의미.

기 전체를 푸른 안개로 얇게 뒤덮였고, 그 경치를 보자 유곡 전체가 더더욱 신비한 비경으로 보였다.

"……예쁘긴 하지만, 쓸쓸한 곳이네."

"그런가? 야, 골짜기 좀 봐봐."

비스코는 아쿠타가와의 고삐를 잡으면서 재주 좋게 골짜기를 들여다봤다.

절벽 곳곳에 아름다운 푸른색으로 빛나는 버섯이 군생하며 바닥이 보이지 않는 골짜기를 어슴푸레 비췄다.

"아앗, 버, 버섯이다! 그럼, 저 푸른 연기는……."

"포자야. 버섯지기들이 왔었던 거야. 그리고 《녹식》을 채집했지…… 15년 전에."

"자비 씨 일행 말이야?"

"그 영감탱이가 허세를 부리려고 거짓말을 한 게 아니라면."

돌아본 비스코가 평소의 악동 같은 얼굴로 웃었다. 미로는 언뜻 보면 건강 그 자체인 비스코의 얼굴에서 약간 푸르스름한 기운이 엿보이는 것을 감지했다.

미로는 가능한 한 자신의 심정을 들키지 않기 위해 싱긋 웃어줬다.

비스코의 상처는, 위중하다.

문어의 위협을 격파하고 동굴을 빠져나온 뒤에 미로도 열심히 치료했지만, 아무튼 뼈가 몇 조각으로 나뉜 건지 모를 수준으로 부러졌고, 근육은 물론이거니와 내장이 입은 대미지도 심각했다.

일반인이었다면 벌써 죽었을 상처라, 도저히 제대로 움직일 수 있는 몸이 아니었다.

"《녹식》은 인자가 너무 강해서 어떤 버섯독을 찌르든 《녹식》으로밖에 발아하지 않는다고 해. 그러니까 이제 낚기만 하면 돼. 도감에 쓰여 있는 『커다란 먹이』도 손에 넣었으니까."

"저기, 오늘 바로 사냥할 거야? 조금 더 상처가 낫는 걸 기다려서……."

"바보 같은 소리 하지 마. 먹이가 썩어버리잖아. 좋아, 아쿠타가와. 그쪽이야."

비스코는 그렇게 말하며 지금까지의 여정을 실컷 방해해 온 거대한 문어(한번 돌아가서 들고 온, 앞서 쓰러뜨린 중유 문어 우두머리) 통구이를 아쿠타가와에게서 내렸다. 푸르게 우거진 초목의 향기 속에서 어울리지 않는 문어 구이의 향긋한 냄새가 확 퍼졌다.

"이제 기다리기만 하면 되겠네. 15분 기다려서 낌새가 없으면 장소를 바꾸자."

"……저기, 비스코. 역시 걱정돼. 아무리 봐도 피가 부족하잖아."

가능한 한 비스코의 의지를 꺾고 싶지 않았지만, 그래도 걱정을 숨기지 못한 미로가 비스코의 외투를 당겼다.

"적어도 수혈은 하고 싶어. 혈액형이 맞으면 내 피로…… 저기, 비스코의 혈액형은 뭐야?"

"……응? 혈액형이 뭐야? 혈액은 혈액 아냐?"

"농담하지 마! 자기 혈액형 정도는……."

거기까지 말한 미로는 이미하마에서 자비를 치료했을 때의 일을 떠올리며 고민에 잠겼다.

그때 수혈은 외투에 넣어 놨던 농축 혈액통으로 했는데, 자비의 피는 신기하게도 어느 혈액형에도 전혀 거부반응을 보이지 않았다. 자비 자신도 애초부터 혈액형이라는 걸 모르는 낌새였다.

'……버섯지기들은 혈액형의 개념이 없다? 그보다, 피 자체가―'

"……미로, 뒤쪽이야!"

방심하던 미로를 감싼 비스코가 옆으로 튀어나왔다. 붉은 몸에 검은 얼룩을 가진 엄청나게 큰 거조(巨鳥)가 골짜기에서 느릿하게 날갯짓하며 올라와 두 사람을 발톱으로 스치고 지나간 것이다.

"우와앗! 굉장해, 저게 새야?!"

"큰일이야, 문어를 가져가겠어!"

거조의 목표는 자신에게는 좁쌀만 한 크기인 인간 둘이 아니라 당연히 대왕문어였다. 강인한 발톱으로 사냥감을 붙잡고 날아오르려는 거조 앞에서는 아무리 아쿠타가와라도 막아낼 수 없었다.

"젠장, 내버려 둘 것 같냐……!"

비스코의 눈동자가 번뜩이더니 활을 빼서 겨누고 무거운 현을 드득드득 당겼다. 필살의 화살이 거조의 머리를 뚫으려던 그 순간―

고오오오오오, 하고 어마어마한 바람이 일어나더니 뭔가 기다랗고 하얀 것이 골짜기 밑에서 솟아올라 머나먼 하늘까지 솟구쳐 배를 드러냈다. 매끈한 광택을 가진 피부 옆에는 인간의 손가락과 똑 닮은 발이 무수하게 돋아나 몸 옆에서 꿈틀댔다. 길고 하얀 그것은 그대로 소용돌이처럼 공중을 한 번 돌더니 하얀 기둥처럼 돋아난 이빨을 쩌억! 드러내며 거조에게 달려들었다. 거조는 어쩔 방도도 없이 강인한 이빨에 부서지며 삼켜졌고, 문어 구이도 덤이라는 듯이 그 뱃속으로 쏘옥 들어갔다.

어안이 벙벙해진 두 사람 앞에서 그 하얗고 긴 거대한 녀석은 보오오오오오! 하고 크게 울고는 몸을 꿈틀대면서 굉음과 함께 다른 골짜기로 뛰어들었다.

두 사람은 방금 그 무언가가 일으킨 바람에 머리카락을 휘날리면서 잠시 멍하니 있었다. 그러다 황급히 고개를 흔든 비스코가 하얀 것이 들어간 골짜기를 가리켰다.

"저거야, 저게 통뱀이야."

"너, 너무 크잖아……!"

확실히 터널 안에서 봤던 버섯지기의 그림대로 거대한, 쌍두의, 눈도 코도 없는 뱀이었다. 단지 도감에 나온 유치한 그림과는 다르게 실제로 보니 너무나 스케일이 거대하고 전신이 움츠러들 만한 박력이 있었다.

"저, 저런 건 뱀이 아니야. 완전 용이잖아!"

"용이든 호랑이든 화살이 통하면 똑같아. 쫓아가자."

비스코는 통뱀이 뛰어든 골짜기로 아쿠타가와를 몰며 허리에서 와이어 화살을 꺼내 활에 매겨 골짜기 맞은편을 향해 쐈다.

"에엑? 비스코, 뭐 하는 거야?!"

"어떻게 움직일지 몰라. 나는 맞은편에서 노리겠어! 미로와 아쿠타가와는 여기서 쫓아!"

비스코는 말을 끝내기도 전에 맞은편을 향해 와이어를 감으며 날아갔다.

미로가 맞은편을 향해 항의하려고 하던 그 순간, 쑤욱! 하고 하얗고 거대한 몸이 비스코를 가리면서 골짜기에서 산으로 뛰쳐나와 미로의 외투를 펄럭였다.

미로의 말대로, 그야말로 용의 관록이 있었다. 표면의 촉수를 엉망진창으로 꿈틀대며 골짜기의 흙을 깎아낸 하얀 몸통은 무척이나 긴 시간을 들여 다시 같은 골짜기 밑으로 들어갔다.

미로는 공포로 움츠러드는 자신의 몸을 억누르듯이 끌어안고, 자신을 끌어안은 누나의 눈길과 자비를 생각하며 시름에 잠긴 비스코의 옆얼굴을 뇌리에 그렸다.

'……잡을 수 있어. 뭐든 할 수 있어. 비스코라면, 우리라면!'

부릅! 미로의 다정한 눈에 힘이 들어갔다. 그 결연한 채찍질이 아쿠타가와에게 전해졌는지, 대게 역시 기합을 넣으며 거물을 잡기 위해 떨쳐 일어나 통뱀을 쫓아 맹렬하게 달렸다.

"뭐 이리 크냐고……!"

비스코에게는 거물 사냥 경험이 많다. 그러나 눈앞의 통뱀은 비스코의 수렵 인생 중에서도 최대의 적이라 해도 좋았다. 조금 전 지나갈 때 등에 화살 두 개를 쐈지만, 그 독은 조그만 버섯을 약간 피웠을 뿐, 통뱀의 거대한 몸뚱이에는 긁힌 상처 수준도 아니었다.

"비늘이 두꺼워서 속까지 독이 들어가지 않아. 입 안이나, 배나…… 젠장! 어떻게 하냐고!"

고민에 빠진 비스코의 귀에, 문득 뭔가가 지면을 후벼 파는 듯한, 드륵드륵 하는 소리가 들렸다.

배후를 지키기 위해 깎아지른 암벽에 등을 기대고 있는 비스코의 시야에 사각은 없어야 하건만, 그 드륵드륵 소리는 점점 더 가까이 다가오더니 맹수와 같은 울음소리를 내지르며 비스코에게 똑바로 다가오고 있었다.

'뭐지? 통뱀이 아니야. 이건…… 바이크 소리……?'

비스코는 거기까지 생각하고는 간담이 서늘해지며 뒤쪽 절벽을 올려다봤다. 그 순간—

"아아카아아보시이이이이이이이이!"

여수라와 같은 고함소리가 비스코의 귀를 꿰뚫었다.

백은의 바이크가 수직에 가까운 암벽을 물어뜯듯이 어마어마한 기세로 비스코를 향해 떨어졌다. 은빛 이마 보호대에서 뻗어 나온 흑발이 공중에 검은 직선을 그렸다.

철곤을 뽑아 들고 살의로 번뜩이는 그 모습은, 바로 이미하마 자경단장 파우였다.

"천벌, 적면(覿面)!"

"넌 대체 어디서 튀어나온 거야!"

하얀색 바이크는 그대로 운석처럼 비스코를 향해 낙하했고, 풀이 흩날리며 흙먼지가 치솟았다. 간발의 차이로 피한 비스코가 물러나면서 화살을 쐈지만 철곤이 막아 떨어뜨렸다. 숨 돌릴 새도 없이 흙먼지를 뚫고 나타난 바이크 위에서 파우의 살의 어린 안광이 비스코를 노렸다.

비스코가 쏜 두 번째, 세 번째 화살을 화려한 철곤 기술로 피한 파우가 필살의 일격을 날렸다. 비스코는 활을 방패 대신 삼아 바이크로 왕복하며 후려치는 2합, 3합을 받아냈고, 3합째 곤을 흘려내면서 바이크 위에 있는 파우의 아름다운 얼굴을 활로 힘껏 후려쳤다.

그럼에도 파우는 바이크에서 몸을 떼어놓지 않고 매달렸고, 입가의 피를 닦으며 바람이 휘몰아치는 초원에서 비스코와 마주했다.

"전보다 훨씬 움직임이 좋잖아."

비스코가 말했다. 비아냥거리는 게 아니다. 이마에는 그답지 않은 굵은 땀방울이 맺혔다.

"긴 여행으로 지쳤을 텐데 참 대단하다니까. 어이가 없네. 그 바이크로 어디를 어떻게 빠져나온 거야? 어떻게 우리가 있는 위치를 알아냈지?"

"미로의 반지에 발신기를 넣어 놨다. 열네 살 때부터 항상 떼어놓지 말라고 해놨지."

파우는 아름다운 목소리로 비스코조차 어처구니없어지는 말을 뻔뻔스럽게 말하고는 철곤을 한번 휘둘러 그 끄트머리를 비스코에게 겨눴다.

"네 명운은 여기까지다. 식인종 아카보시. 동생을 돌려받겠다."

"……너 말이야. 가족애가 깊은 건 딱히 상관없지만, 애초에 미로가 나를 따라온 거라고."

비스코는 눈가를 찡그리면서, 이 달군 쇳덩이 같은 여자를 설득하기 위해 나름 애써보기로 했다.

"이것도 다 너의 그 녹슨 몸하고 목숨을 구하고 싶다고 했기 때문이야. 좋은 이야기잖아? 왜 그걸 돕고 있는 내가 너한테 쇠몽둥이로 얻어맞아야 하는데?"

"잘도 지껄이기는……! 그 《녹식》이라는 유언비어로 동생의 순진한 마음을 홀렸으면서!"

파우는 그 이상의 문답을 거절하겠다는 듯이 내뱉고는 철곤을 들었다.

"동생의 방패가 되는 건 나다. 반대서는 안 돼. 자세를 잡아라, 아카보시. 문답은 필요 없어!"

"너한테는 필요하다고! 너의 그건 방패가 아니라 우리에 가둔다고 하는 거야! 조금은 그 녀석을 인정하라고. 부모에게서, 아이에게서 자립한다는 말도 모르냐!"

"……큭! 미로는, 동생이야……!"

"……아, 그랬나. ……하지만 네 잘못이야. 노안이니까 그만 부모인 줄 알았잖아."

"압살해 버리겠어!"

바이크 엔진이 으르렁대며 비스코를 향해 내달리려던, 바로 그 순간—.

두 사람 바로 옆, 깊은 골짜기 아래에서 거대한 흰 통이 솟구치며 공중에서 꿈틀댔다. 하얀 통은 표면에서 꾸물대는 무수한 촉수로 골짜기의 흙을 후벼 파면서 두 사람의 몸을 잡기 위해 덮쳐왔다.

"뭐, 뭐냐…… 이건?!"

"바보야! 바이크를 버리고 엎드려! 이 녀석은—."

허를 찔린 파우에게 통뱀의 촉수가 덮쳐왔다. 그 위력은 파우가 비명조차 지르지 못할 정도였고, 촉수는 그대로 실신한 몸을 휘감아서 들어 올렸다.

"빌어먹을, 이상한 곳에서 얽혀오니까 그렇지!"

비스코가 즉시 활을 겨누는 것보다 빨리, 뭔가 커다란 오렌지색 껍질이 머리 위를 훌쩍 뛰어넘었다.

"미로!"

미로가 탄 아쿠타가와였다. 미로는 끌려가려는 누나를 쫓아 아쿠타가와를 몰고 절벽을 삼각 뛰기로 점프해서 통뱀의 몸에 찰싹 달라붙었다.

"비스코! 아쿠타가와로 파우를 떨어뜨릴게! 밑에서 받아줘!"

휘날리는 하늘색 머리를 향해 비스코는 「알았어!」라고 답했다.

미로의 고삐 조작에 따라 대게가 왕집게발로 도끼처럼 촉수를 잘라내자, 실신한 파우와 바이크가 속박에서 풀려나 풀이 우거진 지면으로 빨려 들어갔다.

비스코는 그에 맞춰 뛰어 파우와 바이크를 받아 안고 골짜기 기슭에 착지하며 미로에게 외쳤다.

"미로, 어서 떨어져! 그 이상 날아가면 내려오지 못하게 돼!"

"응!"

그렇게 대답하며 폭풍 속에서 아쿠타가와의 발을 하얀 통쪽으로 돌린 뒤 지면을 향해 뛰어내리려던 미로에게 뭔가 점성을 가진 거대한 핑크색 물체가 덮쳐 왔다.

"앗! 아쿠타가와!"

즉시 반응한 아쿠타가와가 도끼처럼 왕집게발을 내려쳤지만 통뱀의 혀를 절반만 자르는 데 그쳤고, 여전히 힘이 남은 그것이 빙글 휘감아버렸다.

"미로———!"

머리 둘 달린 하얀 통뱀은 순식간에 공중으로 날아올라 비스코의 외침도 닿지 않을 만한 상공으로 파트너와 대게를 끌고 가버렸다.

"……앗! 아, 아아앗! 이럴 수가…… 미로, 미로!"

이를 갈면서 돌아본 비스코의 아래에서는 눈을 뜬 파우가 망연자실하게 떨고 있었다. 자기 목숨보다 소중한 사람의 위기 앞에서 혼란에 빠져 머리가 돌아가지 않게 된 모습이었다.

"바보 자식아, 빨리 바이크를 움직여! 골짜기로 들어가 버리면 끝장이야!"

"어쩔 셈이냐, 저런…… 저런 괴물 상대로!"

"우리는 그 어떤 괴물도 사냥해 왔어. 이번에도 똑같아."

비스코는 두 눈을 부릅뜨며 파우에게 일갈했다.

"빨리해! 동생을 죽게 내버려 둘 셈이냐고!"

분노나 의문이 끼어들 여지도 없었다.

파우는 지시대로 엔진에 시동을 걸고 비스코가 올라타는 걸 기다린 뒤 순식간에 최고 속도까지 올렸다. 곳곳에 함정처럼 굴러다니는 바위를 가까스로 피하는 사이 파우는 점차 강철 같은 집중력을 되찾아 어마어마한 스피드로 하늘의 통뱀을 맹렬하게 쫓았다.

"앵커 화살을 쏴서 도르래로 삼겠어! 통뱀과 같은 스피드로 나란히 달리는 거야. 할 수 있겠냐?!"

"할 수 있고 없고 같은 건 없어! ……앵커를, 안정시키면 되는 거겠지!"

"꽤 이해력이 빠른…… 위험하잖아! 너 인마! 앞에는 골짜기라고!"

"이, 정도쯤!"

눈앞까지 다가온 골짜기의, 커다란 구멍이 뚫린 기슭 바로 앞에서 파우의 철곤이 지면을 힘차게 때렸다. 대형 바이크는 장대높이뛰기의 요령으로 뛰어올라 크게 공중을 날며 한번 회전한 뒤, 두 사람을 떨어뜨리지 않고 훌륭하게 맞은편에 착지했다.

"으헥! 곡예구만, 어이!"

"닥쳐! 여기라면 노릴 수 있겠지?!"

비스코는 앵커의 사정거리까지 다가온 통뱀을 노려보며 한 번 심호흡했다.

공중에서 꿈틀대는 그것을 조준하고, 한동안 쏘는 걸 망설였다.

조금 전 같은 어중간한 활로는 비늘에 튕겨서 소용없다. 아무리 비스코라도 초조함이 엿보였고, 활을 당기는 손에도 힘이 들어갔다.

"아카보시……!"

"아앙?!"

"부탁한다……!"

비스코는 거기서 처음으로 고개를 돌린 파우와 눈이 마주쳤다. 그 눈물로 얼룩진, 미덥지 못하게 떨리는 눈동자가 자신에게 매달려서 떨고 있던 시절의 미로와 겹쳤다.

'역시 닮았어.'

비스코는 왠지 모르게 그런 생각을 하며 자세를 한번 풀었다. 그러자 신기할 정도로 조용히, 그러나 놀랄 만큼 집중력이 힘차게 높아지는 것을 알 수 있었다.

'……화살이 통하지 않는, 다면.'

비스코는 숨을 한번 내쉬고, 등에 메고 있던 한 무기에 손을 뻗었다. 비스코의 번뜩임은 그야말로 건곤일척의 도박이었지만 그런 거야 언제나 있는 일이고, 비스코 자신은 언제나 자신의 승리밖에는 믿지 않았다.

미로는 돌풍에 휩쓸려 몇 번이나 정신을 잃을 뻔하면서도 필사적으로 통뱀의 몸에 매달렸다.

아쿠타가와가 통뱀의 혀에 휘감길 때 수중에 있던 마비버섯 독 화살을 꺼내서 황급히 혀에 찌르기는 했지만, 통뱀은 강한 집념으로 여전히 마비된 혀를 왕집게발에 휘감고 있었다.

미로는 어떻게든 통뱀의 몸에 달라붙은 채 기어가서 아쿠타가와를 휘감은 혀에 단도를 힘껏 꽂았다.

그러나 두껍고 거대한 통뱀의 혀는 단단해서 칼날조차 제대로 들어가지 않았다.

'이대로 가면 아쿠타가와가, 삼켜져 버려……!'

죽을 고비 속에서 미로의 두뇌가 번뜩였다. 그는 허리춤에서 은빛으로 빛나는 약통을 꺼내며 침을 꿀꺽 삼키고는 아쿠타가와에게 말을 걸었다.

"미안, 아쿠타가와…… 엄청, 무서울지도 몰라. 나를 믿어 줄래?"

아쿠타가와는 게다. 표정 같은 건 읽을 수 없다.

단지, 언제나 아쿠타가와가 미로를 안아줄 때 그러듯이 뽀글 하고 거품 하나를 내뿜었다.

미로는 고개를 끄덕이면서 숨을 들이쉬었고, 아쿠타가와의 강철 갑각 틈새에 은빛의 약통을 힘껏 꽂았다. 이윽고 슈욱 슈욱 하는 하얀 연기가 나며 왕집게발 이음매가 녹아버렸다.

은산 나도팽나무버섯의 산성에 중유 문어의 점액을 조합해서 위력을 높인 특제 용해제였다. 미로는 즉시 활을 쥐고 녹아내린 왕집게발 이음매를 노려서 철화살을 쐈다.

쩌억! 하고 아쿠타가와의 몸통과 왕집게발이 떨어졌다. 아쿠타가와는 혀의 속박에서 벗어나 그대로 빙글빙글 회전하며 낙하해서 재주 좋게 몸을 틀어 초원에 착지했다.

'다행이다……!'

안도해서 표정을 푼 미로와는 달리, 통뱀의 혀는 서서히 마비독에서 회복되어 감고 있던 왕집게발을 삼키고 원통형 몸통 안으로 들어갔다. 일 하나를 마친 긴 혀는 끈적한 점액을 두르며 미로의 눈앞으로 다가왔다.

미로는 딱딱 울리는 이빨을 필사적으로 억누르며 다음 활을 겨눴다.

두려움은 있지만, 그에 삼켜지지는 않았다. 얼굴에는 예전의 물러터진 표정 대신 늠름한 전사의 기풍이 서려 있었다.

'비스코라면…….'

끼릭끼릭, 활을 당겼다. 이 짧고도 긴 여행에서 몇 번이고 쏴왔던 활에 자신의 모든 것을 담아 쏘기 위해 집중했다.

'포기하지 않아. 마지막 화살을 날릴 때까지!'

혀가 춤추며 미로에게 다가오고, 미로가 혼신의 화살을 그곳에 날리기 직전이었다.

쇠로 된 말뚝이 판금을 꿰뚫는 듯한 어마어마한 충격이 콰직! 하고 느껴지며 두꺼운 혀를 통뱀의 몸통에 박아버렸다. 어안이 벙벙해진 미로의 눈앞에서 그 두꺼운 쇠말뚝은 혀와 두꺼운 비늘을 뚫고 통뱀의 몸 안으로 파고 들어가 마침내 거대한 통뱀을 통째로 관통해버렸다.

"앗…… 아……!"

미로는 활을 든 채 굳었다. 충격을 받은 손이나 뺨이 아직도 저릿했다. 그런 미로의 귓가에, 그가 가장 듣고 싶었던 목소리가 지상에서 들려왔다.

"미로—! 작살을 쐈어! 와이어를 타고 미끄러져 내려와!"

비스코가 활에 매겨서 쏜 것은 화살이 아니라, 너츠의『작살』이었다. 화살로는 비스코의 완력이 다 전해지지 않고 통뱀의 비늘에 막혔을 테지만, 작살의 중량과 관통력이라면 그 완력을 모두 쏟아 부을 수 있는 것이다. 그야말로 상식에 어긋난 어마어마한 사격이었다.

"뭐, 뭐냐! 그 활은……!"

파우는 바이크를 교묘하게 조종하면서 놀라움을 감추지 못하고 통뱀을 꿰뚫은 작살을 바라봤다.

"작살을 쏜 거냐! 어째서 활로 그런 걸 쏠 수 있지?!"

"쏠 수 있다고 생각했기 때문이야, 고지식한 녀석아."

비스코는 아무렇지도 않게 말하고는 작살에서 뻗은 와이어를 자신의 몸에 묶었다.

"미로! 골짜기로 들어가 버리면 끝장이야, 빨리 와!"

"알았어! 지금 갈게!"

미로는 와이어를 잡고 바람에 휩쓸리면서도 재빨리 미끄러져 내려갔다.

"아아, 미로……!"

파우가 조금이나마 안도한 그 순간—.

머리 두 개 중 하나가 봉쇄된 통뱀이 공중에서 느닷없이 몸을 돌리며 자세를 바꿨다. 그리고 공중에서 춤추는 미로를 향해 공동(空洞) 같은 입을 벌려 먹어치우려 했다. 그 너무나도 거대한 스케일에 인간들은 어쩔 도리도 없이 공중에서 휘둘릴 수밖에 없었다.

"미로! 절대로 손 놓지 마!"

통뱀의 몸이 구부러지면서 와이어를 두른 비스코의 몸이 바이크에서 떠올랐다. 장난감처럼 공중에서 휘둘리는 미로와 비스코. 그런 두 사람에게 통뱀의 혀가 채찍처럼 덮쳐 왔다.

두 사람을 감싸기 위해 뛰어오른 파우의 철곤이 통뱀의 혀를 후려쳤지만, 철곤은 억지로 휘감아온 혀의 힘에 밀려서 파우의 손을 떠나 입 안으로 들어가고 말았다. 통뱀은 머리를 휘둘러 파우를 쳐내고, 돌아오는 힘으로 공중에 뜬 두 소년을 쏙 삼켜버렸다.

"컥……!"

파우는 지면에 부딪혀 기침을 하며 공중을 나는 통뱀을 올려다봤다. 그리고 유유히 공중을 유영하는 통뱀에게서 눈을 돌리고 목소리가 되지 않는 오열을 흘렸다.

그때—.

"보오오오오오오!"

거대한 포효. 파우는 그것이 통뱀의 비명이라는 것을 깨달았다. 이어서—.

뻐꿈! 뻐꿈!

공중을 나는 통뱀의 몸 이곳저곳에 거대한 버섯이 돋아나며 통뱀의 몸을 꿰뚫었다. 통뱀은 공중에서 꿈틀대며 괴로워했고, 서서히 고도를 내려 활공했다.

그런 통뱀의 머리 꼭대기에서 뭔가 기다란 것이 튀어나와 피부를 일직선으로 찢었다.

파우의 철곤이었다.

"미로!"

통뱀의 피부를 찢고 체액 속에서 스르륵 나타난 것은 비스코와 미로였다. 두 사람은 통뱀을 뚫고 나온 철곤을 잡고 서로를 부축하면서 그곳에 서서 목소리를 맞춰 외쳤다.

""아쿠타가와아아아아아앗!""

그 목소리에 호응하듯이 대게가 골짜기 사이에서 튀어나와 맹렬히 달려왔다. 두 사람이 공중으로 뛰어오른 것과 힘이 다한 통뱀이 지면에 격돌하는 것은 거의 동시였다. 공중을 나는 두 사람을 향해 뛰어오른 아쿠타가와가 둘의 몸을 안고 데굴데굴 굴렀고, 하마터면 골짜기로 떨어지기 직전에 겨우 멈췄다. 그리고 그런 아쿠타가와를 추격하듯이 무너져버린 골짜기 기슭에서 겨우 탈출하자, 아무리 아쿠타가와라도 힘이 다했는지 그곳에 쓰러졌다.

"미로—!"

파우는 부상으로 휘청거리면서도 대게를 향해 힘차게 달려가 사랑하는 동생을 안아 들었다. 미로의 몸은 통뱀의 체액으로 범벅이 되어 있었지만 건강한 고동이 들려왔다.

"미로! 아아, 미로! 용케 무사히……."

"봐봐, 파우!"

미로는 자기 일 따위는 아랑곳하지 않는다는 듯이 누나의 손을 당겨 일어나고는 먼 곳을 바라보는 비스코와 나란히 섰다. 비스코의 시선 너머에는, 입을 크게 벌리고 골짜기에 다리를 놓은 듯이 쓰러진 거대한 통뱀의 시체가 있었다.

"비스코! 이건……!"

"《녹식》인 건가. 이게……!"

그리고 그 길고 매끈한 통뱀의 몸통에는 오렌지색으로 눈부시게 빛나는 거대한 버섯 무리가 돋아나서 지금도 쑥쑥 자라고 있었다. 그건 마치 하얀 지평선에서 태양이 수없이 떠오르는 듯한, 너무나도 장엄한 광경이었다.

세 사람은 이 세상의 것처럼 보이지 않는 풍경에 압도당해서 상처의 아픔조차 잊고 한동안 그 자리에 우두커니 서 있었다.

12

녹식의 선명한 오렌지색은 푸른색이 기조인 코나키 유곡에서 장엄한 대조를 이뤘다. 세 사람이 그곳에 다가가자 피부에 미약한 온도가 느껴지며 녹식이 미량의 열을 발하고 있다는 것을 전해줬다.

"이게 녹식인가……! 그, 온갖 녹을 먹어치운다는……."

"맞아, 파우!"

멍하니 그것을 올려다본 누나의 손을 잡은 미로가 정말 기쁘다는 듯이 말했다.

"우리가 드디어 해낸 거야! 이걸로 파우를 치료할 수 있어!"

"……음? 그래야, 하는데…… 묘해. 뭔가 이상해."

비스코는 떠다니는 포자의 향기를 맡으며 고개를 갸웃하고는 상처투성이가 된 몸도 아랑곳하지 않고 통뱀의 몸으로 뛰어가서 높이 뻗은 녹식 한 덩이를 뽑아 두 사람 앞에 떨어뜨렸다. 그리고 그 오렌지색 버섯을 뚫어져라 바라보다가 갓을 뜯어 먹었다.

"……. 틀렸어. 역시 약해."

"약해……? 비스코, 무슨 소리야?"

"녹을 먹는 힘은 여느 버섯에도 있어. 그게 유독 뛰어나니까 《녹식》인 거야. 이 녀석은 녹을 먹는 힘도, 덤으로 맛도…… 주변에 널린 송이버섯과 다르지 않아."

그 녹식 한 덩어리를 미로에게 건넨 비스코는 통뱀에 핀 녹식 숲을 노려봤다.

"그, 그럴 수가…… 우리가, 그렇게나 고생했는데……."

녹식을 손에 든 미로의 표정이 흐려졌다. 이렇게나 크게 싸웠는데 헛수고가 됐다면 아무리 그래도 의기소침해지는 법이니 무리도 아니다. 한편 비스코를 보면 표정이 험악해서, 자비의 죽음에 대한 초조함이 한층 강하게 타오르며 그를 불태우고 있는 게 명백했다.

"꽝이었다면 그저 그뿐이야. 해가 저물기까지 아직 조금 남았어. 다음 사냥감을 찾자고."

"바보 같은 소리 마라, 아카보시! 우리 중 누구 한 명도 제대로 움직일 수 없어. 너도 피투성이가 아니냐?"

"시간이 없다고! 너덜너덜한 너희한테 무리한 일을 시킬 수는 없겠지. 나 혼자 가서……."

"가장 너덜너덜한 건 비스코잖아!"

앞으로 걸어가려던 비스코의 소매를 잡은 미로가 억지로 자신을 돌아보게 했다.

"그런 몸으로 저런 걸 상대하면 틀림없이 죽어! 언제나 걱정만 끼치고…… 자신감 과잉도 정도껏 하라고!"

"여기까지 와서 헛수고로 끝내라는 거야?! 이거 놔, 바보 자식아!"

미로의 손이 비스코의 피에 닿아 미끄러졌고, 미로는 기세에 밀려 풀밭에 쓰러졌다. 입술을 깨물며 비스코를 올려다보던 미로는 손 안에서 뭔가 끓어오르는 맥동을 느끼고 벌떡 일어났다.

"비…… 비스코! 잠깐만! 녹식이……!"

미로의 외침에 돌아본 비스코는 거기서 발을 우뚝 멈추고, 미로의 손에서 불덩어리처럼 발광하는 오렌지색 버섯에 시선을 고정했다.

"……뭐야, 이거?! 아까 그 버섯이지?"

"응······. 그렇구나······! 비스코, 피 좀 빌려줘."

미로는 그렇게 말하며 비스코의 목덜미를 타고 흐르는 붉은 피를 받아 녹식의 갓에 몇 방울 떨어뜨렸다.

"역시나······ 봐봐, 비스코!"

미로의 손에 있는 녹식은 비스코의 피가 묻은 부분만 오렌지색으로 타오르면서 갓을 밝게 빛냈고, 문양도 소용돌이치며 변하고 있었다.

문외한의 눈으로도 바로 알 수 있는, 버섯의 『변질』이었다.

"뭐야, 이거······ 내 피를 빨아들인 건가! 무슨 마술이야, 미로!"

"이야기는 나중이야. 일단 저쪽 동굴로 피하자. 비스코 너도 치료해야······ 통뱀의 이빨에 등이 찢어졌잖아? 정말이지 서 있는 게 신기할 정도야."

"무슨 잠꼬대를 하는 거야, 멍청아! 지금 목표가 눈앞에 있는 상황인데······!"

"치료가 우선이야. 내 말을 듣지 않으면 이거, 버릴 거야!"

"와아아아아악알았어알았어! 우와아악, 진짜로 버리려고 하지 마아!"

안도한 듯이 한숨을 내쉬고는 웃으며 자신에게 손짓을 보내는 동생을 보고 파우도 마주 웃었다.

그것은 동생의 확실한 성장에 대한 안도감과, 뭐랄까, 옆에 있는 양아치를 향한 질투와도 같은 것이 뒤섞인, 파우 스스로도 잘 설명할 수 없는 기묘한 표정이었다.

"이미하마를 나올 때 자비 씨한테서 들은 이야기가 있어. 녹식은 그냥 피어난 것만으로는 녹식이 되지 못한다고."

"뭐라고? 나는 그런 거 못 들었는데……."

"거기, 움직이지 말라니까!"

미로의 질책에 비스코는 야단맞은 도베르만처럼 침묵했다.

"옛날 녹식 사냥 때, 버섯지기 몇 명이 죽었대. 보통은 풍장 (風葬)을 하는데, 그 사람들은 손상이 너무 심해서 녹식의 모판으로 해주려고 녹식을 주변에 심었대. 그리고 며칠이 지나서 마지막 작별을 하러 갔더니……."

"그 녹식이, 변질됐다고?"

파우에게 고개를 끄덕인 미로가 비스코의 붕대를 다 갈아줬다.

"그게 자비 씨가 말해준 녹식 이야기야. 버섯지기들 사이에서는 영웅이 죽었을 때의 기도가 영약을 낳았다는 걸로 되어 있지만……."

"너는 그것의 트릭이 피의 조합이라고 생각했던 거구나. 실제로도 그랬고."

"그것도 우리의 피로는 안 돼. 버섯지기의 피에는 신기한 인자가 있어…… 비스코도, 자비 씨도 그래. 우리의 피와 달리 누구에게도 수혈할 수 있고, 피를 받을 수도 있어."

미로는 조금 욱신거리는 마음을 억누르며 비스코의 목덜미에 주사기를 대고 피를 뽑아냈다. 약통에 점점 모이는 비스코의 피는 그 생명력을 나타내듯이 새빨갛게 빛났다.

"과연 그렇구만. 이론은 알겠어. 그럼 왜 자비는 나한테 그 이야기를 안 했던 건데? 앞으로 가지러 가야 하는 것의 정체도 모른 채 계속 같이 여행해 왔다고."

"그야, 버섯지기가 가진 피의 비밀은 내가 밝혀낸 거잖아. 만약 옛날이야기대로 하려고 했다면, 비스코는 사람 한 명을 납치해서 산제물로 삼았을걸."

"뭐라고?! 내가 그런 짓을……!"

"했으니까 식인버섯 아카보시라 불리던 게 아닌 거냐?"

"암고릴라는 말끝에 우훗, 이라고 붙이라고!"

충돌하는 근육 체질 일행들에게서 시선을 돌린 미로는 비스코에게서 채취한 혈액을 새로운 녹식에게 신중하게 주사했다. 그러자 잠시 뒤, 녹식은 포자를 불통처럼 부드럽게 뿜어내면서 마치 타오르는 장작처럼 전신을 붉게 빛냈다. 갓의 마블 문양은 은하처럼 소용돌이치며 어두웠던 동굴을 순식간에 대낮처럼 비췄다.

"와, 괴, 굉장해……!"

미로만이 아니라 일동이 모두 침을 삼키며 그 위용을 지켜봤다. 그야말로 이 세계에 숨겨진 비밀, 비보와 같은 것을 눈앞에서 목격한 감각이었다.

미로는 멍하니 있던 자신을 다급하게 진정시키고 준비해 둔 조제기에 타오르는 녹식을 넣었다. 이윽고 녹식은 강화유리관 안에서 녹아내리며 빛나는 오렌지색 액체가 되었다.

"이 수수께끼 풀이 같은 녹식 제조법…… 틀림없이 의도적으로 만든 거야. 불가사의하지만 효과적인 기술, 약학. 버섯지기는 역시 세간에서 말하는 평범한 야만인이 아니었어. 오히려 구세(救世) 과학의 사도라고 말해도 과언이 아닐지도 몰라."

파우는 메마른 입술을 엄지손톱으로 긁으면서 차분하게 중얼거린 뒤, 시선을 비스코에게 돌렸다.

"이것도 저것도, 이런 빨강 원숭이가 세간에서 날뛰지만 않았어도 쓸데없는 오해가 퍼지는 일은 없었을 것을."

"뭐라고? 너 이 자식……! 자기 머리가 굳은 건 제쳐놓고……!"

아픔 탓에 인상을 찡그린 비스코를 미로가 황급히 도와줬다.

"잠깐! 싸우지 마! 두 사람 다 중상이거든?!"

"너도 멍하니 있지 말고 좀 더 피를 뽑으라고! 많이 만들어도 손해는 없잖아!"

"바보! 그 이상 뽑으면 비스코가 죽어버려! 그런 건 본말전도잖아!"

"혈기왕성하다는 소리 자주 들어. 한 병 정도는 괜찮아."

"절~대로, 안 돼!"

시끄러운 비스코와 이야기를 나누는 동생의 옆얼굴은 자신에게 보여주는 평소 얼굴과는 전혀 다른, 생기 넘치는 반짝임으로 가득했다. 마치 소년이 듬직하고 강한 아버지를 올려다보는 듯한, 그러면서 어머니가 너무 기운찬 아들을 걱정하는 듯한— 그런 요소를 겸비한, 동경과 애정이 뒤섞인 감정을 그 어떤 말보다 강하게 웅변해주고 있었다.

'좋아, 하는 거구나. 그를……'

말로는 꺼내지 않았다. 쓸쓸한 마음과, 신기하게도 안도하는 마음이 동시에 파우의 가슴속에 솟구쳤다.

비스코의 얼굴을 다시금 보니, 참으로 흉포해 보이는 송곳니가 드러난 얼굴에, 한쪽 눈 가장자리에 그려진 붉은 문신. 아무리 봐도 건실하지 않은 풍모지만 그럼에도 발랄한 생명력으로 가득했다. 앞선 통뱀과의 싸움에서 보여준 신들린 화살은, 그 무엇도 꿰뚫을 수 있는 이 소년의 강한 의지를 상징하고 있었다.

'식인버섯, 아카보시라……'

파우가 입 안에서 중얼거리며 일어섰다.

"파우, 어디 가? 아직 밤은 위험해."

"바이크 정비를 하고 올게. 심하게 상했지만 아직은 움직이니까."

"바이크 정비를 할 수 있는 암고릴라라니 역시 대도시 이미하마, 신기한 걸 기른다니까."

"핫! 활을 쏠 수 있는 원숭이 정도는 아니지."

"그렇게 나오시겠다?! 너 인마아아—!"

"그만두라고—! 우왓! 피가 솟구치잖아! 이거 봐!"

파우가 웃으면서 동굴을 나가기 직전, 강렬한 하이빔이 밤을 가르며 거대한 통뱀의 유해를 비췄다. 갑자기 바람이 풀을 휩쓸며 찢어 버릴 정도로 강하게 불었다.

"뭐야, 저건! 너 인마, 자경단의 짓이냐!"

"그럴 리가 있나! ……봐라, 군용 생물 중기(重機)다. 저런 거대한……."

비스코가 달려오자 파우가 눈을 가늘게 뜨며 답했다. 자세히 보니 그것은 거대하게 키운 에조 아귀에 각종 장갑과 무기를 붙인, 통칭 플라이 팻으로 불리는 대형 어류형 항공 중기였다.

"미야기 군사기지의 것인가……? 저런 게 어째서 여기에……!"

"만나서 반갑다고 해야 할까, 아카보시이."

대형기의 확성기로부터, 파우에게는 익숙한 목소리가 들려왔다.

"지금껏 계속 동향을 살피고는 있었지만, 너를 죽일 기회가 좀처럼 없어서 말이지. 솔직히 곤란했다고. 정면에서 이길 상대는 아니고, 어쩌지, 어쩌지…… 그렇게 망설이는 사이에……."

플라이 팻 상부 해치가 열리며 칠흑의 눈동자를 가진 남자가 고개를 내밀었다. 바람에 휩쓸리는 모자를 필사적으로 누르며 확성기를 들고 계속 말을 이었다.

"이것 참, 우유부단이 좋은 결과로 이어지기도 한단 말이지. 설마 전설의 영약, 녹식을 보게 될 줄이야. 살아있어 줘서 다행이었어. 식인종, 아카보시."

"네놈은 뭐야……."

비스코의 에메랄드색 눈동자가 가늘게 일그러지며 쿠로카와의 칠흑과 맞물려서 부딪혔다.

"본 적이 있다 했더니만, 이미하마의 지사잖아? 어떻게 내

위치를 알아냈지?! 네놈의 부하들한테 살금살금 미행하게 시켰냐?!"

"바보 같은 소리 말라고. 너희의 여로를 따라가다니, 핫코다 산을 알몸으로 가라고 하는 거나 다름없잖아. 가뜩이나 인원 부족인데 말이지."

그렇게 말한 쿠로카와는 드디어 바람에 날아간 자기 모자를 비명과 함께 보낸 뒤에 매우 유감스럽다는 듯이 말을 이었다.

"열차를 썼잖아. 그럼 통행 기록이 날아온다고. 현청에 말이야. 수십 년이나 움직이지 않았던 노선에서 갑자기 신호가 왔으니, 당연히 너라는 가능성을 의심하게 되지 않겠어?"

"비스코, 파우!"

미로가 달려와서 비스코의 소매를 당겼다.

"동굴 안에 숨자. 특수부대가 상대라면 우리 셋이 패배할 리가 없어!"

"하지만 저 녀석들, 녹식을!"

"그래그래, 그대로 안에 틀어박혀 있어 달라고."

쿠로카와의 느슨한 목소리가 코나키 유곡에 울려 퍼졌다.

"나는 두 마리 토끼를 쫓지 않는 주의거든. 아무튼 이만한 양의 영약이니까, 중앙 정부에도 꽤 아양을 떨 수 있겠지."

쿠로카와의 말과 동시에 플라이 팻에서 두꺼운 앵커 몇 줄기가 발사되어 통뱀의 몸에 꽂혔다. 녹식의 숲으로 변한 통뱀은 그대로 서서히 공중으로 올라갔다.

"젠장! 놔둘 것 같냐, 이 자식아!"

"비스코, 위험해!"

참다못해 뛰쳐나간 비스코를 플라이 팻의 기관총이 노리며 쐈다.

비스코는 늑대처럼 가볍게 뛰어서 그것을 피하고 플라이 팻의 미간을 향해 힘껏 당긴 강궁을 쐈다. 화살은 목표대로 거대한 물고기의 미간에 맞아 그곳에서 폭발적으로 버섯을 피웠……어야, 했지만—.

"……앗?! 독이, 안 들어가!"

플라이 팻의 미간에 붉은 갓이 달린 버섯이 조금 피었지만, 이윽고 검게 변색하며 시들어버리고 말았다. 어떤 것에도 듣는 비스코 필살의 버섯독이 통하지 않는 건, 인공물을 상대로는 처음 있는 일이었다.

"으헤엑! 그렇게나 항균 가공을 했는데도 하마터면 피어날 뻔했잖아. 몇 발이나 더 맞지는 못하겠군. 위험하네, 아카보시…… 역시 무서워. 너를 상대하게 되니…… 경련이 멈추지 않아."

쿠로카와는 몸을 한번 부르르 떨고는 조종석에 있는 토끼탈에게 말을 걸었다.

"야, 언제까지 쏠 거야! 물러나. 녹식이 후두둑 떨어지고 있잖아."

"지사님! 아카보시는 약해져 있을 겁니다. 여기서 처리해두면 이후의 우려를……!"

"……그런 식으로, 버섯지기를 얕보면…….."

쿠로카와의 말이 채 끝나기도 전에 새빨간 화살이 어마어마한 위력으로 강화 유리를 부수고 토끼탈의 뺨을 스쳐서 조종석 시트에 꽂혔다. 발아한 버섯이 토끼탈을 깨진 유리 밖으로 힘차게 날려버려서 아득한 골짜기 밑으로 떨어뜨렸다.

"그렇게 되는 거다…… 바보 자식."

쿠로카와는 떨어진 토끼탈을 배웅하고는 시트의 버섯을 치우고 직접 조종간을 잡아서 기관총을 쏘며 플라이 팻을 크게 선회시켰다.

"또 만날 수 있겠지? 아카보시이! 이건 맹세의 반지다!"

떠나기 직전 쿠로카와가 겨눈 권총에서 유황색 총탄이 날아와 비스코를 덮쳤다. 거듭된 부상 탓에 기관총을 피하는 게 고작이었던 비스코의 옆구리에 쿠로카와의 총탄이 깊숙이 꽂혔다.

"크악!"

"비스코—!"

미로가 누나의 제지를 뿌리치고 뛰쳐나갔다. 분통함에 이를 악물고 눈을 부릅뜬 비스코의 옆구리에는 심한 유혈과 점착질의 유황색 독이 달라붙어 있었다.

"저 자식, 녹탄을……!"

비스코는 기침을 하며 피를 토해냈다. 녹탄이란 문자 그대로 녹을 응축한 독탄으로, 피탄된 곳에서부터 사람을 녹슬게 하는 극악한 탄환이었다.

"아앗, 이런 상처가 또…… 비스코……!"

울상을 지으며 자신에게 달라붙는 미로 너머로, 비스코는 빼앗긴 녹식과 쿠로카와의 검은 눈동자를 상기하며 날아가는 대형기를 계속 노려보았다.

"저기, 정말로 여기서 쓰지 않을 거야?"

미로는 바이크에 걸터앉아 엔진을 뿜어내는 파우를 걱정스레 바라봤다.

녹식 앰플은 통뱀을 빼앗길 때 떨어진 남은 녹식을 모아서 겨우 두 개 분량을 조제했다. 자비와 파우의 몫…… 원래대로라면 목적 달성이라 할 수 있었다.

그리고 자비의 수명이 다하기 전에 앰플을 전해 줄 수 있는 건 이미하마 자경단이 소유한 고속도로를 사용할 수 있는 자경단장 파우밖에 없었다.

"아마 자경단에도 쿠로카와의 스파이가 숨어 있을 거야. 지금쯤 녀석도 녹식의 약효가 없는 것에 초조해하고 있을 거다. 만약 내가 완치된 모습을 보여 주면 트릭을 밝혀내기 위해 어떤 수단을 쓸지 알 수 없어."

파우가 아침 햇살을 받아 예쁜 얼굴을 반짝이며 씨익 웃었다.

"괜찮아, 미로. 자비 어르신을 치료하면 나도 쓸 거야. 두 패로 갈라져서 쿠로카와의 눈이 내게 쏠린 사이 너희가 허를 찔러 공격할 수도 있을 거다. 그 편이 쿠로카와의 부하도 줄겠지."

파우는 퉁명스럽게 옆을 쳐다보던 비스코를 보며 말했다.

"아카보시. 정말로 쿠로카와를 상대하겠다면 얕보지 마라.

녀석은 아무튼 겁쟁이고…… 그렇기에 방심하지 않는 녀석이야. 자경단도, 다른 현도 녀석에게는 손을 댈 수 없어. 그 수법은 악랄하고 만만찮을 거다."

"……녹식의 비밀을 눈치채면 버섯지기의 피를 노릴 거야. 어찌 됐든 치고 나갈 수밖에 없어."

비스코는 목을 한번 뚜둑 꺾고는 아무렇지도 않게 대답했다.

"동족과 자비, 그리고 너희를 일일이 보호해주는 것보다는 녀석을 죽여버리는 게 더 빨라."

"……인정하고 싶지는 않지만, 지금 미로는 네 옆에 있는 게 제일 안전해. 미로는 나의 목숨이다. 네게 맡기고, 믿겠어. 반드시 지켜다오."

"……넌 딸을 시집보내는 고집불통 아버지냐?"

비스코는 파우의 말투에 묘한 압박을 받으며 가까스로 반박했다.

"뭐, 너도 조심해라…… 모처럼 살아남았으니까. 이런 곳에서 죽으면 재미없겠지."

파우는 눈앞의 광견 낯짝을 빤히 바라봤고…… 미로가 칭얼대는 아쿠타가와를 돌봐주는 틈을 타서 비스코에게 손짓했다.

"……이걸 네게 주마."

건네준 것은 조금 전 동생에게 받았던, 빛나는 녹식 앰플이었다.

"뭐야, 이거. 네 앰플이잖아! 미로가 너를 위해……."

"저 아이를 지켜줄 수 있는 건 이제 내가 아니야. 너다, 아

카보시. 앞으로 쿠로카와와 결판을 내야 한다면 더더욱. 너의
그 배—."

파우가 붕대를 두껍게 두른 비스코의 옆구리를 바라봤다.

"미약한 녹으로 보이지만, 아마 자연적인 것보다 진행이 빠
를 거다. 여차할 때 써라."

"파우, 너……."

"겨우 이름을 불러 주는군."

전사 파우의, 좀처럼 볼 수 없는 발랄한 미소가 아침 해를
받으며 눈부시게 빛났다.

"곧장 쿠로카와를 쓰러뜨리고 나를 치료해 준다면 그걸로
충분해. 너의 힘을 믿는다. 그뿐인 일이야."

"……알았어. 그렇게까지 말한다면 받을게."

비스코는 고개를 끄덕인 뒤, 돌아온 미로에게 보이지 않기
위해 재빨리 앰플을 품에 넣어 숨겼다.

"뭐, 그래도. 어차피 내가 바로 이길 거야. 조금 순서가 달
라질 뿐이니까. 은혜를 입히려고 하는 거라면 카운트되지 않
는다고."

그 말에 파우는 비스코를 바라봤고, 조금 오싹해질 만큼 요
염한 미소를 짓더니 굳어진 비스코의 턱에 손을 대고 얼굴을
갖다 댔다.

"나와 처음 싸웠을 때를, 기억하나?"

숨결이 섞인, 속삭이는 목소리.

"녹슨 나를 보고, 미인이라고 말해준 건…… 너 정도밖에

없었어. 아카보시."

비스코는 이 엄청난 사태에 경악해서 눈을 돌릴 수조차 없었다.

"너도 잘 보니, 늠름하고…… 귀여운 얼굴이고 말이야."

"뭐엇?!"

무심코 펄쩍 뛰며 물러난 비스코를 향해 하하하하! 하고 아름다운 목소리로 웃은 파우는 그대로 액셀을 밟고 아침의 코나키 유곡을 달렸다.

"내 취향보다는 꽤 어리지만 말이지!"

떠나갈 때의 말을 듣고 완전히 놀림감이 된 걸 깨달은 비스코는 이를 갈며 뭐라 반박하려 했지만, 굳어진 혀에서는 그럴싸한 말이 나오지 않아서 결국 지평선 너머로 사라지는 파우를 지켜보기만 했다.

옆에서 뭔가 히죽거리는 미로의 기척을 느끼고 절대로 그쪽을 돌아보지 않으려 했지만, 미로가 빙글 돌아 들어와서 비스코의 얼굴을 엿봤다.

"야, 인마! 뭐야, 너! 불만 있어?!"

"저기~ 비스코 너 말이야, 여친 있어? 없지~? 우리 파우 어때?"

"싫어. 저런 고릴라."

"두근댔잖아."

"안 했어."

"E컵입니다."

"시끄럽다고, 너 갑자기 왜 그래?!"

아쿠타가와가 심심한 듯이 돌아다니는 걸 본 비스코는 새빨간 얼굴을 보여주지 않기 위해 고개를 돌리면서 억지로 화제를 전환했다.

"파우의 말로는, 그 비행 아귀는 시모부키 주둔지에 보관하고 있었던 거라고 해. 돌아가는 길이긴 하지만 늪지대를 통과해서 시모부키로 향하자. 거기서 녹식을 되찾을 거야."

"응, 알았어……!"

미로에게 설명해주며 고개를 끄덕인 비스코는 평소의 경쾌한 발걸음으로 아쿠타가와의 안장에 뛰어올랐고…….

거기서, 주르륵.

발을 걸지 못해 미끄러져 풀 위에 쓰러졌다. 비스코는 자신도 무슨 일이 일어난 건지 모르겠다는 표정으로 몇 번 기침하면서 피를 토했다.

"비스코……!"

의아한 듯이 바라보는 아쿠타가와 앞에서 비스코의 눈동자는 경악과 낙담, 그 양쪽을 드러내며 크게 벌어졌다. 아쿠타가와에 탈 수 없다. 그 사소한, 약간의 어긋남 앞에서, 비스코는 자신의 몸이 쇠약해졌고, 독이 침식하고 있다는 것을 뼈아프게 자각했다.

참다못한 미로가 달려와 비스코의 어깨를 부축했다. 비스코는 살짝 웃으며 입가의 피를 닦았다.

"……크크큭. 미안하네, 수고를 끼치다니."

"그렇지, 않아······."

"이런 꼴이어서는, 이제 너한테 야단도 못 치겠어."

"그렇지, 않아!"

울상인 미로를 기운 나게 해주기 위해, 비스코는 미로의 팔을 치우고 이번에는 재빨리 아쿠타가와의 안장에 뛰어올랐다. 그리고 뒤따라온 미로에게 손을 빌려주며 속삭이듯이 말했다.

"괜찮아, 미로. 나는 강해. 곰이 아무리 상처투성이라도 강한 것하고 똑같아. 몸은 독에 시달린다 해도, 영혼에는 상처하나 없어. 내 안에서 변함없이 고동치는 게 느껴져."

"······."

"가자."

걸어가는 아쿠타가와 위에서, 미로는 조용히 비스코에게 다가붙어서 그저 기원했다.

'이런 말을, 하면······.'

'비스코, 넌 화낼까?'

'하지만······.'

'네가 나를 대신해서 입은 상처만큼······.'

'이번에는, 내가 너의 방패가 되겠어.'

'너의 창이 되겠어.'

'나의 조그만 몸과, 마음을 모두 걸고.'

'너의 길을 가로막는 모든 것으로부터, 반드시······.'

'반드시 너를, 지키겠어······.'

코나키 유곡에 아침 해가 빛나며 아쿠타가와를 오렌지색으로 비췄다. 태양빛에 비친 두 소년의 얼굴은 상처투성이였지만, 아름다웠고…… 뭔가를 똑바로 꿰뚫는 듯한 숭고한 각오로 물들어 있었다.

13

구름 사이에서 해가 드러나며 초콜릿색의 선명한 진흙을 비췄다.

일대에 펼쳐진 늪 이곳저곳에는 이끼가 낀 바위가 고개를 내밀었고, 그 위에 푸르게 덮인 풀고사리를 따라 선명한 꽃이 피었다.

북시모부키 습지대는 시모부키 중앙부에서 불어오는 눈보라의 영향에서 벗어나 비교적 포근한 기후를 가졌다. 영원한 겨울인 시모부키에서 돌아오는 행상인은 이 날벌레가 날아다니는 드넓은 늪지대를 보고 가슴을 쓸어내린다고 하니, 듣는 사람에 따라서는 재미난 이야기라 할 수 있겠다.

그런 곳에—.

쓰러진 여행자의 유해가 하나 엎어져 있었다. 엎어진 몸은 대부분 진흙으로 더러워져 있어서 표정을 엿볼 수는 없었다. 때때로 불어오는 조용한 바람이 마치 이제야 떠올랐다는 듯이 외투를 펄럭일 뿐이다.

찰박, 하고 진흙을 헤엄치는 늪돼지 한 마리가 유해로 다가

왔다. 주의 깊게 상반신을 진흙 속에 묻고 바쁘게 코를 움직여 유해의 냄새를 맡았다. 이윽고 또 하나의 늪돼지가 진흙을 헤치고 부상했고, 서로를 견제하면서 사냥감 주변을 돌기 시작했다.

그중 한 마리의 날카로운 엄니가 어쩌다 보니 유해의 팔에 걸려서 살을 살짝 찢었다. 노출된 핑크색 지방에서 새빨간 물줄기가 튀며 늪지대에 어울리지 않는 피 냄새가 확 퍼졌다.

그러자 마침내 굶주린 늪돼지들이 일제히 입을 크게 벌리고 유해를 향해 덮쳐 왔다.

진흙이 춤췄다.

달려든 늪돼지의 엄니를 붙잡은 유해가 도약했다.

무거울 터인 늪돼지의 몸이 솜털처럼 공중을 날았다. 늪돼지의 몸은 그대로 빙그르르 호를 그리며 근처에 있던 바위에 철퇴처럼 떨어져서 머리를 강하게 부딪쳐 기절하고 말았다.

꾸울! 하고 늪돼지의 비명이 울렸다. 반광란 상태가 되어 도망치려는 다른 한 마리를 향해 유해였던 소년이 재빨리 등 뒤로 손을 뻗었다.

단궁이 소년의 등에서 스르륵 뽑혔다. 끼릭끼릭 탄력 있게, 그러나 강하게 당긴 화살 너머에서 푸른 눈동자가 번뜩 빛났다.

쉬익!

소년은 재빨리 숨을 내쉬며 활을 쐈다. 진흙 안으로 들어가기 위해 늪돼지가 순간 뛰어오른 그 빈틈, 그 배때기에 하늘색 화살이 섬광처럼 꽂혔다. 늪돼지는 그대로 진흙 위를 데굴

데굴 구르더니 뻐꿈! 소리를 내며 파열했다. 소년이 쏜 버섯독 화살이 순식간에 늪돼지의 전신을 돌아 그 살을 모판 삼아서 새빨간 갓을 피워낸 것이다.

소년은 화살을 쏜 자세를 유지하며 정지한 채 코를 킁 하고 훔쳤다. 그리고 얼굴의 진흙을 소매로 스윽 닦고는 그 판다 얼굴에 활짝 핀 미소를 보였다.

"해냈다! 두 마리!"

코나키 유곡를 나온 지 며칠이 지났다. 여행은 결말이 보이지 않은 채 서서히 끝을 향해 다가가고 있었다.

여행을 시작할 무렵에 비하면 미로의 성장은 눈부실 정도였다. 활, 게타기, 자연술, 그 어떤 것도 원래부터 재능이 있었던 것처럼 좋은 감을 보였다. 그에 더해서 원래부터 가진 의술의 재능이 미로를 버섯지기 가운데서도 걸출한 전사로 만들어냈다.

"이거라면…… 꽤 영양이 될 거야. 최근에는 채소만 먹었으니까……."

미로는 잡은 늪돼지를 줄에 묶어서 거점으로 삼고 있는 여행자 오두막으로 끌고 갔다. 코나키 유곡에서 돌아오는 길에서는 드문드문 식물 같은 것만 먹어 와서 제대로 된 영양을 얻지 못했기 때문에, 겨우 파트너에게 영양분이 될 만한 걸 만들어 줄 수 있겠다는 것이 미로의 현재 최고의 기쁨이었다.

비스코의 부상은, 좋지 않았다.

겉으로는 낌새를 거의 보이지 않지만 그건 비스코의 강인한 의지력 때문이고, 가뜩이나 중상을 입었던 중유 문어와의 전투 뒤에 통뱀에게서 미로를 감쌀 때 이빨에 맞아 등이 찢겼고, 그때 통뱀이 가진 지효성 독이 스며들어서 지금도 비스코의 내장을 침식하고 있다.

그런 데다 쿠로카와가 작별 선물이라는 듯이 쏜 녹탄을 뽑아낸 흉터가 녹슬어갔다. 움직일 때마다 상당한 고통이 그의 몸속을 맴돌고 있다는 것은 함께 여행하는 미로가 아플 만큼 잘 알고 있었다.

미로가 요리를 만들어 주면 비스코는 맛있게 먹지만, 밤중에 미로가 알아채지 못하게 일어나서 주변에 피 섞인 밥을 토했다. 비스코가 단련해 준 미로의 예민한 감각은 필연적으로 눈을 떠서 그 모습을 감지했고, 그때마다 가슴이 조여들어서 의사로서의 자신이 얼마나 무력한지 절실히 실감했다.

'지루해하고 있을까. 또 나가지 않았어야 할 텐데.'

미로는 코나키 유곡 이후의 여로에서 비스코의 몸에 부담을 주는 작업을 전혀 시키지 않았다. 사냥이나 캠프의 안전 확보, 아쿠타가와를 돌보는 일도 자기가 하고, 비스코에게는 하루 네 번의 치료도 빼먹지 않았다.

역시 아무것도 시키지 않으면 오히려 스트레스가 되기 때문에 비스코에게는 자신의 조제기를 주고, 자비가 교육을 단념한 앰플 조제의 기본을 가르쳤다. 비스코는 계산 문제집을 앞에 둔 초등학생처럼 싫어했지만, 미로가 「일류 버섯지기는 다들 할 수 있다고 들었는데」라고 얕잡아보는 말을 하자 울컥하며 조제 공부에 달려들었다. 미로도 비스코 조종에 꽤 익숙해진 셈이다.

실제로 비스코 역시 독 전문이라 해도 균술의 달인이다.

녹식 조제 자체는 미로가 밝혀낸 조합식(거의 히라가나로 적혀 있다)을 따라서 성실하게 배운다면, 간단한 것들 정도라면 습득할 수 있는 능력이 있을 것이다.

"다녀왔어. 비스코. 돼지를 두 마리나 잡았어! 오늘은 돼지 구이를 만들 수 있겠어."

가급적 기운찬 미소를 지은 미로가 여행자 오두막을 들여다봤다. 그곳에 파트너의 모습은 없었다. 화장실이나 짐을 놓은 곳을 들여다봐도 기척이 없었다.

'……설마, 자리를 비운 틈을 노려서……!'

핏기가 싸악 가시는 게 느껴졌다.

늪돼지를 묶은 끈을 내던지고 튕기듯이 달려가려던 미로의 뒤쪽에서…….

"야야, 또 가는 거야? 두 마리 잡으면 충분하잖아."

"……비스코!"

아쿠타가와의 등에서 흔들리는 비스코가 어이없을 만큼 건강하게 나타났다.

한편 아쿠타가와는 평소의 냉정한 그와는 어울리지 않게 퉁명스러운 분위기를 (게라고 해도 함께 지내다 보면 어느 정도 분위기를 알 수 있다) 내고 있었다.

"이 녀석 말이야~, 늦게 암컷을 보더니 멋대로 달려가 버리더라니까."

비스코는 우습다는 듯이 크게 웃으면서 아쿠타가와의 머리를 두드렸다.

"자랑스런 왕집게발이 없으니까 차였어. 100인을 벤 아쿠타가와 씨도…… 크큭, 여, 역시 조그만 집게발로는 여자를 못 잡는구만요."

그러자 아쿠타가와에게도 비스코의 비웃음이 전해졌는지, 재생 중인 왕(중간?)집게발로 비스코를 붙잡아서 미로 뒤편에 있는 웅덩이에 던져버렸다. 비스코는 웃으면서 진흙을 헤치고 나와, 문득 웃지도 않고 자신을 바라보는 미로를 바라봤다.

"……그렇게, 몸을 움직이면, 안 된다고! 말했는데! 왜 말을 안 듣는 거야!"

"뭐, 뭐야, 너. 어쩔 수 없잖아. 아쿠타가와가 멋대로 움직였다고. 애초에 그런 이과 실험을 세 시간 네 시간 동안 해봐. 몸 이전에 뇌가 썩어버린다고."

"……걱정, 했단 말이야. 비스코."

미로는 눈을 치켜뜨며 비스코에게 원망스러운 시선을 보냈다.

"……어딘가로, 가버린 줄 알아서……."

"아―, 응?"

그때, 아무래도 기분이 상했는지 아쿠타가와가 성큼성큼 걸어가자 비스코가 그 뒤를 황급히 쫓아갔다.

"잠깐 비스코, 사냥 갈 셈이야?!"

"아쿠타가와가 화나면, 실컷 먹여주지 않으면 용서해주지 않는다고! 잠깐 웅덩이에서 망둥어라도 낚아야겠어!"

"안 돼! 바보야! 돌아와!"

"10분도 안 걸린다고! 돼지 구이 만들 거잖아. 껍질 벗기는 거 귀찮으니까, 맡길게!"

그 말과 함께 비스코는 자기 몸을 걱정하는 미로의 마음은 아랑곳하지 않고 화가 난 대게를 재주 좋게 다루며 늪지 저편으로 달려갔다.

"……으, 윽, 이 바보야……."

미로는 입술을 깨물고, 눈가에 약간 눈물조차 맺힌 채 그 모습을 배웅했다. 그리고 돌아온 뒤에는 한동안 말도 안 하고 무시해줘야겠다는 것과 상세한 룰을 이것저것 머릿속으로 정하면서 늪돼지를 여행자 오두막 안으로 질질 끌고 갔다.

여행자 오두막에 다른 여행자는 없었고, 비스코와 미로만이 사용하고 있는 전세 상태였다. 오두막 구석에 설치된 텔레비전이 점등하며 토호쿠 방송의 하나밖에 없는 채널을 비췄다.

미로는 단도를 재주 좋게 다뤄서 돼지 껍질을 벗기며 틈틈이 텔레비전을 멍하니 바라봤다. 화면에서는 잿빛 고양이가 작은 생쥐를 쫓는 애니메이션이 나오고 있었는데, 고양이는 불쌍하게도 교활한 생쥐의 간계에 빠져 꼬리가 쥐덫에 걸리며 비통한 비명을 질렀다.

고양이를 편애하는 미로가 인상을 찌푸리며 전원에 손을 뻗은 것과 동시에……

잡음과 함께 화면에 노이즈가 생기며 영상이 갑자기 바뀌었다.

『아아~ 테스트, 테스트. 너무 크네. 야, 줄여. 아. 하얗게 나오잖아! 바보 자식! 자동으로 해……! 그래, 초보자는 그거면 된다고. 아~, 실례. 이미하마 현청 공식 방송. 지사인 쿠로카와입니다.』

움찔하며 손이 멈췄다. 들은 적이 있는 차분한, 그러나 간담이 서늘해지는 목소리—.

『수배범 아카보시 비스코 및 네코야나기 미로에게 정시 권고다. 토호쿠 방송 권내에 있는 건 틀림없다고 생각하는데…… 듣고 있기를 기원하지.』

쿠로카와는 그렇게 말하며 화면 중앙에 서서 기침을 한 뒤에 넥타이를 고쳤다.

『네코야나기. 네 누나는 미인이지만 바보라서, 아카보시의 할아버지 쪽을 내가 감시하고 있었다는 걸 상정하지 않았다. 꽤 날뛰었지만, 그 자랑하는 곤술도 인질에게 총을 겨누니까, 이렇게 됐지.』

쿠로카와는 뭔가 사람을 묶은 십자가 같은 것을 카메라 앞에 내보냈다. 미로는 그곳에 묶인 실루엣에 시선이 고정되어 목소리가 되지 못한 비명을 목구멍 속에 내질렀다.

『바보의 특징 중 하나는 싸움에 강하다는 건데, 뭐, 이 여자는 어지간히 바보인지 무지막지하게 강했지. 내 머리 같은 건 단숨에 깨버릴 정도였지만…… 신기하게도, 증오스러운 버섯지기 늙은이의 목숨이 아까웠던 것 같더군. ……이봐, 뭔가 하고 싶은 말 있지 않아?』

마이크를 들이밀자 파우가 고개를 젖혔다. 입가에서는 핏줄기가 흐르고 손가락도 손톱이 벗겨졌는지 눈을 돌리고 싶어질 만큼 안타깝게 부어올랐다. 너무나도 처참한 고문의 흔적이 파우의 전신 곳곳에 보였다.

『뭐야, 없어? 이상하군. 그럴 리가 없는데…….』

쿠로카와는 그렇게 말하며 뜨거운 골탄 스토브 위에 꽂아 둔 쇠인두를 잡아들더니 아무런 주저도, 아무런 전조도 없이 그것을 파우의 옆구리 맨살에 갖다 댔다.

『으아아아아악──!』

통렬한 비명과 살을 태우는 소리가 미로의 심장을 두들기듯이 울려 퍼졌다. 쿠로카와는 아무런 표정도 보이지 않고 덤덤히 파우에게 물었다.

『이봐, 정말로 없어? 말하고 싶은 거. 아니, 있을걸. 떠올려봐.』

『미……로……!』

『오오, 다행이군. 있었습니다.』

『아카보시와, 도망쳐라……! 자비 어르신은, 내가 반드시! 풀어주마! 나는 신경 쓰지 마라, 아카보시라면, 그 녀석이라면! 반드시, 너를…… 끄아아악! 아아아아악!』

『나왔구만~ 애드리브가. 대본대로 해줘야지. 내가 곤란하잖아.』

『쿠로카와는, 악랄한 놈이다! 이미하마는 부패의 소굴이야. 너희가 살아갈 곳이 아니야!』

『아, 정말 시끄럽네. 이봐, 부탁이니까 책에 나온 대로 하라고. 나도 미인의 얼굴을 갈기갈기 찢어버리는 짓은 하고 싶지 않거든.』

쿠로카와는 그렇게 말하며 지글지글 타오르는 인두를 녹슬지 않은 매끈한 뺨으로 가까이 가져갔다. 파우는 거친 숨을 두세 번 내쉬고는, 고개를 숙였고…….

입을 씨익 일그러뜨리며 크크큭, 하고 낮게 웃었다.

『대본, 대로, 라고? 하하하! 너의 그 대본대로, 아카보시가, 죽어주리라고, 진심으로 생각하는 거냐? 이런 녹슬어가는 여자 한 명도 뜻대로 못하면서…….』

『……너, 그 이상…….』

『도망쳐야 하는 건 네 쪽이다. 쿠로카와.』

상처투성이인 파우의 도전적인 시선이 쿠로카와와 부딪혔다.

『아카보시는 강해. 너 따위가 생각하는 것들은 전부 깨부수고, 너를 죽일 거다.』

『시끄럽다고 이년아! 이야압! 녹슨 암컷 주제에! 죽어, 죽어엇!』

쿠로카와의 주먹이 살을 파고드는 둔한 소리가 울렸다.

소리는 끈질길 정도로 길게 이어졌고, 파우가 축 늘어지며 고통스러운 소리조차 내지 못하게 되자 겨우 멈췄다.

쿠로카와는 거칠게 숨을 내쉬고는 부들부들 떨면서 책상

위에 있는 약병을 손에 들고 알약을 입에 우수수 집어넣었다. 그리고 그것들을 으득으득 씹으며 물로 흘려내고는 겨우 한숨 돌렸다.

『후우, 후우. 정말 너무한 여자야. 잠을 못 자게 하는 소리를 태연하게 지껄이기는…… 앗, 이봐. 보라고, 이 소매. 피가…… 아아~, 아르마니인데. 뭐, 이런 상태다. 대단한 여자야. 너희가 있는 곳도……《녹식》의 정체도 물론 실토하지 않더군.』

쿠로카와는 카메라 앞에 오렌지색으로 빛나는 앰플을 꺼내 손톱으로 툭 튕겼다.

『근사한 앰플이야. 알고 있다는 거겠지? 네코야나기. 진짜 녹식의 비밀을……. 저런 위안 수준의 약효밖에 없는 게 환상의 버섯일 리가 없으니까…….』

거기서 쿠로카와는 목소리 톤을 낮추고, 그 새카만 눈동자를 카메라에 가까이 대고는 속삭이듯이 말했다.

『이번 달 말일인 월요일. 오오, 놀랍게도 대길일이네. 그날에 이 여자를 죽일 거다. 알겠지? 교환 조건은…… ① 녹식 약효의 정체. ② 옆에 있을 붉은 머리 양아치.

그것과 누나를 트레이드하자고…… 오오, 그래! 내 비장의 만화 컬렉션도 붙여주지! 불새라든가…… 봐봐, 슬램덩크도 있다고. 아, 이거 9권까지밖에 없나? 어? 벌써 끝? 뭐야, 재미 없게. ……그런고로, 파트너와의 다음 데이트는 이미하마 자경단의, 시모부키 주둔지로 부탁하자고. 부탁이니까 빨리 와 줘. 오락도 뭣도 없는 시모부키까지 일부러 출장을 나와 줬으

니까 말이야. 와줄 때까지 몇 번이나 재방송할 거니까~. 빨리
오라고. 그럼—.』

14

"미로! 미안. 아쿠타가와는 곰치를 실컷 먹어서 이제 완전히
기분 좋아졌어. 돼지도 먹여주고 싶은데, 괜찮을까?"

"어서 와, 비스코."

부자연스러울 정도로 침착한 목소리가 여행자 오두막에서
들려왔다.

"물론이지. 아쿠타가와 몫도 만들게."

"……. 응?"

비스코는 기분이 상한 미로에게 사과할 작정이었는데 묘하
게 태도가 좋아서 수상했지만, 향긋한 돼지고기조림 냄새가
나자 좋지 않은 몸도 잊어버리고 여행자 오두막으로 빨려 들
어갔다.

"오오, 돼지고기조림으로 한 거냐."

"응, 비계가 꽤 질겨서 비스코의 위에 안 좋을 것 같았거든.
가급적 살코기만 조렸어."

"너 말이야, 돼지는 비계가 맛있다고. 그런 배려는……."

비스코는 웃으며 미로의 얼굴로 시선을 돌렸고, 그제야 겨
우 미로의 이변을 눈치챘다.

미로의 안색이 창백했다.

"……응? 왜 그래?"

비스코의 반응에 필사적으로 만든 미소는 어색했고, 원래부터 하얀 피부는 그야말로 투명해 보일 정도로 새파래져서 당장에라도 떨릴 것만 같았다.

비스코는 눈을 가늘게 뜨고는, 끓고 있는 냄비 국물을 그릇에 떠서 입에 넣었다가 바닥에 내뱉었다.

"수면버섯독이네."

비스코의 안광이 미로를 엄숙하게 꿰뚫었지만, 그 안쪽에 미로를 걱정하는 감정이 흔들리는 건 숨길 수 없었다.

"무슨 일이야? 왜 이런 짓을 한 건데."

"비스코. 부탁이야. 이야기를 들……."

"파우군."

미로는 이때만큼은 비스코의 뛰어난 동물적 감각을 저주했다.

"네가 그렇게 창백해질 만한 짓을 해서…… 우리를 낚으려는 거지?"

비스코는 대답하지 못하고 고개를 수그린 미로를 보며 확신했고, 외투를 들고 밖으로 나가려 했다.

"근처라면 시모부키 주둔지겠네. 장소는 알아. 쿠로카와가 누구에게 어떻게 싸움을 걸었는지 후회하게 해주겠어. 파우에게 입힌 상처의 수만큼, 그 녀석의 잘 돌아가는 혀에 화살을 박아줄 거야."

"비스코! 안 돼, 부탁이야, 기다려!"

"미로, 대체 왜 그래?! 네 누나 일이라고! 지금이 겁먹을 때야?!"

"나는, 너보고! 가지 말라고 하고 있는 거야!"

여행자 오두막 앞에 나란히 선 두 사람 곁으로, 한 줄기 바람이 외투를 펄럭이며 지나갔다.

눈을 크게 뜨며 다음 말을 잇지 못하는 비스코에게, 미로가 고개를 수그리며 말했다.

"나는, 의사야……! 네가 요즘 계속 괴로워하고 있다는 걸 모를 줄 알았어? 네 내장이 상처랑 독으로 너덜너덜한 것도, 녹슨 옆구리를 감싸야 해서 전력으로 발차기를 날리지 못하는 것도, 눈이 흐릿해져서 감으로 활을 쏘고 있다는 것도, 전부 알고 있어."

"……."

"파우보다, 자비 씨보다! 네가 훨씬 중상자라고! 이제 의지만으로 서 있는 거로밖에 보이지 않아. 그런 몸으로 목숨을 걸게 되면, 돌아올 수 있을 리가 없잖아!"

"그래서 뭐 어쨌다고! 어떻게 하든 내 목숨이야! 그렇게까지 참견할 의리가 어디 있다는 건데!"

"친구니까 그렇잖아!"

미로의 목구멍을 뚫고 나온 절규가 마치 돌풍처럼 불어와 비스코를 찌릿찌릿 흔들었다.

"의리, 같은 건, 당연히 있다고! 나와 비스코 사이에 없을 리가 없잖아!"

미로는 끊임없이 떨어지는 눈물을 신발 위로 뚝뚝 흘리며 떨리는 목소리로 말했다.

"네가…… 가장 소중한 친구가, 죽기를 바라지 않으니까. 그런 건, 당연한…… 당연한 일이잖아!"

바람이 다시 한번 불었다.

비스코는 눈을 감고, 조용히 숨을 내쉬고는 결연하게 미로를 정면에서 응시했다.

"그 말……."

비취색 눈동자가 매달리듯이 미로를 바라보며, 다정하게, 잔혹한 말을 꺼냈다.

"그대로 돌려주겠어. 미로…… 너와 같은 이유로, 나는, 너를, 죽게 둘 수 없어."

"비스코!"

"너는 나보다 훨씬 재능이 풍부하고…… 남에게 필요한 인간이야. 앞으로도 계속."

비스코는 마지막으로 힐끔 바라본 뒤 외투를 걸쳤다.

"먼저 죽는다면, 그건 나야. 너는 여기 있어…… 바로, 돌아올게."

"비스코."

달려가려던 비스코의 목덜미를 오한과도 같은 기척이 슬쩍 어루만졌다. 비스코는 날카로운 눈매를 풀지 않고, 천천히 뒤를 돌아봤다.

미로가, 활을 당기고 있었다.

푸른 눈동자가 결연한 의지를 담아 비스코를 노렸다.

겁을 먹거나 두려워하는 게 아니었다. 자신의 목숨조차 건 전사의 조준이었다.

"진심이냐, 미로……."

"보내지 않아. 비스코. 내 전부를 걸어서라도."

"내 실력을……."

비스코는 천천히 말을 이어가며 미로를 돌아봤다. 그 눈에 서서히 번뜩이는 전사의 광채가 깃들며 『식인버섯 아카보시』로 변해 갔다.

"가장 잘 아는 건, 너야. 미로. 그리고 내게 활을 겨눈다는 게 어떤 의미인지도—."

"알고 있어."

미로는 수라로 변한 비스코의 패기에 삼켜지지 않고, 약간 얕보는 시선조차 보내며 말했다.

"하지만, 다 죽어가는 환자한테 지는 법 같은 건, 너에게 배우지 않았어……."

비스코가 눈을 감고, 확 부릅뜬 것이 신호였다.

쉭! 쉬익!

두 개의 화살이 중앙에서 터지듯이 부딪히며 서로의 화살촉을 부쉈다. 도약하면서 이어지는 두 번째, 세 번째 화살이 서로 완전히 반대쪽에서 날아와 부딪히며 좌우로 터졌다.

두 사람은 순식간에 단도가 닿는 간격까지 달려들어 1합, 2합 칼날을 맞부딪쳤고, 이어서 활을 방망이 대신 휘두른 비스코의 품에 파고든 미로가 활 끄트머리를 들어 비스코의 명치를 강하게 후려쳤다.

"크헉!"

'마비버섯으로……!'

순간 움직임이 멈춘 비스코에게 미로의 마비버섯독을 바른 단도가 덮쳐 왔다. 비스코는 어마어마한 속도로 몸을 틀어 피하면서 그 얼굴을 미로의 안면에 강하게 들이받았다.

"끄악!"

"10년은 이르다고! 알았으면, 얌전히…… 컥!"

비스코가 거칠게 숨을 내뱉으며 말하려던 입을, 미로의 오른 주먹이 강하게 후려쳤다.

경악하며 부릅뜬 비스코의 눈에, 코피로 입가가 새빨갛게 물든 채 자신을 노려보는 미로의 얼굴이 비쳤다.

"얌전히, 있어야 하는 건! 네 쪽이야, 비스코!"

"좋다 이거야!"

비스코의 억센 팔이 미로의 뺨을 후려갈기자, 미로는 휘청거리는 머리를 필사적으로 다잡고 비스코의 콧등을 힘껏 두들겼다. 서로의 주먹이 서로의 안면을 후려치고, 서로 뒤엉켜 구르며 진흙투성이가 되면서도 다시 후려치며 주변에 선혈을 흩뿌렸다.

비스코 위로 올라타 주먹을 든 미로의 배를 비스코가 걷어차자 미로의 가벼운 몸이 늪지대를 데굴데굴 굴렀다.

두 사람은 비틀비틀 진흙 위에서 일어나 완전히 피투성이가 된 서로의 얼굴을 바라봤다. 아무리 다쳐도 여전히 전의를 불태우며 자신을 붙잡으려 하는 미로를 본 비스코는 자신의 가슴속에서 뭔가 뜨거운 것이 솟구치는 것을 느꼈다.

"보내지, 않아⋯⋯. 절대로⋯⋯!"

"이 녀석⋯⋯!"

마비버섯독 단도를 주운 미로가 푸른 눈동자를 번뜩 빛냈다.

이어서 크게 울부짖으며 흙을 박차고 탄환처럼 비스코에게 베어 들어왔다.

비스코는 이대로는 힘 조절을 못한다고 생각했지만, 얻어맞아서 흔들리는 머릿속에서는 이성보다 반사 신경이 앞섰다. 한번 몸을 날리자, 부상 같은 건 전혀 느껴지지 않는 어마어마한 속도로 회오리 같은 돌려차기가 펼쳐졌다. 비스코의 살인적인 발차기는 눈앞까지 다가온 미로의 옆구리에 강하게 꽂혀서 그대로 지면에 힘껏 내동댕이쳤다.

"커헉! 컥, 하악!"

'아뿔싸!'

갈비뼈가 부러진 감각이 전해졌다. 비스코는 핏기가 싸악 가시면서 정신을 차리고는 괴로워하는 미로에게 재빨리 다가갔다.

"미로!"

"윽⋯⋯ 미, 미안, 비스코."

"사과하지 마⋯⋯ 아까 그거 아프더라. 자, 같이 가자⋯⋯."

"미안, 해. 비스코, 미안⋯⋯!"

푹— 하고, 목덜미에 뭔가가 꽂히는 감촉이 느껴졌다.

비스코가 무슨 일이 일어났는지 이해하기도 전에, 무릎이 풀썩 꺾였다. 저항하기 힘든 맹렬한 잠기운이 후려치듯이 비스코를 덮쳤다.

"미……로……."

눈앞에서 주사기를 손에 들고, 피투성이가 된 아름다운 얼굴을 꾸깃꾸깃 일그러뜨리며 우는 미로가 보였다.

뭔가 말하고 있다. 하지만 목소리는 이미 들리지 않았다.

'그런 표정, 짓지 마.'

비스코는 적어도 그렇게 말하고 싶었지만, 그것도 목소리로 나오지 못했다. 이윽고 비스코는 밀려오는 어둠에 삼켜지듯이 마침내 의식을 잃었다.

15

시모부키 주둔지는 시모부키현에 개발 지원을 해주는 일환으로 이미하마가(물론, 일방적으로) 파견한 출장 자경단의 거점으로, 매년 자경단 안에서 몇 명이 선발되어 3~5년의 임기로 머문다. 당연하지만 이런 극한의 땅에서 하는 임무를 단원들이 환영할 리가 없는지라, 자연스레 내부에서는 유형지라 부르게 되었다.

콘크리트로 조잡하게 만든 방 스무 개 정도의 병사 숙소 두 채에 병기고, 식량고, 중앙에는 약간 커다란 종합 사무소, 그 옆에는 위안 수준으로 설치한 고사포 두 개. 그 정도의 규모였다.

그 종합 사무소 내부의 방 한곳— 골탄 스토브가 비추는 오렌지색 불빛 안에서, 테이블에 마주 앉은 두 사람이 뭔가 손에 든 카드를 만지작거리고 있었다.

"좋아, 나는 이거다. 《업화의 망치》로 너의 라이프 포인트를 직접 공격한다. 후후. 어때? 어떻게 막을 거지?"

"저의 패배입니다."

"어이. 어이어이. 그게 아니잖아. 보라고…… 자, 가지고 있잖아. 《진주 방패》. 그걸로 막는 거라고. 그다음에 이 《심록의 어린나무》로, 나의……."

"저의 패배입니다."

"이제 됐어! 말이 안 통하네."

쿠로카와는 짜증난다는 듯이 카드를 주변에 내던지고는 맞은편의 검은 양복을 앞차기로 쓰러뜨렸다.

그 검은 양복은 이질적인 외견을 갖고 있었다. 두피나 안구, 귓구멍에 가느다랗고 긴 버섯이 무수히 돋아나서 위로 뻗어 있었다. 생기라는 게 거의 느껴지지 않았고, 그저 쿠로카와의 말만을 기다리며 멍하니 입을 벌리고 있었다.

"이 녀석은 이제 틀렸어. 유머를 잃어버리면 인간은 끝장이니까…… 이봐, 뭔가 상대해 줄 수 있는 다른 녀석은 없나? 젠가 말고. 난 그건 약해."

스토브의 불이 일렁일렁 흔들리며 입구에서 들어온 한 사람의 그림자를 비췄다.

쿠로카와는 의자에 앉아 그 그림자에 시선을 보냈고, 노골적으로 기쁜 표정을 지었다.

"여어. 그래그래, 기다렸다고. 자네, 《캘러미티 젬》은 할 수 있나? 이 녀석들, 놀아주는 보람이 하나도 없어서 말이야. 괜찮아, 덱은 짜놨으니까, 나의……"

"파우를, 어디에 숨겼어……!"

하늘색 머리에, 왼쪽 눈을 덮은 검은 반점.

아름다운 푸른 눈동자는 복수의 불꽃으로 타올랐고, 당긴 활은 조금도 떨리지 않고 쿠로카와의 머리를 노렸다.

'……흐응~.'

쿠로카와는 그 빈틈없는, 예전의 네코야나기 미로와 동일인물로는 보이지 않는 기색에 약간 감탄한 표정을 보였고…… 이윽고 유쾌한 듯이 입꼬리를 말아 올렸다.

"……그 양아치에게 꽤 단련을 받은 모양이군, 네코야나기. 무척 그럴싸해."

"나를 얕보고 있다면, 후회하게 해주겠어……!"

"아~ 어이, 기다려. 기다리라고. 쏘지 마. 나도 물론 죽고 싶지는 않아. 하지만 공평하지 않잖아? 우선 내놓을 걸 내놓고, 그러고 나서 누나를 내주는 게 순리가 아닐까?"

미로는 방심하지 않고 그 자세 그대로 쿠로카와를 겨눴고, 이윽고 낮은 목소리로 말했다.

"……녹식의 비밀을 알고 싶다면, 실물이 없으면 아무 말도 할 수 없어."

"선생님의 말씀이 참으로 지당하군. 이봐, 가져와."

쿠로카와의 명령에 검은 양복이 녹식 다발을 옮겨왔다. 그것은 물론, 버섯지기의 피에 감응하지 않은 순수한 상태의 녹식이었다.

미로는 주변을 둘러싼 검은 양복 무리를 방심하지 않고 바라보면서 녹식에 다가갔다. 그리고 품에서 하얀 포자로 가득한 약통을 들고, 그 안의 붉은 약액을 천천히 흘리기 시작했다.

"……녹식은 그것 단독으로는 잠들어 있는 상태야. 다른 소재와 조합해야 처음으로 각성해서…… 효과를 발휘하지."

"과연. 역시 이미하마 굴지의 명의야. 그래서…… 그 가루는, 뭐지?"

미로는 대답하지 않았다. 분말에 약액이 들어간 뒤 4초, 5초…… 갑자기 고기를 태우는 듯한 향기가 눈앞의 시험관에서 강렬하게 풍겼다.

"……윽?! 이건! 균술이다! 그 녀석을 죽여!"

그 찰나, 퍼엉! 하는 흰 연기가 솟아오르며 방 전체에 가득 차기 시작했다. 미로는 자신을 붙잡으려는 검은 양복들의 머리 위를 뛰어넘어 재빠른 궁술로 세 명, 네 명씩 차례차례 쓰러뜨렸다.

"평범한 의사 꼬마가 어느새 버섯지기 흉내를……!"

"나를 얕봤구나, 쿠로카와……! 여기서 너를 처치하겠어!"

마비버섯 포자 그 자체를 공기 중에 발아시키는 필살의 균술.

미로는 이 마비버섯의 항체 성분을 만들어서 사전에 자신에게 투여했다. 균술과 의술 양쪽을 모두 다룰 수 있어야만 쓸 수 있는, 자기 몸을 내던진 전법이었다.

연기를 들이쉰 검은 양복들은 몇 초도 버티지 못하고 코나 귀에서 하얀 버섯이 돋아나 덜덜 떨면서 바닥에 쓰러졌다. 가까스로 독을 견뎌낸 몇 명도 미로가 방망이처럼 휘두른 활에 차례차례 얻어맞고 날아가서 더 이상 움직이지 않았다.

"네 이놈, 기껏 보살펴 줬더니 기어오르기는!"

"빚을, 갚아 주겠어…… 파우의 몫, 프람의 몫, 비스코의 몫!"

쿠로카와가 떨리는 손으로 겨눈 권총을 마비버섯 단도로 날려버리고, 칼을 돌려서 재빨리 두 번 휘둘러 쿠로카와의 가슴팍을 양복과 함께 베어버렸다.

미로의 하얀 얼굴에 선혈이 튀었고, 쿠로카와의 울부짖는 비명이 방 안에 울려 퍼졌다.

쿠로카와를 지키기 위해 뒤에서 다가온 양복 두 명을 돌아보자마자 베어버리고, 아무래도 그게 마지막이라는 걸 확인한 미로는 거친 숨을 가다듬으며 뒤쪽에 있는 쿠로카와에게 말했다.

"……그 마비독으로 곧 심장이 멎겠지. 치료할 수 있는 건 나뿐이야. 파우와 자비 씨를, 풀어주지 않으면—."

푹—.

순간, 둔한 감촉과 함께, 뭔가 딱딱한 것이 미로의 등에 꽂히며 오른쪽 가슴을 깊숙이 뚫었다.

'……어?'

목구멍에서 뜨거운 것이 솟구쳤다.

그것이 입 안에 한없이 고였고, 마침내 커흑! 하고 뿜어져 나와 바닥에 꿇은 미로의 무릎을 새빨갛게 물들였다.

'화살, 이……?'

가느다란 화살촉 하나가 미로의 오른쪽 가슴에서 튀어나와 있었다.

격통이 사고를 흐트러뜨렸다. 거친 숨을 내쉴 때마다 목에서 흘러나오는 피가 흩어지며 바닥을 더럽혔다.

"마비버섯에, 발파버섯의 발아질을 더해서 폭발시킨다. 거기까지는 다들 생각하지. 하지만 실제로 한 녀석은 없었어. 이 독은 방독면으로 막을 수 없으니까 말이야."

"……커, 헉……."

"백신을 만들었지? 이야, 네코야나기 넌 정말 대단해. 내가 만약, 옛날에 똑같은 생각을 해서…… 너랑 똑같이 마비버섯 백신을 만들지 않았다면 어땠을까. 오싹해지는군. 아카보시는 고사하고 너한테 죽을 뻔했잖아."

쿠로카와는 성큼성큼 미로 앞으로 걸어와서…… 신중하게 경계하며 거리를 조금 벌렸다.

품에서 꺼낸 보라색 앰플을 자신의 목덜미에 찌르고 살짝 신음하자, 미로가 벤 상처의 피가 멎고 상처가 점점 재생하기 시작했다.

"……어, 째서…… 버섯, 기술을……!"

미로가 힘을 쥐어짜서 올려다본 쿠로카와의 손에는, 칠흑의 단궁이 들려 있었다. 쿠로카와는 화살통을 뒤져서 화살하나를 고르고는 미로를 향해 겨눴다.

"어째서냐니, 그야—."

쿠로카와는 검은 눈과 입을 일그러뜨리며 씨이이익 웃었다.

"내가, 버섯지기였으니까 그렇지."

그렇게 말하며 쿠로카와가 쏜 화살을 미로의 집념 어린 단도가 깡! 하고 튕겨냈다. 미로는 그대로 바닥을 박차고 회오리처럼 솟아올라 단도로 쿠로카와의 숨통을 베었다.

그럴 터였다.

미로의 오른손이 쿠로카와의 목에 닿기 직전에 팔이 통째로 얼어버린 것처럼 멈췄다. 폭포수 같은 땀과 입에서 흘러나온 피가 턱을 따라 뚝뚝 떨어지는 가운데, 미로는 전신의 힘을 끌어와 팔에 담았다. 그럼에도 단도는 앞으로 한 발짝만 남겨둔 상태에서 쿠로카와의 목에 닿지 않았다.

'……뭔, 가, 독을……!'

"실잣기버섯……이라는 버섯이 있거든."

쿠로카와는 미로의 부릅뜬 눈을 차가운 눈으로 조용히 마주 보며 말했다.

"이름 그대로의 버섯독이지. 네 근육에 뿌리내린 균에, 내 뇌에 심어둔 칩으로 전기신호를 보내면 사고를 반영해서 그대로 움직이게 되지…… 장난감처럼 말이야."

쿠로카와가 태연하게 작은 단말을 꺼내서 조작하자, 미로의 오른팔이 서서히 내려가더니 이윽고 스스로의 목에 칼끝을 대며 살짝 피를 냈다.

"으……아……!"

"굉장한 기술이지? 아무도 칭찬해주지 않지만……. 거기 굴러다니는 내 부하들도 이걸 써서 만든 거다. 이런 편리한 기술을, 그 버섯지기 놈들은 외법(外法)이라며 인정하지 않았어."

쿠로카와는 미로에게 다가가 단말을 하늘하늘 흔들며, 뭔가 고민하듯이 방을 돌아다니기 시작했다. 스토브가 골탄을 태우는 소리와 미로의 작고 거친 숨소리만이 한동안 방에 울려 퍼졌다.

"……네코야나기."

이윽고 쿠로카와는 미로의 턱을 잡고 얼굴을 들여다봤다.

"너는 참 존경스러워. 그러니 나부터 본심을 털어놓도록 하지……. 우선, 나는 솔직히 말해서 녹식의 약효 같은 것에는 흥미가 없어. 단지, 독점은 하고 싶거든……. 지금 일본 전체의 행정 기관이 무슨 수입을 밑천 삼아 예산을 짜고 있는지, 너는 아나?"

"……큭!"

"그래, 정부에서 지급하는 녹병 앰플이야……. 세상과 돈은, 녹슨 인간을 연명시키고자 하는 욕구로 돌아가고 있는 거지. 그런데 네가 만든 꿈의 신약이 나타나 딱한 사람들을 구해버리면…… 나처럼 달콤한 꿀을 빨며 살아가던 악인들은 어떻게 되지? 곤란하겠지? 당연하겠지만."

"악, 랄한 놈······!"

"좋아, 좋아~ 기운을 차렸군. 그러지 않으면 재미없잖아."

쿠로카와는 이야기 도중에 서서히 분노를 되찾아 아픔을 참으며 버둥거리는 미로를 보고 기쁜 듯이 크큭 하고 웃었다.

"진짜 녹식 앰플이 내 손에 들어온다면 나도 중앙 정부의 부하, 편리한 악덕 지사에 그치지 않게 되지. 녹식으로 인해 이미하마는 정부와 동등 이상의 교섭력을 가지게 된다······. 아, 미안. 일 이야기는 지루하지? 뭐, 됐어. 이렇게 됐으니 아카보시의 목은 봐주기로 할까······. 하나만 있으면 돼. 가르쳐 다오. 녹식은, 어떻게 해야 변질되지?"

"송두리째, 사냥할, 생각이구나······!"

"묻는 것만 대답해! 그렇지 않으면 산 채로 돼지 먹이로 던져줄 테다! 말해! 네코야나기이!"

미로는 필사적으로 이를 악물고, 떨리는 몸을 억누르며 한껏 의지를 담아 쿠로카와를 노려봤다. 미로의 얼굴은 약간 새파랬지만, 그럼에도 결연함과, 죽음에 맞서 자신을 바치는 청렴한 기개로 가득했다.

그것이 쿠로카와의 역린을 건드렸다.

"누나하고 똑같은 표정이나 짓기는."

그때까지 여유를 무너뜨리지 않았던 쿠로카와의 입가가 짜증난다는 듯이 일그러졌다. 쿠로카와는 자신의 활을 들어 미로의 머리를 향해 끼릭끼릭 당겼다.

"그럼, 인형이 되어 주실까. 뇌에 독이 들어가면······ 의외로 술술 말해 줄지도 모르지."

미로는 입을 다물고 활을 응시했다. 자신의 삶이 잘못되었다고 생각하지는 않는다. 단 하나…… 소중한 친구와, 그런 식으로 작별하고 말았다는 것— 그것만이 미련이었다.

'비스코……'

마지막으로, 가능한 한 비스코의 모습을 떠올리기 위해 미로는 눈을 감았다. 그 순간—

쌔앵!

굉음이 들리며 무언가가 벽을 뚫고 일직선으로 방을 꿰뚫었다.

그것은 발사된 쿠로카와의 화살에 끼어들어 부러뜨리고, 벽에 설치된 스토브에 바람구멍을 뚫으며 바깥의 눈보라를 방에 불러들였다.

강궁이었다.

그리고 이런 화살을 쏘는 사람은, 미로도 쿠로카와도 한 명밖에 모른다.

"네가 미로에게 화살을 하나 더 쏘기 전에—"

붉은 머리 남자가 무너진 벽을 걷어차고 방으로 들어왔다. 휘몰아치는 바람에 외투가 펄럭펄럭 휘날렸다.

"나는 너를 화살꽂이로 만들어버릴 수 있어. 지금 미로를 이쪽으로 넘기면, 이빨을 몽땅 부러뜨리는 걸로 봐주마."

"비스코……!"

"나왔구만~. 턱시도 가면 님이."

쿠로카와는 미로가 지금까지 본 적도 없는 흥분과 환희, 공포가 뒤섞인 표정을 지으며 미로와 비스코 사이를 가로막았다.

"얼마 전보다 안색이 나쁜걸, 아카보시. 멀리서 봐도 독에 시달리고 있다는 걸 알겠어."

"그게 무슨 상관이야? 다친 상어라면, 정어리가 이길 수 있을 거라 말하고 싶은 거냐?"

비스코는 아무렇지도 않게 목을 한번 뚜둑 꺾었다.

확실히 얼굴이 약간 파랗긴 하지만 안광은 결코 쇠약해지지 않고 비취색으로 빛났다. 옆에서 보면 그 몸이 독에 잠식되고 있다는 것을 도저히 믿을 수 없을 것이다.

'하지만……!'

쿠로카와의 검은 눈이 흥분으로 일그러졌다.

"지금이라면, 지금의 너라면, 이길 수 있을지도 몰라…… 버섯지기 최강의 남자를, 정면에서……!"

"그 눈의 다크서클은 뭐야? 불면증에 걸릴 정도로 내가 싫었냐?"

비스코가 건방지게 웃었다.

"이유야 어찌 됐든, 마음껏 원망하라고. 내 쪽은 널 바로 잊어버리겠지만."

'이 녀석……!'

파트너를 인질로 잡았는데도 비스코의 여유가 무너지지 않자 쿠로카와가 신음했다. 주도권을 잡을 수 없다는 짜증이, 식인버섯 아카보시를 향한 공포가 되어 부풀어 오르는 것을 이를 악물며 억눌렀다.

"요 10년 사이, 버섯지기 박해의 원인이 나라면 어떠냐……?"

땀을 흘리면서도 씨익 미소를 지은 쿠로카와가 비장의 말을 꺼냈다.

"버섯이 녹을 뿌리고 있다는 미신을 일본 전체에 퍼뜨린 게 나라면, 나라에 버섯지기 전부를 팔아치우고, 아무런 죄도 없는 너희를 짓밟으며 맛있는 밥을 먹고 있는 게 나라면! 그런데도 아는 사이가 되지 않겠다는 거냐! 아카보시이!"

미로는 이제 심장이 덥석 붙잡힌 듯한 심정으로 그 대화를 지켜보며 비스코에게 시선을 옮겼다.

비스코의 표정은 전혀 변하지 않았다.

잠시 뜸을 들이고, 불어오는 바람이 차가운지 코를 킁 하고 훔친 뒤, 약간 코맹맹이 소리로 아무렇지도 않게 대답했다.

"그러냐. 말해줘서 고맙다."

그리고 턱을 들고, 비웃듯이 입을 벌려 번뜩이는 송곳니를 드러냈다.

"모르는 사이에, 겸사겸사 복수하게 됐네."

"……사슴 모가지처럼! 벽에 장식해 주마! 아카보시이—!"

쿠로카와는 비스코의 말이 끝나기도 전에 활을 들었지만, 그럼에도 비스코의 활이 빨랐다. 비스코의 화살은 마치 진공 드릴처럼 공기를 깎아내며 쿠로카와의 왼팔을 어깻죽지에서 통째로 뜯어내고, 그대로 방 벽을 뚫고 지나갔다.

"끄악! 아아, 끄아아악!"

"직성이 풀렸냐? 나한테 이길 수 있을 것 같냐고, 쿠로카와. 아앙? 어떤데 짜샤!"

"비스코, 피해!"

푹, 하고— 둔한 감촉이 비스코의 오른쪽 허벅지에 느껴졌다.

미로의 말을 듣고 즉시 반응해서 물러났지만, 그 움직임을 읽은 화살이었다.

"아, 으아…… 으아아아아아악—!"

미로는 이 세상 모든 공포가 자신에게 쏟아진 것처럼 떨면서 외쳤다.

비스코의 허벅지에 꽂힌 것은 바로, 자신이 쏜 화살이었기 때문이다.

'실잣기버섯……!'

원래부터 화살 한 발에 움츠러드는 남자는 아니었다. 비스코는 즉시 자세를 다잡으려 했지만, 오른쪽 허벅지를 덮친 위화감에 무심코 균형을 잃고 무릎을 꿇고 말았다.

그 반대쪽 허벅지에, 또 한 발의 화살이 푹 꽂혔다.

미로의 목소리가 되지 못한 절규가 눈보라가 몰아치는 방안에 울려 퍼졌다. 울부짖는 미로는 그대로 휘청거리며 일어난 쿠로카와의 앞을 가로막아 비스코의 사선을 가려버렸다.

"터무니, 없는, 화살을, 쏘는구만."

쿠로카와는 숨을 헐떡이며 미로에게 기대 어깻죽지를 누르며 말했다.

"한번, 날아갔던 팔이라 살았다니까…… 의수가 아니었으면, 죽었겠어."

"미로에게, 뭘 쏘게 한 거냐, 이 자식⋯⋯!"

"얼마 전에 맞아봤잖아, 아카보시."

쿠로카와는 미로 뒤에 살금살금 숨으며 말했다.

"녹화살이다⋯⋯ 녹바람의 독성을 응축한 독화살이지. 탄환과 마찬가지로 비싸지만, 어쩔 수 없잖아. 너한테 실잣기버섯이 통할 것 같진 않으니까 말이야."

쿠로카와의 말대로, 비스코의 허벅지와 무릎은 옷과 함께 녹에 빼곡하게 뒤덮여 굳어져서 움직임을 빼앗았다. 활을 쏘려고 해도 미로가 방패가 되어 막고 있는지라 사선이 가로막혀서 손을 댈 수 없었다.

"우오오⋯⋯ 저런, 무서워⋯⋯ 보라고, 저 눈을. 아직 어떤 수단을 갖고 있는지 알 수 없어⋯⋯. 한 발 더 가자고, 네코야나기⋯⋯ 이번에는, 그래⋯⋯ 배를⋯⋯."

"으아아아아악! 그만둬, 그만둬! 쏘게 하지 마! 싫어, 싫어싫어어어어어! 그만둬, 부탁이니까, 내가! 내가 쏘게 하지 마아아아아아!"

쿠로카와가 단말을 조작하자 미로는 비스코가 가르쳐 준 아름다운 자세로 활을 당겨 비스코에게 겨눴다. 화살 끝에는 시커먼 녹덩어리가 질퍽질퍽 꿈틀대며 시큼한 악취를 풍겼다.

"어이어이, 네코야나기. 쏘게 하지 말라니, 애도 아니고 말이야. 나 같이 높은 사람한테는 부탁하는 법이라는 게 있잖아. 응? 어떻게 해야 하지?"

"쏘게, 하지 말아, 주세요⋯⋯ 쿠로카와 씨⋯⋯!"

"쿠로카와 뉘임~, 쏘게 하지 말아 주세요냥, 이다."

"훌쩍……! 히, 히끅……! 쿠, 쿠로—."

"타임 업."

푸슝! 하고 발사된 화살은 그대로 비스코의 옆구리에 꽂혔다. 부상이 심한 곳이었다. 비스코의 입에서 피가 울컥 쏟아지며 멀리 있는 미로의 얼굴에까지 튀어 눈물과 섞였다.

"으에, 에, 에에에……! 으에에엥……!"

"뭐야. 슬프냐? 혀를 못 깨물겠냐? 그야 그렇지, 그렇게 만들었으니까…… 자살 같은 건 바보 같은 짓이야, 네코야나기. 아카보시도 필사적으로 살고 있잖냐."

"부탁이야. 비스코를 쏘게 하지 마. 나를 어떻게 해도 좋으니까, 잘게 썰든, 돼지 먹이로 주든 상관없으니까. 비스코를 구해줘……! 부탁, 합니다……."

"그렇다면, 너한테는 히든카드가 있잖냐, 네코야나기……. 녹식의 비밀을, 가르쳐다오."

"미로……! 말하지 마!"

"말해! 네코야나기! 다음에는 파트너의 머리를 뚫어버릴 거다!"

끼릭끼릭끼릭, 자신의 손이 활을 당겼다.

펑펑 울어서 부어오른 미로의 뺨에, 새로운 눈물 한줄기가 주르륵 흘렀다.

"……버섯지기의, 피야."

"미로!"

"순혈, 버섯지기의 피와, 녹식을…… 가큐브 조합식으로 조

제하면…… 그러면, 녹식은 본래의 약효를 되찾아. 녹을, 먹어치워 녹이는, 버섯으로…….'

"참 잘했어요."

비스코가 이를 악물며 시선을 내리는 모습을 본 미로의 눈에서 끊임없이 눈물이 흘렀다.

조금 전 공황상태에 빠져 흘린 눈물과는 다른, 참회와 회한의 눈물. 미로는 요 몇 분 사이, 그의 온화하고 다정한 마음이 견딜 수 있는 허용량의 한도까지 눈물을 흘렸다.

"그럼…… 네코야나기."

쿠로카와는 미로 옆에 서서 얼굴을 들여다보고는, 약간 미안한 듯이 말했다.

"당연히…… 알고 있겠지? 이대로 내가 너희 두 명을 살려주고…… 돌아갈 리가 없다는 걸. 그야 그렇지? 왜냐하면, 이런 위험한…… 놓아주면 죽이러 찾아올 것 같은 녀석들을, 살려둘 리가 없잖아?"

"으…… 히끅……!"

"그럼 됐어. 선물이다, 네코야나기. 아카보시만큼은, 괴로움 없이 죽여주마. 파트너인 네 손으로, 아름다우면서도 슬픈, 영화 같은 장면이다. 자, 활을 당겨……."

미로는 눈물로 얼룩진 눈으로 비스코를 바라봤다.

검은 화살촉이 비스코의 머리를 겨누며 끼릭끼릭 당겨졌다.

그, 안광이—

전신이 녹슬었음에도 조금도 시들지 않고 빛나는 녹색의 빛이— 절망의 늪에 잠기려는 미로의 마음에 천천히, 따스한 불을 피웠다.

'미로.'

눈동자가 말했다.

'쏴.'

그러자 쿠로카와의 절망적인 함정에 9할 9푼까지 잠겨 있던 미로의 두뇌가 전격적으로 번뜩였다. 미로에게서 약간 생기가 돌아온 걸 느낀 쿠로카와가 의구심을 가졌다.

"이봐…… 잠깐 기다……."

푸슝! 하고 발사된 화살이 비스코를 향해 날아가 머리를 날려버리기 직전—.

미로와의 찰떡 같은 호흡으로 몸을 비튼 비스코가 날아오는 화살을 이빨로 까앙! 하고 물어 막아냈다. 비스코는 그 기세를 타고 몸을 돌려 녹화살을 입으로 부메랑처럼 던져 쿠로카와의 오른쪽 눈을 관자놀이와 함께 후벼 팠다.

"컥! 끄아악! 으아, 으아아아악—!"

쿠로카와는 홍수처럼 피를 뿜어내는 오른쪽 눈을 누르며 미쳐 날뛰었고, 그럼에도 그 집념 덕분에 손에 든 단말을 떨어뜨리지 않았다.

목에서 쥐어짜듯이 분노의 절규를 내지르며 단말 버튼을 부숴버릴 듯이 누르자, 미로의 손이 활을 놓고 단도를 뽑아서 자신의 목덜미를 찢어버리기 위해 칼날을 피부에 푹 찔렀다.

"미로!"

그 순간, 콰직! 하는 쇳소리와 함께 한 줄기 섬광이 쿠로카와가 든 단말을 튕겨냈다.

섬광은 두세 번 연속해서 번뜩이며 몸을 돌려 도망치는 쿠로카와를 쫓아 바닥에 꽂혔다. 그러자 새하얀 버섯이 뽕, 뽕 하고 풍선처럼 피어나 쿠로카와의 시야를 가로막았다.

"이 화살은……!"

"도망쳐라, 비스코! 이 주변은 녀석의 부하들이 포위하고 있다!"

"자비!"

외투를 펄럭이며 방 안으로 뛰어든 스승의 모습을 본 비스코가 외쳤다.

자비가 직접 만든 작은 약화살로 재빨리 미로를 찌르자, 마치 실에 풀린 것처럼 미로의 몸에서 힘이 빠지며 악몽 같았던 실잣기버섯의 속박에서 벗어났다.

"으으, 푸하앗! 허억! 허억……! 자, 자비 씨, 고마워요!"

"쿠로카와 놈, 외법의 술법만 뛰어나구나. 내 균술에는 미치지 못한다만. 우효호!"

이를 드러내며 웃는 자비에게 미로가 매달리듯이 물었다.

"자비 씨! 누나가, 파우가! 어디에도 없어요! 단서도 없어서……."

"그야 그렇지, 내가 이미 구출했다. 내가 실잣기버섯을 풀지 못할 거라 생각하다니, 쿠로카와도 아직 꼬맹이로구먼."

자비는 말을 이으면서 비스코의 무릎에 꽂힌 녹화살 흔적을 보고 미간에 깊은 주름을 잡았다.

"하지만 녹화살은 어찌할 수가 없구나. 무릎은 비스코의 날개다. 애송아, 꼭 살려서 치료해 주겠지?"

"네!"

"도망치라는 거냐……! 자비는! 너는 어쩔 셈이야!"

자비는 다음 화살을 메기고는 왕방울 눈을 데굴데굴 굴리며 두 사람에게 씨익 웃어줬다.

"후미가 없어서야 되겠느냐. 나는 마지막에 도망치도록 하마…… 그리고—."

어느새 방은 통기구나 마루 밑에서 귀신처럼 튀어나온 검은 양복들로 채워졌고, 대비하는 세 사람을 향해 서서히 간격을 좁혀 오고 있었다.

"사례를 해줘야겠지. 아들이 상처를 입었는데, 가만히 있을 부모가 있겠느냐?"

"자비!"

"가거라!"

크게 외친 흰 수염 노옹은 원숭이 신 같은 가벼운 움직임으로 방 전체를 뛰어다니며 필중의 화살을 쏴 계속 튀어나오는 검은 양복들을 닥치는 대로 쓸어버렸다.

미로는 아우성치는 비스코를 안고 건물을 뛰쳐나가 눈보라 속을 필사적으로 달렸다.

자비가 놓친 검은 양복들은 멀리 도망치는 미로를 향해 보우건을 겨눠서 일제히 쐈다. 그중 하나가 비스코를 포착해서 어깻죽지에 꽂혔다. 상처가 빠직빠직 소리를 내며 녹으로 변해 갔다.

미로는 비스코를 다시 고쳐 안으며 여전히 필사적으로 도망쳤다. 화살이 하나둘씩 자신의 등에 꽂히는 게 느껴졌지만 아프지 않았다. 피눈물을 흘리며 필사적으로 이를 악물고, 눈을 밟고 달렸다.

그때, 커다란 오렌지색 갑각이 눈을 헤치고 뛰쳐나와 두 집게발을 쇠망치처럼 힘차게 설원에 내리쳤다. 검은 양복들이 충격에 날아가는 가운데, 미로는 숨을 헐떡이며 비스코를 안장에 태우고, 자신도 마지막 힘을 쥐어짜내 그곳을 붙잡았다. 두 주인을 등에 올리고 때가 됐다고 느낀 아쿠타가와가 몸에 달라붙는 검은 양복을 떨쳐내며 설원을 달렸다.

"……비스, 코…… 화살이…… 팔에…….."

"바보 자식. 네가 더 심각해. 너무, 말하지 마…… 지금, 기운 차리게 해줄 테니까."

부상은 비스코도 그리 큰 차이가 없었지만, 미로의 등은 이미 화살꽂이나 다름없었다. 다행히 보우건의 녹화살은 위력이 그리 세지 않았지만, 조만간 미로의 하얀 피부를 슬금슬금 침식하며 처참한 녹슨 피부로 바꿀 것이 틀림없었다.

"자, 박하버섯이야. 삼키지 마, 천천히 씹어…….."

"비스코…….."

"왜 그래…… 아프냐?"

비스코는 눈보라 속에서 눈이 쌓인 채 흔들리는 하늘색 머리를 털어줬다.

미로는 얼어붙은 입술을 움직이며, 간신히……

"죽지 마……"

그렇게만 말했다.

달리는 아쿠타가와 위에서, 비스코는 살짝 웃었다. 이유 모를 눈물이 눈꼬리에서 살짝 흘러내렸다. 밤은 어두워서, 지평선에 해가 뜰 때까지는 아직 조금 시간이 걸릴 것 같았다.

16

타닥타닥 불똥이 튀는 소리가 귀를 간지럽히고, 눈꺼풀 속에 힐끔힐끔 불빛이 들어왔다. 미로는 불에 다가가려는 듯이 몸을 뒤척이며 한동안 꿈결 속에 잠겼고, 이윽고 튕기듯이 몸을 일으켰다.

"앗! 야, 일어나지 마! 지금 막 붕대 감았으니까."

"비, 비스코? 어디? 거기 있어? 아, 아…… 눈이, 나……"

미로는 눈을 크게 떴는데도 하얗게 보이는 자신의 시야에 겁을 먹고 덜덜 떨며 얼굴을 덮었다. 그러자 투박한 손이 어깨를 누르며 다시 잠자리에 눕혀줬고, 미로는 부르르 떨면서 그 손을 꽉 잡았다.

"미, 미안해. 비스코. 눈이, 안 보여. 새하얘서……"

"바보야, 그 정도로 떨지 마. 녹으로 눈을 당해서 그래. 약효가 돌면 바로 좋아질 거야."

"약, 이라니, 앰플……?"

비스코는 미로의 하얀 팔을 잡고 맥박이 안정된 걸 확인하고는 혈관에 녹식 앰플을 주사했다. 타오르는 듯한 약액이 피에 섞이는 감촉에 미로는 조금 신음했지만, 이윽고 힘을 빼고 비스코에게 몸을 맡긴 채 조용히 숨을 내쉬었다.

"쿠로카와하고 붙었을 때, 흩어져 있던 녹식을 가져왔어. 나도 조제할 수 있다는 건…… 이과 수업도 헛수고는 아니었다는 뜻이겠지."

"비스코가 만든 거구나……! 비스코는…… 비스코는 맞았어? 앰플…… 안 돼, 네가 먼저 맞아야……."

"벌써 맞았어. 쓸데없는 걱정하지 마."

"정말로?"

허공을 휙휙 가르는 미로의 손을 잡아챈 비스코는 자신의 목덜미를 만지게 했다.

피가 통하는 확실한 살의 감촉에 미로는 허파에 모아둔 숨을 내쉬고는 겨우 조금 침착해진 모양이었다.

비스코는 한동안 그렇게 목덜미를 만지게 해서 미로가 침착해지길 기다렸다. 그리고, 녹슨 어깨에 닿지 않도록 주의하며 살짝 손을 뗐다.

새로운 앰플 같은 건, 없다.

회수한 녹식은 바로 녹화살의 먹이가 되었고, 아쿠타가와의 짐에 남겨둔 비장의 조제기도 보우건의 화살촉에 맞아 산산이 부서졌다. 유일하게 수중에 남은, 파우가 비스코에게 맡긴 앰플 하나가 비스코의 손을 통해 지금 파트너를 살리고 있었다.

비스코는 장작을 가지러 일어나려다 예상보다 강한 미로의 힘에 막혔다. 어이없다는 듯이 돌아보자, 미로는 퉁명스러운 표정으로 비스코의 팔을 양손으로 잡고 있었다.

"좀 더 다정하게 대해줘. 파트너가 이렇게 약해져 있는데."

"너 인마, 이 이상 뭘 해줘. 화살 뽑아줬지, 붕대 감아줬지."

"옆에 있으라니까."

눈이 보이지 않는 게 어지간히도 불안한지, 미로는 평소보다 강경하게 비스코를 잡아당겨서 딱딱한 바위 위에 나란히 기댔다. 장작이 타는 소리만이 동굴 속에 울려 퍼졌다.

"……화났어?"

"뭘."

"화났지? 내가 멋대로 굴지 않았으면…… 그런 식으로 지지는……."

"맞아, 이 바보야. 둘이서 갔으면 별것도 아닌 상대였어. ……하지만 딱히 화가 난 건 아니야."

"화 안 났어?"

"입장이 반대였다면 나라도 그랬을 테니까…… 둘 다 살아 있다면 무승부야, 진 건 아니야."

"……."

"……."

"자비 씨는…… 어떻게 됐을까. 그다음에……."

"악운에 강한 영감이야. 도망쳤겠지…… 아마도."

"파우를, 구해줬다고 했었어."

"응. 네 누나도 대단한 여자야. 곤을 쥐여 주면 잡힐 녀석은 아니겠지."

"그렇구나……."

"……."

"……있지, 진짜로 파우랑 사귀지 않을 거야? 비스코."

"뭐어엇?!"

"그렇게 예쁘고…… 게다가 비스코, 글래머한 쪽을 좋아하 잖아? 파우, 꽤 큰데……."

"그 녀석은 그거 다 근육이잖아! 아무튼 귀자모신(鬼子母神)은 사양이야."

"비스코는 오해하고 있는 거야. 그래 봬도 꽤 가정적이고, 헌신적이고…… 비스코는, 여성 경험이 적으니까 모를지도 모르지만……."

"아앙?! 넌 많은 것 같다는 말투인데?!"

"많은데?"

"으억……!"

"그래도 파우는, 많지 않을 것 같아. 그런 성격이고, 사랑이 무거우니까. 저번의 그 사람도……."

"바람피우다 죽었냐?"

"설마. 내가 제대로 수술해줬어."

"전혀 웃을 수 없어……!"

"그래도 비스코는 바람 같은 건 안 피울 테니까, 얻어맞진 않을 거야."

"누나한테 같은 이야기를 해봐, 얻어맞고 날아갈걸."

"아하하! 그렇지 않아. 파우는 비스코를 굉장히 좋아할 거야."

"헛소리 마."

"그 정도는, 알 수 있어. 남매니까."

"……."

"……모두 함께……."

"……."

"모두 함께, 살 수 있다면, 즐겁겠다는…… 그런 꿈을 꿨어, 아까. 자비 씨가 있고, 비스코와 파우가 있고, 여행을 하고, 좋은 토지를 찾아서 한동안 살다가…… 질리면 또 여행을 떠나는 거야. 아쿠타가와를 타고……."

"……."

"……근사할 거야, 분명……."

"……."

"……그래도, 갈 거지?"

"……."

"결판을 낼 거지? 쿠로카와하고."

"……응. 그렇지."

"강해질게……. 나, 좀 더…… 비스코와, 제대로 어깨를 나란히 할 수 있도록. 파트너로서, 등을 맡길 수 있도록……. 지금은, 이렇지만, 꼭, 될 거야. 강해질 거야……."

"너는 충분히 강해. 애쓸 필요는 없어."

"그런 빈말을 하지 않게 될 만큼, 강해지고 싶어."

"핫!"

"후후……."

"……."

"우리, 파트너, 맞지? 둘이서라면, 어디든 갈 수 있고…… 뭐든 이길 수 있는, 그런, 두 사람이지?"

"맞아."

"파트너는, 언제나 함께야? 죽을 때도?"

"맞아."

"……."

"……."

"있지, 비스코. 거기, 있어?"

"옆에 있어."

"손…… 잡아줄래?"

"응."

"……."

"……."

"있지, 비스코."

"응."

"거기 있어?"

"있어."

"……."

"……."

"……으…… 우……."

"그만 자. 몸에 무리가 가고 있는 거야…… 자는 게 제일 좋아."

"가지 마, 비스코……."

"어디에도 안 가."

"비스코……."

"응."

"……내가, 눈을 떠도, 거기 있을 거야……?"

"있을게."

"……."

"……."

"……."

"……."

"……."

"………미로?"

"……."

"……자비가, 나를 길렀을 때, 어떤 마음이었는지…… 지금은, 알겠어."

"불꽃놀이처럼…… 그저 터져서, 들개처럼 죽었어야 했어. 그런 내 목숨에 네가 의지를 불어넣어 줬어."

"……너를 길러내고…… 지켰어. 그것만으로도 내 목숨에는 의미가 있었던 거야. 미로, 나는 절망이나, 수라도에서 죽어가는 게 아니야. 나는 너의 내일을 꿈꾸며 끝나는 거야. 그건 행복한 일이야…… 나한테는 아까울 만큼……."

"……."

"……."

"……."

"작별이야."

비스코는 잠든 미로에게서 살며시 손을 떼고 조용히 일어섰다.

미로는 아버지의 보호를 받는 아이처럼 평온한 얼굴로 조용히 숨소리를 냈다. 비스코는 그 판다 얼굴을 들여다보며 한번쯤 낙서라도 해줄 걸 그랬다고 생각했지만, 감상적인 마음이 드는 게 두려워서 황급히 시선을 떼고 삐걱거리는 발을 끌며 동굴을 나섰다.

눈보라는 그쳤다. 비스코가 살짝 휘파람을 불자, 두껍게 쌓인 눈이 확 들리며 그 안에서 대게의 오렌지색 갑각이 모습을 드러냈다.

"오, 미안하네. 애가 좀처럼 잠들지 않아서."

비스코는 자기 몸을 질질 끌며 아쿠타가와에게로 다가갔다.

대게는 화살에 맞은 흉터가 무수히 남긴 했지만, 강인한 갑각과 녹에 강한 생물병기의 특성 덕분에 사지에 있던 주인 두 명보다는 훨씬 건강하게 보였다.

"사실은…… 너도 두고 가고 싶지만, 내가 이런 꼴이라서 말이야. 옮겨줘. 게다가……."

비스코는 발돋움을 해서 아쿠타가와의 눈가에 묻은 눈을 털어줬다.

"우리 아버지를 구하러 가는 거야…… 너도 내버려 두고 가면 화내겠지."

비스코는 싸늘한 아쿠타가와의 배에 뺨을 대고 한동안 눈을 감았다. 아쿠타가와는 미동도 하지 않고 형제를 가만히 지켜보다가, 이윽고 왕집게발을 뻗어 비스코의 옷깃을 잡아 안장으로 옮겨서 그곳에 내려놨다.

"아하하핫! 미안하네. 죽을 수 없지! 나도, 너도!"

비스코가 채찍을 한번 휘두르자, 상처 입은 대게는 용맹하게 눈을 헤치며 달렸다. 점점 멀어지는, 불빛이 비치는 동굴 입구를 바라본 비스코는 아쿠타가와의 등에 뺨을 댔다.

"지금까지 이런 잔잔한 마음으로…… 목숨을 걸지는 않았어."

"아쿠타가와. 나, 친구가 생겼어."

"친구가……."

비스코는 눈을 감고, 아쿠타가와의 흔들림에 녹슨 몸을 맡겼다. 지평선 너머에서 아침 해가 조금씩 모습을 드러내며 설원을 비추기 시작했다.

17

시모부키의 설원지대를 북동쪽으로 빠져나가면 드넓은 황야가 펼쳐진다.

원래는 거대한 호수가 메말라서 생겼다고 전해지는 이곳 『북미야기 대건원(大乾原)』은, 행상인들에게는 단순히 『카와키바라(渴き原)』라고 불리며 기피당하는 곳이다.

　나오는 것도 없고 문명도 없는 불모의 땅이라는 게 물론 이유 중 하나지만, 비교적 통행하기 쉬운 이 지형을 행상인들이 지나가지 않는 이유는 이곳에 일본 정부가 소유한 군사기지가 존재하기 때문이다. 다가가면 군인들이 심심풀이로 쏴 죽인다는 게 상인들 사이에서 도는 통설이었다.

　그런 군사기지 내부에, 지프 한 대가 흙먼지를 일으키며 시설에 들어와 멈췄다.

　문이 열리자, 그곳에서 작은 노인이 밖으로 걷어차여서 얼굴이 지면에 강하게 쓸렸다.

　"어이, 어이~ 바보~. 그만두라고. 웃어른에 대한 존경심이 없구만, 이 녀석들……."

　뒤늦게 차에서 내린 쿠로카와가 피가 배어 나오는 오른눈의 붕대를 신경 쓰면서 노인에게 다가가 도와주려 했다. 노인은 그걸 뿌리치고 훌쩍 일어나서 왕방울 눈으로 노려봤다.

　"건드리지 마라. 외법의 포자가 들어오지 않느냐."

　"크큭."

　웃음을 터뜨린 쿠로카와는 자비에게 달려들려는 검은 양복을 한 손으로 제지했다. 비스코가 날려버렸던 그것은 이미 새로운 의수로 교환되어 번쩍번쩍 은빛으로 빛났다.

　"기운찬 영감님이로군. 그렇게 나와야지. 저승길 선물을 줄

보람이 없잖아."

걸음을 내딛는 쿠로카와의 전방을 올려다보니, 각진 건물뿐인 군사시설치고는 이질적인 거대한 돔 모양의 건조물이 눈에 들어왔고, 아무래도 쿠로카와는 그곳으로 향하려는 모양이었다.

'무슨 생각을 하고 있느냐……?'

그때 검은 양복이 등을 걷어차 자비의 고민을 끊어냈다. 검은 양복들은 동충하초 같은 꺼림칙한 얼굴을 숨기기 위해서인지 개구리나 양 같은 한층 더 꺼림칙한 광대 같은 복면으로 얼굴을 가렸다. 자비는 자신을 걷어찬 검은 양복 앞으로 성큼성큼 다가가 고간을 강하게 걷어차 주고, 끙끙대는 녀석을 뒤로한 채 태연하게 쿠로카와를 따라갔다.

"그렇게나 배짱이 두둑하면 이쪽도 하기 쉽지. 인질이란 댁처럼 굴어야 한다니까."

쿠로카와는 자비 옆에 나란히 서서 기분 좋게 말했다. 어두운 시설 안은 후끈한 열기로 가득했고, 우웅우웅 소란스럽게 움직이는 기계 구동음 때문에 이야기 소리조차 잘 들리지 않았다.

"궁금하지 않나? 어째서 댁을…… 그, 죽이지 않는지."

"오늘이 경로의 날이라서 그런 거겠지."

"크하하핫……! 대단한 영감님이야."

쿠로카와는 더더욱 기분이 좋아졌는지 부하가 내민 환타 포도맛을 들고 네 모금 정도 마시고는 내던졌다.

"그러면 댁을 내일 죽이지 않으면 안 되게 되잖아. 뭐, 보여주는 게 빠르겠군."

그들은 발판만 달린 엘리베이터를 타고 위층으로 올라갔다. 이윽고 엘리베이터의 경치가 탁 트이자, 거대한 돔 중심에 있는, 붉게 타오르는 마그마의 바다 같은 일대가 눈에 들어왔다.

'용광로……?'

자비는 눈을 가늘게 뜨고 그 전모를 확인하고는, 경악하며 몸을 떨었다.

'이건……!'

"너희들, 버섯지기를 박해해서 손에 넣은 녹병 앰플 덕분에…… 녹병 환자가 줄어든 건 사실이지."

쿠로카와는 자비를 뒤에서 덮듯이 끌어안고는 귓가에 속삭였다.

"그렇게 되면…… 수요와 공급의 균형이 무너지겠지? 약이 남게 되면…… 환자를, 늘려야만 하잖아?"

"말도 안 돼…… 이, 이런……!"

"녹을, 끓이고 있는 거다."

쿠로카와가 입꼬리를 끌어올리고 씨익 웃었다.

용광로로 보이던 것은, 고열로 끓이는 인공 『녹』이었다. 이 돔 전체가 인위적인 녹을 생산하기 위한, 인간의 도리와는 정반대에 위치한 시설이라는 것이 밝혀지자, 아무리 자비라도 혐오감에 소름이 돋는 걸 억누를 수 없었다.

"자연 발생하는 녹바람도 말이지, 벌써 한참 전부터 영향력이 약해졌어. 환자는 줄어들고 있지. 그러면 어떻게 될까? 자비. 도요토미 히데요시라면 뭐라고 말할까. 바람이 불지 않는다면……."

"녹을 양산해서…… 바람을, 인위적으로 불게 만들겠다는 것이냐! 설마, 어떻게……!"

"목소리가 꽤 좋은데, 영감님."

쿠로카와는 진심으로 즐겁다는 듯이 크크큭, 하고 웃고는 자비에게서 훌쩍 떨어졌다.

"옛날, 일본을 녹투성이로 만들었다는 거대 병기는 체내에 녹의 노(爐)를 갖고 있었지. 자기 스스로 내부에서, 무한히 녹을 생성할 수 있었던 거다……."

"……"

"저 녀석이야. 저기 잠들어 있는 저 녀석이, 도쿄에 구멍을 뚫고 일본을 녹의 바다에 가라앉혔다."

자비는 용광로로 시선을 돌려, 붉게 타오르는 녹의 바다 중앙에 가라앉은 거대한 사람의 해골 같은 것을 보았다. 얇은 피부 같은 것을 가진 그것의 흉부에 있는 거대한 심장이 정기적으로 두근댔고, 아무래도 그것이 녹의 모체인 게 틀림없어 보였다.

"철인……!"

"일본에 현존하는 다섯 대…… 아니, 여섯 대인지 각종 설이 있지만, 그 살아있는 철인 중 하나가 저 녀석이다."

말문이 막혀 슬금슬금 뒤로 물러나는 자비를 배로 받아낸 쿠로카와가 다정하게 어깨를 두드렸다.

"노인에게는 자극이 너무 강했나. 자, 도착했다. 뭐, 좀 앉자고. 자, 가지."

돔에서 튀어나온 듯이 위치한 관리실에 복면들이 주르륵 늘어섰다. 자비는 쿠로카와에게 끌려가서 창가에 앉았고, 눈앞에 커피 컵이 거칠게 놓였다.

"딱히 철인을 움직이려는 건 아니야. 하지만 노는 살아있지. 거기서 나오는 녹덩어리를 포탄에 담아서, 이 돔 옆에 있는 가네샤포로 쏘는 거다. 퍼엉, 하고. 그냥 그렇게만 하면 녹바람이 부는 거지."

유리로 된 관리실 창문에서는 누워 있는 거인의 **뼈**와 붉게 끓어오르는 녹의 바다가 잘 보였다.

"일단 지금은, 코나기 유곡? 그곳에 한 방 필요하겠어. 통뱀이라는 녹식의 근원을 전멸시켜야 하니까."

"바보 같은 짓을……! 끔찍하다고 생각하지 않는 거냐! 이런, 사람의 도리를 벗어난……."

"그런 감각이 내게 있었다면, 애초에 너희를 배신하지 않았겠지."

쿠로카와는 자비의 옆에 앉아서 눈앞에 스윽 얼굴을 가져갔다. 붕대에서 배어나오는 피 냄새가 자비의 코에 닿았다.

"나와 손잡자, 자비."

"……."

"내가 대량의 녹식을 보유하고 있다는 건 알고 있을 거다.

판다 의사의 말로는…… 녹식의 효력을 각성시키기 위해서는 버섯지기의 피가 필요하다더군……. 채집한 양을 고려하면 그야말로 내가 100명 있어도 부족하겠지."

쿠로카와는 목소리를 낮추고, 노인을 괴롭히듯이 끈적하게 말을 이었다.

"신선한, 젊은 버섯지기를 선발해서 제공해주지 않겠어? 물론 돈은 주지. 남은 버섯지기 전원에게 밥도, 거주지도 제공해 주겠어. 풀장도 붙여서. 네가 수장으로서 버섯지기들을 설득하는 거야. 간단하지? 존귀한 희생으로 목숨을 살릴 수 있다는 연설을 한번……."

"지껄이지 마라, 악독한 독버섯 놈. 그런 제안을 내가 받아들일 것 같으냐."

"아니. 받아들일 수밖에 없을걸? 자비. 말했잖아. 일본 어디든 녹의 바다로 만들 수 있다고. 코나키 유곡 전에, 너희 버섯지기들의 마을에 쏴버릴 수도 있단 말이야."

큭, 하고 말이 막혀서 다음 말을 잇지 못하는 자비에게 쿠로카와가 의기양양한 미소를 지으며 다그쳤다.

"말할 수 있겠지? 영감님. 알겠다고 해줘. 나와…… 손잡겠어?"

"쿠로카와……."

"응?"

"조금 더, 가까이……."

그 말대로 얼굴을 가까이 가져간 쿠로카와의 콧등에— 콱!

하고 자비의 이마가 강하게 처박혔다.

"히히히히! 바~보! 쏠 거라면 쏴봐라, 얼간아!"

자비는 코피를 뿜으며 끙끙대는 쿠로카와를 보고 껄껄 웃었다.

"네놈은 못 쏴. 그 코딱지만 한 배짱으로는 노인네 한 명 윽박지르는 게 고작이지."

"이 늙은이가—!"

코피를 뿜으며 미쳐 날뛰는 쿠로카와 앞으로 검은 양복이 한 명 나와서 자비를 힘껏 후려쳤다. 두 번 세 번 후려칠 때마다 피가 튀며 토끼 복면에 끈적하게 달라붙었다.

"어이, 어이어이, 바보야. 이제 됐어, 그만둬. 죽으면 곤란해. ……그래."

쿠로카와는 토끼 복면의 과도한 포악함에 분노가 깎여 반쯤 어이없다는 듯이 말하고는 품에서 단도를 뽑아 그것을 바닥에 던졌다.

"활을 당기지 못하게 해줘. 훈장이 하나 줄면 다소 정신을 차리겠지."

토끼 복면은 바닥에 떨어진 단도를 완만한 동작으로 줍고 자비의 손을 바닥에 내려치며 그것을 갖다 댔다.

"자비. 버섯지기들 사이에서 영웅이라 칭송받는, 궁성의 손가락이다. 잃는 건 아깝잖아. 알겠다고 말해주면 손가락은 무사할 거야. 열을 세겠어. 10, 9……."

"해라, 쿠로카와. 늙은이 손가락 하나 자르고, 오늘만이라도 푹 잠들면 좋겠구나."

"제로다."

쿠로카와의 목소리에, 토끼 복면이 단도를 들어서 힘껏 내리쳤다.

철컹!

단도가 단숨에 잘라낸 것은, 자비의 양손을 묶은 수갑 그 자체였다. 그 순간, 복면과 자비는 각각 반대 방향으로 뛰어서 벽 쪽에 나란히 있던 검은 양복들을 덮쳤다.

쿠로카와가 흠칫한 몇 초 사이에 토끼 복면은 그 몸과 단도를 번뜩이며 순식간에 검은 양복의 목덜미를 다섯, 여섯 명씩 베어 넘겼고, 한편 자비는 노인으로 보이지 않는 각력으로 이미 세 명의 턱을 부숴버렸다.

겨우 태세를 갖춘 양복들이 그들을 붙잡기 위해 팔을 뻗었고, 그 속을 빠져나온 토끼 복면의 단도가 번뜩일 때마다 피가 채찍이 되어 바닥에, 벽에 뿌려지며 전위예술처럼 방을 채색했다. 쿠로카와를 지키기 위해 나온 한 명을 돌려차기로 날려버린 토끼 복면은 그대로 쿠로카와에게 단도를 내리쳤다.

까앙! 하는 소리와 함께 쿠로카와가 권총으로 단도를 막아냈다. 외법이라고는 하나 쿠로카와 역시 숙련된 버섯지기였다. 그는 즉시 발차기를 날려 토끼 복면의 몸을 날려버리고, 뒤로 물러나면서 총을 겨누고 탕, 탕 쐈다.

토끼 복면은 와글와글 몰려오는 양복들을 발판 대신 삼아 뛰면서 총탄을 족족 피했고, 사냥감에 달려드는 뱀처럼 몸을 숙이며 쿠로카와의 발끝에 힘껏 단도를 꽂았다.

"끄어억!"

쿠로카와가 정신없이 휘두른 오른팔이 토끼 복면의 귀를 잡아서 복면을 벗겨냈다.

복면 속에서 새빨간 머리가 화르륵 타올랐다.

건방진 미소와 빛나는 송곳니, 한번 보면 눈에 새겨지는 두 눈의 안광이 쿠로카와의 심장을 덥석 붙잡았다.

"여어."

"아카보시이!"

권총으로 비스코의 머리를 노려 방아쇠를 당기기 전에 비스코의 발차기가 일직선으로 뻗어 쿠로카와의 명치에 꽂혔고, 그의 몸이 관리실 유리창에 힘껏 처박혔다.

유리가 그 위력을 견디지 못하고 산산이 부서졌고, 쿠로카와는 유리 파편을 흩날리며 붉게 끓어오르는 녹의 노로 떨어졌다.

주인의 위기에 실갓기버섯 양복들은 허둥대며 자비를 상대하는 것을 멈추고 앞다투어 노에 설치된 발판을 향해 뛰어내려 쿠로카와를 구출하러 나섰다.

쿠로카와는 발판 끄트머리를 붙잡고 버둥거리다가 달려온 검은 양복을 잡고 어떻게든 기어오르고는 짜증난다는 듯이 울부짖으며 자신을 구해준 양복을 노로 걷어차 버렸다.

"핫. 끈질긴 놈이야."

비스코는 그걸 내려다보며 익숙하지 않은 양복과 넥타이를 벗어 던지고 피투성이가 된 얼굴로 웃었다.

"두들겨 패서 미안하다고, 영감! 하지만 나도 어린 시절에 자주 맞았으니까…… 이걸로 쌤쌤이라 치면 되겠지?"

"비스코, 너……!"

쾌활하게 웃는 비스코와 달리 자비는 숨을 삼켰다. 비스코의 몸이 이유였다. 녹화살에 침식된 그 몸은 오른쪽 어깨부터 목, 뺨까지 녹에 뒤덮여 있었다. 배나 무릎, 다른 부분도 옷으로 가려져 있긴 하지만 심각한 상황일 것은 상상하기 어렵지 않았다.

"말도 안 된다! 그런, 그런 몸으로……! 왜 온 거냐, 비스코! 나 같은 놈을 위해서!"

"핫! 그리 간단히 죽게 내버려 둘 것 같아?! 계속, 일해, 주지 않으면……."

삐걱, 녹슨 몸을 갉아먹는 아픔에 비스코의 움직임이 약간 멈춘 것을 자비가 재빨리 도왔다. 비스코는 그 손을 다정하게 뿌리치고는 씨익 웃었다.

"나는 쿠로카와를 처치하겠어. ……여기서, 결판을 낼 거야. 그 사이에 자비는 그, 가네샤포라는 걸 부수러 가. 녹식도, 우리 마을도, 그러면 살 수 있어."

"바보 같은 소리 마라! 너를 두고 가다니!"

"나는 누구지? 영감."

녹색의 빛이 강하고 부드럽게 자비와 눈과 마주쳤다.

"나는 비스코야. 당신이 모든 것을 쏟아 부어 길러낸 남자야. 나를 믿어. 내가 자비를 믿듯이."

자비가 잘 아는, 거칠고 자신감 넘치는 비스코. 다만 딱 하나가 달랐다. 이제 비스코는 굶주리지 않았다. 비스코라는 메마른 그릇이 따스한 물로 가득 찼다는 것을, 자비는 여기서 처음 깨닫게 되었다.

"……비스코. 나를 원망하느냐."

자비는 떨리는 목소리로 고개를 수그리며 비스코에게 물었다.

"너를 수라도로 끌어들이고, 이런 사지 끄트머리로 너를 불러냈으면서. 지금까지 사랑이라는 걸 깨닫게 해주지 못했던 나를, 원망하느냐…… 비스코……."

비스코는 잠시 그곳에 서서 몸을 부르르 떠는 자비를 빤히 바라봤다. 그리고 쪼그려 앉더니, 그 떨림을 억누르려는 듯이 녹슨 양팔로 아버지의 몸을 강하게 안았다.

자비는 생각지도 못했는지 두 눈을 크게 뜨더니 숨을 멈추고 몸을 굳혔지만, 비스코에게서 전해지는 체온과 심장 고동을 들으며 조금씩 긴장을 풀고, 이윽고 작은 몸에 담아둔 숨을 한꺼번에 토해냈다.

비스코는 조용히 눈을 감고 완전히 쇠약해진 자비의 몸이 차분해져서 떨림이 멈춘 것을 느낀 뒤, 그 가벼운 몸을 훌쩍 들어서 엘리베이터를 향해 던졌다.

"가! 자비!"

"죽지 말거라, 비스코!"

자비가 떠날 때 벗어던진 버섯지기의 외투를 걸친 비스코는 숨겨놨던 수화물 안에서 자신의 활을 꺼냈다.

지금부터는, 해야 할 일을 할 뿐이다.

녹슨 식인버섯은 사지를 눈앞에 두고 떨쳐 일어나 송곳니를 번뜩이며 깨진 유리창 너머에 있는 녹의 노를 향해 뛰어들었다.

격자형 바닥은 운석처럼 떨어진 비스코의 몸을 받아내자 약간 가라앉으며 삐걱삐걱 비명을 질렀다.

주변에는 노에서 뿜어져 나오는 녹에 휘말려 녹의 동상으로 변한 검은 양복의 유해나, 부러진 난간에 박혀서 부들부들 떠는 자, 녹슬어버린 허리나 다리가 부러져서 몸을 질질 끄는 자 등, 악의 소굴 본진치고는 꽤 얼빠진 모습을 보여주고 있었다.

비스코는 목을 한번 뚜둑 울린 뒤, 난간에 기대서 거친 숨을 내쉬는 쿠로카와를 향해 사나운 기운을 드러내며 웃었다.

"어이어이, 이쪽은 일단 목숨을 걸고 왔는데 말이지. 본진이 반파됐잖아. 악의 두목이니까 듬직하게 대기하고 있어야지. 긴장감이 없잖아~."

"고물딱지나 다름없는 몸으로, 어슬렁어슬렁 튀어나오기는……!"

쿠로카와는 숨을 필사적으로 가다듬으며 떨리는 손으로 비스코에게 총을 겨눴다.

"첨삭해 줄 테니 유서라도 써놔. 어차피 너는 죽어."

"그렇겠지."

비스코는 녹슨 손가락으로 턱을 긁적이고는, 비웃듯이 송곳니를 반짝였다.

"그래서, 그 반쯤 죽은 고물딱지가 무섭냐? 쿠로카와. ……무릎이 덜덜 떨리고 있잖아."

"사지가 뜯겨 죽어라! 아카보시!"

쿠로카와의 절규에 답하듯이 노를 원형으로 둘러싼 벽 이곳저곳에서 시끄러운 날갯짓 소리가 나며 노 전체를 뒤덮었다. 주변에 흩어지는 기관총. 재빨리 몸을 돌린 비스코의 눈에 비친 것은, 배 좌우에 기관총이 붙은 군용벌 무리였다.

"벌 같은 걸 기르고 앉아 있네."

"나는 대비가 좋거든……!"

"똥구멍이 좁쌀만 하다고 말한 거라고."

비틀거리며 도망치는 쿠로카와를 쫓는 비스코를 향해 검은 양복들이 몰려왔고, 기관총벌도 조준했다.

비스코는 단도로 꽂아버린 검은 양복을 방패 삼아 기관총을 벗어난 뒤, 죽어버린 양복의 거체를 벌 무리를 향해 내던져 함께 불타는 바다에 떨어뜨렸다.

편대를 짜 다가오는 벌 무리에는 화살통 속에서 푸르게 빛나는 미로가 제작한 화살을 골라서 선두의 한 마리를 꿰뚫었다. 새파란 화살은 벌의 몸에서 거미줄을 방사형으로 뿌리며 주변 벌들을 한꺼번에 휘감아 날개를 묶어서 노에, 발판에 후두둑 떨어뜨렸다.

뒤쪽 비상구에서 끊임없이 튀어나오는 양복들에게는 무거

운 닻버섯 화살을 먹여줬다. 비스코의 강궁은 좁은 통로에서 서로를 밀치며 다가오는 양복들을 한꺼번에 꿰뚫었고, 그 몸에서 두웅! 하고 질량이 엄청나게 큰, 커다랗고 두꺼운 닻버섯이 피었다.

간단한 구조의 발판은 갑자기 피어난 닻버섯의 어마어마한 무게를 견디지 못하고 부러져서 쫓아오던 양복들을 통째로 녹 용광로에 떨어뜨렸다.

"아카보시—!"

"윽!"

벌을 상대하는 데 정신이 팔린 틈에 계단 위 발판에서 쿠로카와의 권총이 불을 뿜었다.

총탄은 즉시 몸을 젖힌 비스코의 머리에서 약간 빗나가, 그 녹색 눈에 깊숙이 파고들어 선혈을 주변에 흩뿌렸다.

그러나 비스코의 손은 멈추지 않았다. 의기양양하게 웃는 쿠로카와를 향해 활을 당겼다. 일격 필중의 활이 쿠로카와의 머리를 사선에 두었고, 비스코는 한쪽 눈을 잃었지만 승리를 확신했다.

그러나 가장 중요한 그때, 퍼석—.

비스코의 녹슨 왼손가락이, 소리를 내며 부서졌다.

'앗! 손가락이……!'

갑자기 발사된 화살은 필살의 조준과 기세를 잃고 쿠로카와의 왼쪽 허벅지에 꽂히는 데 그쳤다.

쿠로카와는 고통에 신음하는 와중에도 서서히 미소를 지었고, 마지막에는 울부짖으며 웃었다.

"손가락이 부서졌나! 활을 못 당기는구나! 그렇게 되어 있다고, 아카보시—! 네가 아무리 강해도, 간발의 차이로 내가 이긴다! 세상은 그런 식으로 되어 있다고! 제대로, 네놈 같은 양아치가 무사히 죽어서 썩어버리도록!"

비스코는 부서진 자신의 왼손가락을 보며 잠시 눈을 감았다.

그러다 이내 다시 뜬 왼쪽 눈은 여전히 번뜩였고, 입가에도 건방진 미소가 무너지지 않았다. 뭉개진 오른쪽 눈에서 폭포수처럼 피를 흘리며 쿠로카와의 웃음을 웃음으로 돌려줬다.

"내가 활을 당기지 못한다고 해서, 그게 어떻게 네 승리가 되는 거지? 쿠로카와."

악랄한 쿠로카와조차도 움츠러드는, 피로 물든 처절한 웃음이었다.

자신의 칠흑색 눈동자가 비스코의 녹색 눈동자에 밀리는 것을 느꼈지만, 그럼에도 쿠로카와는 비스코의 얼굴에서 눈을 뗄 수 없었다.

"도망치라고, 쿠로카와. 이빨 하나만 있으면, 손톱 하나만 있으면, 나는 언제든 너를 죽일 수 있어."

비스코의 말에 쿠로카와는 악몽에서 깬 듯이 오른발을 움직여 도망쳤다. 비스코의 화살이 미처 처리하지 못한 양복들이 차례차례 몰려왔지만, 비스코의 주먹이 그것들을 후려쳐서 노로 떨어뜨렸다.

이제 발차기는 쓸 수 없다. 뛸 수 없다. 타오르는 노의 공기에 노출된 비스코의 몸 전체는 이미 붕괴까지 초읽기에 들어 갔다. 그럼에도 비스코는 완전히 석상처럼 변한 자신의 몸을 끌며 긴 발판을 걸어 쿠로카와를 쫓았다.

그곳은 아무래도 노의 중심, 발판의 종착점 같았다.

"오지 마! 오지 마, 아카보시! 죽어, 거기서 죽어어엇!"

쿠로카와가 쏜 총탄이 비스코의 몸에 계속 맞았다.

어깨살이 터지고, 왼쪽 귀가 떨어지고, 허파에 총탄이 파고 들고, 입에서 피가 흘러나왔다.

그럼에도 비스코는 걸음을 멈추지 않았다. 감기지 않는 한 쪽 눈이 활활 타오르며 쿠로카와를 계속 응시했다.

"지옥에, 떨어져라! 쿠로카와……!"

"우와아아아아아악!"

비스코의 집념 어린 오른팔이 쿠로카와의 안면을 강하게 후려쳤고…….

이내 산산이 부서졌다.

균형이 무너진 오른쪽 무릎이 지면에 닿았고, 그곳도 역시 부서졌다. 비스코는 목구멍 속에서 작게 신음하며 왼발로 일 어서려 했지만, 그곳에 총탄을 맞고 앞으로 쓰러졌다.

쿠로카와는 아슬아슬하게 난간을 붙잡아 용광로로 떨어지 는 것을 면했다. 전신이 땀으로 범벅이 되어 허억, 허억 거친 숨을 내쉬었고…… 그리고 절규를 내지르며 탄창에 남은 탄을 모조리 비스코에게 쏴버렸다.

몸에 수많은 구멍이 뚫리며 피가 흘렀다. 그럼에도 비스코는 전신의 힘을 쥐어짜내 버둥거렸고, 어떻게든 무릎으로 서서 쿠로카와를 올려다봤다.

기관총벌 몇 마리가 비스코 주변으로 몰려드는 것을 쿠로카와가 손으로 제지했다.

"……그 눈은 대체, 뭐냐. 아카보시……."

쿠로카와가 숨을 헐떡이며 중얼거렸다. 쿠로카와에게는 이미 거드름피우는 표정도, 비웃음도 없었다. 그저 눈앞에서 보석처럼 반짝이는 녹색이 어째서 저렇게까지 빛나는지 알고 싶었다.

"피콜로 대마왕은 오른팔을 남겨준 바람에 오공에게 당했지……. 그것도 이제 네게는 없어. 4차원 주머니도 없어. 버터 누나도 안 와. 젖은 얼굴을 부여잡고 죽어갈 수밖에 없는, 다 썩어가는 걸레짝이라고……! 그런데, 그런데 너는 왜! 지금 그런 얼굴을 하고 있는 거냐!"

비스코는 입을 일자로 다물고 쿠로카와의 말을 받아냈지만 눈은 결코 돌리지 않았다. 쿠로카와의 말에 대답하기 위해 입을 약간 벌렸지만 피가 폭포수처럼 흘러서 크큭 하고 쓴웃음을 지으며 말을 그만뒀다.

"너는 나를, 이겼어야 했다. 아카보시……!"

쿠로카와는 총탄을 다시 장착하고 총구를 비스코의 이마에 꾹 갖다 댔다.

"부탁 하나는 들어주지. 죽기 전에 말해라……!"

"…………네, 가……."

"······앙?"

"네가, 말해. 멍청아."

"······시답잖은, 곳에서! 죽어라, 아카보시잇—!"

격앙한 쿠로카와의 손가락이 방아쇠를 강하게 당긴, 그 순간—.

푸슝! 하고 섬광처럼 날아온 한 줄기 화살이 권총에 맞아 쿠로카와의 손가락과 함께 통째로 날아갔다. 목구멍 속에서 쥐어짜듯이 신음한 쿠로카와의 눈이, 멀리 비상구에서 자신을 노리는 하늘색 머리의 버섯지기를 인식했다.

"비스코를 놔줘! 쿠로카와—!"

"닥쳐! 이 꼬마! 그 이상 움직이면, 이 녀석을······!"

그 잠깐의 틈 사이, 비스코가 몸을 젖히며 뛰었다. 마치 맹수가 사냥감에 달려들듯이 입을 크게 벌린 비스코는 쿠로카와의 목덜미에 달려들어 이빨을 깊숙이 쑤셔 박았다. 그리고 그대로 쿠로카와와 함께 붉게 끓어오르는 노의 중심으로 떨어졌다.

"비스코—!"

비스코는 파트너의 비명을 멀리서 들으며 생각보다 딱딱한, 새빨갛게 타오르는 녹의 진창 위에 쿠로카와를 내리찍고 이를 악물며 목구멍을 힘껏 뜯어버렸다.

"끄헉, 끄악! 커헉, 카학! 크헉—!"

목에서 분수처럼 솟구치는 피와 등을 지글지글 태우는 노의 온도. 쿠로카와는 칠흑의 눈동자를 한껏 부릅뜨며 이 세상의 것으로 보이지 않는 고통스러운 절규를 내질렀다. 어떻게든 공기를 들이쉬려고 목을 긁을 때마다 새로운 피가 튀어서 녹의 바다에 하얀 연기를 피워 올렸다.

"영화 같은 죽음이잖아. 쿠로카와."

비스코는 물어뜯은 살을 주변에 내뱉고는 낄낄 웃었다.

"평소의 시시껄렁한 조크는 어쨌어~? 『아윌비백』이라고 말해보지 그래, 쿠로카와~!"

비스코의 왼손이 고통에 신음하는 쿠로카와의 안면에 꽂혔고, 그대로 타오르는 녹 속으로 푹푹 가라앉혔다.

"아카보시……! 아카보시이이……! 나는, 너를, 죽일 거다……! 버섯지기를, 죽여서, 너를 죽여서……. 실컷, 잠들 거다……!"

"편안하게 자라고. 네놈이 만든, 녹의 바다에서……!"

비스코가 팔에 더욱 힘을 줬고, 마침내 쿠로카와의 안면이 통째로 녹에 잠겨버렸다.

"끄아아아아아아악!"

쿠로카와의 흐릿한 단말마가 뽀글뽀글 수면에 파문을 만들며 사지가 미친 듯이 날뛰었다. 그러나 비스코의 팔 절반까지 얼굴이 잠기자 그제야 죽었는지 불붙은 바지가 타올라서 그대로 재가 되어 갔다.

비스코는 타오르는 녹의 바다에서 천천히 팔을 뽑았고, 이제 도저히 쓸 수 없어진 왼손을 바라보며 어째서인지 만족스럽게 웃었다. 발이 서서히 녹에 잠겼고, 이내 쿠로카와와 같은 곳에서 죽으리라는 걸 알았지만, 그래도 이 살풍경한 경치라면, 충분히 납득할 수 있는 자신의 최후로 보였다.

그때―.

노 위쪽. 무수한 기관총벌이 떨어진, 조금 전까지 비스코가 있던 발판에서 하늘색 머리가 흔들렸다.

미로가, 푸른 눈동자에 눈물을 가득 담고 그곳에 서 있었다.

굵은 눈물이 끊임없이 노에 뚝뚝 떨어지며 흰 연기가 슈욱 솟구쳤다. 비스코는 어떻게든 파트너를 위로해 주고 싶었지만 자기가 말을 잘 못한다는 걸 떠올리고는, 어쩔 수 없이 미로를 향해 살짝 웃어줬다.

"……약속해놓고선. 나를, 파트너라고…… 언제나 함께라고, 말해놓고선!"

"……."

"싫어…… 쓸쓸해, 비스코. 나를, 두고 가지 마……."

"미로!"

비스코가 등에 멘 자신의 활을 뽑아 미로에게 던졌다.

에메랄드색으로 빛나는 단궁은 녹 하나 슬지 않고 반짝이는 빛을 발하며 미로의 손에 쏙 들어갔다.

"나의 살이, 뼈가 없어진다고 해서, 그게 어쨌다는 거야? 영혼은 죽지 않아. 지옥 밑바닥에서 기어 올라와 반드시 너를 지키겠어! ……미로. 우리는 파트너야. 언제나, 함께야."

"……."

"그러니까…… 그러니까, 웃어. 무서울 때, 아플 때, 그럴 때는 웃어. 내가 언제나 그랬듯이. 네가 웃을 때, 나는, 그곳에 있어."

그러자 미로는 꾸깃꾸깃 무너져가던 자신의 얼굴에 한껏 힘을 줬고, 생긋, 눈물을 흘리며 웃었다.

비스코는 눈을 살짝 가늘게 뜨며 그 울면서 웃는 판다 얼굴을 바라봤다. 옷에 옮겨 붙은 불꽃이 자신의 몸을 핥으며 천천히 태워나갔다. 몸이 휘청 흔들렸지만, 비스코는 이를 악물고 가까스로 거기서 버텼다.

"비스코!"

"미로. 내 목숨을, 먹어."

비스코는 거친 숨을 몰아쉬며 가슴팍을 열어 젖히며 그곳을 가리켰다.

"녹이 나를 죽이게 두지 마. 네가, 나를 처치하고…… 빨아들여. 내 목숨을……."

"……."

"할 수 있겠어?"

"응."

미로는 부어오른 눈을 크게 뜨고 에메랄드 활을 당겼다.

활에 메긴 버섯 화살은, 비스코의 심장을 정확하게 겨눴다.

두 사람의 눈동자는 서로의 모습을 새기려는 듯이 바라봤고, 고요함 속에서 서로를 이끌며 별처럼 반짝였다.

비스코가 가르쳐 준 자세로 활을 당기는 미로의 모습은 흡사 신화 속 영웅처럼 아름다웠고, 비장하고, 용감했다. 눈물은 멈추지 않았지만, 미로에게 더 이상 두려움은 없었다.

"너, 처럼……."

"……."

"너처럼, 살아볼게. 몇 번을 꺾여도, 부서져도, 일어나서 웃으며, 그렇게 살아볼게. 최선을 다해서 그렇게 해보고, 언젠가…… 내가 찢어지고, 산산이 부서지고, 영혼만 남으면……."

"……."

"너를, 다시 만날 수 있을까?"

"응."

"……."

"다시, 만날 수 있어."

눈을 한번 깜빡였다. 진주 같은 눈물이 주르륵 뺨을 흘러 턱을 타고 떨어졌다.

'뭔가, 괜찮은 말을…….'

'무난한 말을, 계속 찾고 있긴 하지만.'

'미안해.'

'이 마음을 달리 뭐라 말해야 좋을지, 모르겠어.'

'사랑해.'

'비스코.'

'네가 없더라도, 언제나 너를, 사랑해…….'

푸슝!

미로가 쏜 화살이 바람을 가르고 날아가 비스코의 심장에 푹 꽂혔다. 비스코는 쓰러질 것 같은 몸을 견디며 조용히, 가슴을 꿰뚫은 화살을 내려다봤다.

자신의 몸 안에서 버섯 균사가 투툭투툭 뿌리를 내리기 시작한 것이 느껴졌다.

아픔은 이미 옛날에 마비돼서, 자신의 목숨을 끊는 파트너의 화살이 주는 아픔도 느껴지지 않는 게 비스코로서는 약간 유감이었다. 대신, 모든 것을 포근하게 감싸는 듯한 강렬한 잠기운 같은 게 비스코를 덮쳤다. 비스코는 될 수 있으면, 가능한 한 일어나 있으려 했지만, 시야가 하얗게 물들자 그제야 잠기운에 몸을 맡기기로 했다. 뭔가 몸을 불태우는 듯한, 균사가 몸 전체에 스며드는 감각이 비스코를 감쌌고, 그리고 천천히 세계가 오렌지색으로 물들었다.

18

쾅! 콰광! 연속적으로 이어진 폭발음과 함께 노 전체가 크게 흔들리며 우르르 흔들리기 시작했다.

굉음을 내며 무너지는 발판을 뛰어넘은 여전사 파우는 있는 힘껏 외치며 동생과 비스코를 찾았다.

"미로~! 아카보시~! 어디냐, 미로~!"

동생의 안부에 정신이 팔려서 미쳐 날뛰는 파우의 머리 위로 굉음과 함께 쇳덩어리가 무너졌다. 그것을 향해 에메랄드색 화살이 푸슝! 하고 번쩍였다.

작렬하는 만가닥버섯 무리에 터져나간 쇳덩어리의 분진을 들이키며 기침하는 누나를 안은 미로의 몸이 발판을 차례차례 뛰어넘었다.

"미로, 무사했구나!"

동생의 품 안에서 파우가 상처투성이 얼굴을 반짝였다. 하지만 그 품에서 내려오자마자 의아한 듯이 주변을 돌아봤다.

"아카보시는…… 미로, 아카보시는 어디 있는 거냐?!"

"……여기에."

고개를 수그리며 자신의 가슴을 움켜쥔 동생의 맑은 표정— 그와 함께 흘러내릴 것만 같이 떨리는 눈동자를 보고 모든 것을 깨달은 누나의 가슴이 강하게 조여들었다.

"여기, 있어. 나와 함께."

파우는 말문이 막힌 채, 언제 울음을 터뜨려도 이상하지 않은 동생의 그 기특한 모습에 뭐라 할 말을 찾을 수 없었고……, 결국 입술을 강하게 깨물며 억눌렀다.

"……가네샤포는 자비 어르신과 내가 파괴했다. 이제 여기를 빠져나가기만 하면 돼. 할 수 있겠지?!"

"괜찮아, 파우!"

비스코의 죽음에는 일단 뚜껑을 덮은 남매는 붕괴하는 녹배양로에서 서둘러 뛰쳐 나왔다. 철골을 뛰어넘고, 벽을 박차며 어떻게든 비상구에 도착했다. 구겨진 문을 파우의 철곤이 부쉈고, 두 사람은 굉음을 내며 무너지는 돔에서 아슬아슬하게 빠져나와 튀어나오는 잔해를 뒹굴면서 피하고 가까스로 안전한 곳까지 물러났다.

뒤쪽에서 뭉게뭉게 피어오르는 검은 연기를 돌아본 파우가 한마디 중얼거렸다.

"쿠로카와의 망집이, 끝났군……!"

미로는 그 옆에서 조용히, 연기 속에 남게 된 파트너를 생각했다.

"무사할까?"

조용한 목소리에 파우가 동생을 돌아봤다. 검은 연기를 바라보는 동생의 표정은 차분했고…… 얼어붙은 슬픔이 녹는 걸 두려워하듯이 눈동자가 약간 떨렸다.

"무사히, 남아 있을까 싶어서. 비스코의, 몸 말이야."

"그래. 녹을 깔끔하게 제거하고…… 화장해주자. 그리고, 그 녀석의 마을로……."

"아냐, 괜찮아. 버섯지기는 화장하지 않아. 죽으면 풍장해달라고 언제나 그랬었어."

미로는 멀리, 연기 너머를 내다보듯이 투명한 목소리로 말했다.

"……그저, 내가 만나고 싶은 거겠지……. 또 혼나겠네."

파우는 강한 바람에 머리를 휘날리면서 동생의 맑은 옆얼굴을 한동안 바라봤다. 이윽고 파우가 조금 조심스럽게 말을 걸려던, 바로 그때였다.

쿠우우우웅! 하고 굉음과 함께 붕괴한 돔에서 잔해가 솟구치며 두 사람을 덮쳤다.

"위험해, 파우!"

옆으로 뛰어 피한 두 사람이 원래 있던 곳에 거대한 철골이 꽂혔다.

두 사람은 튕기듯이 도망쳐서 거리를 벌리고, 기세를 늘리며 뿜어져 나오는 연기 너머로 다시 시선을 옮겼다.

그것은, 거대한 『팔』이었다.

연기를 뚫고 거대한 녹빛 팔이 뻗어 나왔다. 이윽고 그것이 부웅 하고 허공을 가르며 움직이자 기지 감시탑이 옆으로 쓰러졌고, 지면에 격돌하여 폭연을 일으켰다.

바람이 크게 불어 연기를 걷어내자, 조금 전까지 돔이 있던 곳에는 거대한 인간형의 무언가가 두 발로 서 있었다. 그 전신은 짙은 녹빛으로 덮여 있었고, 잘 보면 무너진 돔의 철골을 두르고 끼긱끼긱 꿈틀대고 있었다.

"저건 뭐냐!"

말문이 막힌 파우를 감싼 미로가 그늘에 숨었다. 기지의 전차가 편대를 이뤄 출격해 차례차례 거인에게 주포를 쐈다. 주포는 거인의 복부를 정확하게 타격해서 폭연을 일으켰지만, 거인은 그것에 눈 하나 깜짝하지 않았다.

철가면에 덮인 거인의 얼굴에서 입 부분이 천천히 세로로 열렸다. 거인은 숨을 크게 들이쉰 뒤—

고오오오오오오오오!

전차대를 향해 두껍고 탁한 숨을 내쉬었다. 숨결은 고작 몇 초 정도밖에 안 됐지만, 전차대는 물론이고 주변 도로나 시설에 이르기까지 순식간에 두꺼운 녹에 덮여버렸다.

"이, 이게 철인인가……!"

그야말로 세계의 멸망을 한곳에 응축한 듯한 신과 같은 병기였다.

철인은 여전히 덤벼드는 정부 육군 병기를 발로 밟고, 팔로 후려치고, 잡스럽게 뿌리치면서 천천히, 그러나 명확한 의지를 갖고 어딘가를 향해 걸어가려 했다.

"단순한 녹 배양로가 아니었던 건가……! 어째서 저런 게 아직도 움직이지?!"

"……. 저 녀석은……."

쿠로카와, 라는 말이 나오려 했지만 미로는 삼켰다.

거인이 향하는 곳은 아키타, 코나키 유곡 방향이었다. 게다가 공허한 거인의 두 눈에서 쿠로카와의 시커멓고 끈적한, 독특한 의지가 감돌고 있는 것처럼 보였다.

"……일본은, 또다시 멸망하는 건가……."

미로는 절망에 삼켜져 거인을 올려다보는 파우의 옆을 빠져나가 달리기 시작했다.

황급히 뒤를 쫓는 파우를 뿌리친 미로는 재빨리 파우의 바이크에 걸터앉아 액셀을 밟았다.

"미로!"

"코나키 유곡으로 가고 있어."

미로는 투명한 목소리로, 하지만 결연하게 말했다.

"통뱀을, 녹식을 멸종시킬 셈이야. 그렇게 두진 않아! 내가 막겠어!"

"그 녹의 숨결을 못 본 거냐! 저 녀석은 신이야. 멸망 그 자체다! 접근하기만 해도 녹슬어버릴지도 모른다고!"

"나는 녹슬지 않아. 녹식 앰플을 맞은 건 나뿐이야. 그러니까 나밖에 할 수 없어."

미로는 당장에라도 울 것만 같은 파우의 뺨에 손을 대며 조용히 말했다.

"가야 해. 파우는 시모부키 사람들을 도망치게 해줘."

"바보 같은 소리! 나도 갈 거다! 너를 혼자 보낼 수는 없어!"

"파우."

그때, 미로는 처음으로, 그 판다 얼굴에 이빨을 번뜩 드러내며 웃어 보였다.

"알고 있잖아. 나는 이제, 혼자가 아니야!"

만류하는 누나를 뿌리친 미로가 바이크를 타고 분진을 일으키며 일직선으로 거인의 뒤를 쫓았다. 그 뒷모습을 아련한 눈으로 쫓은 파우는 조여드는 가슴을 손으로 꾸욱 눌렀다.

'죽으러 가는 얼굴은, 아니었어……'

고민은 아주 잠깐이었다.

파우는 자신이 해야 할 일을 하기 위해 결연히 달려갔다. 바로 그때—

끼릭끼릭끼릭! 지면을 타이어로 후벼 파면서 중형 밴이 앞길을 막았다. 조수석 문이 난폭하게 열리고, 조그만 소녀가 파우에게 외쳤다.

"자경단장 파우 맞지! 한참 찾았잖아! 타! 바로 근처에 본대
가 와 있어!"

"본대가 근처에?! 넌 대체 누구냐?!"

"오오챠가마 티롤! 이름은 아무래도 좋아. 쿠로카와를 쓰러
뜨릴 거잖아! 자경단 녀석들, 네 명령밖에 듣지 않으니까 곤
란하다고! 빨리 타, 빨리!"

19

거인은 몸 주변에 날벌레처럼 날아다니는 전투기를 지겨운
듯이 팔을 휘둘러 뿌리쳤다.

부웅 하고 하늘을 가르는 팔을 피한 전투기는 바람과 함께
몰아친 녹의 독기에 휩쓸려 중심을 잃고 스스로 거인을 향해
돌진했다.

자신의 몸에 덮인 점성을 가진 녹피부에 어쩔 방도도 없이
푹푹 파묻혀 가는 전투기를 공허하게 바라본 거인이 신음했다.

『……아카……보시…….』

기지에서 출격한 전투 헬기 몇 대가 거인의 등을 향해 일제
히 기관총을 쐈다.

총탄은 거인의 표면을 덮고 있는 고철이나 철골을 부수기는
했지만 대부분 녹피부에 삼켜져 거인에게 상처 하나 입히지
못했다.

『아카, 보, 시이———.』

거인이 돌아보며 녹의 숨결을 내쉬자 즉시 멸망이 주변에 흩뿌려졌다. 황야의 바람도, 흙도 순식간에 녹슬었고, 헬기는 차례차례 포개지듯이 격추되어 폭연을 일으켰다.

거인은 고작 몇 초 만에 사라진 눈앞의 위협을 잠시 바라봤고, 아무래도 그것들이 일어서지 않는다는 걸 알게 되자 공허하게 전진을 재개했다.

붉게 타오른 모래가 춤추는 황야 속 깊게 갈라진 골짜기에서 상반신을 내밀며 거인은 골짜기 사이를 완만하게 나아갔다. 철인이 걸을 때마다 골짜기 암벽에 달라붙어서 살아가던 시모부키 상인 캠프가 거인의 몸에 걸려 떨어졌고, 시모부키 상인들은 저마다 비명을 지르며 어떤 사람은 가축을, 어떤 사람은 아이를 필사적으로 안고 눈사태를 만난 듯이 도망쳤다.

문득 그 눈에―.

거인의 팔 정도는 되는 언덕 위에서 한 사람이 바람을 맞으며 외투를 펄럭이고 있었다. 손에는 녹색으로 빛나는 활을 들었고, 푸른 안광은 한 점의 두려움도 보이지 않고 거인을 노려봤다.

거인은 깊고 혼탁한, 뿌옇게 흐려진 자신의 사고 깊은 곳이 약간 웅성거리는 것을 느꼈다.

"조금 커다랗기만 한 덩치를 손에 넣은 주제에 꽤 기분 좋아 보이는구만, 쿠로카와."

『우…… 오……』

"내가, 죽었다고 생각했냐. 그 정도로, 너 따위하고 같이 죽어 주리라 생각했냐고!"

미로의 하늘색 머리가 바람에 휘날려 거꾸로 솟으면서 불꽃처럼 춤췄다.

"내 이름을 말해보시지! 쿠로카와. 죽음이 부족했다면, 몇 번이든! 지옥으로 다시 돌려보내 주마!"

『아, 카, 보, 시——!』

거인은 곧바로 격앙하며 몸을 크게 떨더니 오른팔을 들어 언덕을 향해 내리쳤다. 바위가 부서지고, 분진이 휘날렸다. 모래먼지를 가르며 외투가 펄럭였고, 뛰어오른 미로의 활에서 공기를 찢는 화살이 발사됐다.

화살은 지면을 내리친 거인의 손가락 하나에 깊이 꽂혀서 뻐꿈! 하고 새빨간 갓이 달린 버섯을 피우고는 거인의 손을 암벽에 묶어버렸다. 남은 거인의 왼손이 공중을 나는 미로를 향해 휘둘려졌지만, 미로는 피어난 버섯을 발판 삼아 뛰어올라 그것을 피하고 팔꿈치, 어깨를 향해 2연속으로 화살을 꽂아 넣었다.

『오, ——큭.』

빠깡, 빠깡, 하고 연속해서 피어나는 버섯의 위력에 거인이 휘청댔다. 미로는 떨어지는 거대한 팔을 피하면서 바위산을 종횡무진 뛰어다니며 활을 당겼다. 네 번째, 다섯 번째 화살을 날리며 피운 버섯이 거임의 몸을 잘게 부쉈고, 그 파편이 수도 없이 미로의 몸을 후려치며 살을 찢었다. 그래도 미로의 표정은 아픔으로 일그러지지 않고, 단 하나의 순수한 의지만으로 계속 활을 쐈다.

멸망의 녹을 생명의 균사가 먹어치웠고, 버섯으로 범벅이 된 철인은 반광란 상태가 되어 몸을 쓸어 몸에 난 버섯을 뿌리째 떨어뜨렸다. 그리고 크게 한번 떨더니 숨을 깊게 들이쉬고, 거대한 입을 크게 벌려서 미로를 향해 녹의 숨결을 토해 냈다.

어마어마한 돌풍, 녹의 분류(奔流). 부식의 숨결이 미로를 삼켰다. 짙은 유황색으로 뒤덮인 탓에 모습을 볼 수가 없는 그 폭풍 속에서—.

화살 하나가 번뜩이며 휘몰아치는 폭풍을 거슬러 일직선으로 거인의 입으로 날아가 목 안쪽을 깊숙이 찔렀다.

부식의 숨결은 목에서 바로 생성된 버섯에 막혔고, 토해내야 하는 진로가 막힌 그것이 거인의 목덜미를 찢고 증기처럼 분출됐다.

녹의 폭풍이 걷혔다.

미로는 휘청거리면서 거친 숨을 내쉬며 한쪽 무릎을 꿇었다. 눈가에 피눈물이 맺혀 있긴 하지만 하얀 피부에는 녹슨 부분이 하나도 없었다. 미로는 녹식 앰플의 무시무시한 효력을 지금 자신의 몸으로 체현하고 있었다.

"호들갑스럽게 울부짖기는……. 버섯이 그렇게 아프냐?"

미로는 비스코가 적을 향해 언제나 그랬듯이, 물어뜯으려는 듯이 웃었다.

"버섯은 생명이야. 살아가려 하는 의지 그 자체야. 너처럼 불합리한 멸망을! 먹어치우기 위해 그곳에 피어나는 거라고!"

목이나 뺨을 찢고 뿜어져 나오는 자신의 숨결에 흐릿한 신음을 뒤섞은 철인은 자신의 입 속에 손을 넣어서 피어난 버섯을 끄집어냈다. 미로는 회복을 기다리지 않고 즉시 활을 당겼지만, 그때 고지대에서 철인을 향해 바주카를 겨누는 시모부키 무기 상인들의 모습을 멀리서 확인했다.

상인들은 취락의 여자들을 지키려는지 용감하게도 차례차례 철인을 공격하기 시작했다. 그중 한 명이 미로를 향해 크게 손을 흔들자, 미로는 필사적으로 외쳤다.

"무모한 짓 하지 마! 거기서 도망쳐~!"

바주카가 폭연을 일으키며 목덜미에 몇 발 꽂히자 철인이 짜증난다는 듯이 신음했다. 그리고 울부짖으며 상체를 스윽 젖히고는 오른팔을 들어 상인들을 향해 힘껏 내리쳤다.

쿠우우우웅! 미로는 떨어진 철인의 손끝에서 무심코 눈을 돌렸다. 그러나 흰 연기가 걷히자, 오렌지색의 뭔가 커다란 것이 상인들 앞에서 그걸 받아낸 게 보였다.

"아쿠타가와!"

"애송이ㅡ! 쏴라~앗!"

아쿠타가와에 올라탄 자비의 목소리를 들은 미로는 곧장 강궁을 당겨 철인의 손목을 향해 쐈다. 화살은 빗나가지 않고 명중해서 버섯을 피웠고, 그 아픔에 움츠러든 철인의 팔을 아쿠타가와가 완력을 실어 밀어냈다.

"계속 쏴라, 애송이! 녹에 밀리는 것처럼 보이지만 균사는 확실히 들어가고 있다! 버텨내면 우리가 이긴다!"

자비는 자신도 활을 당기며 미로에게 외쳤다.

두 버섯지기는 골짜기 양쪽에서 철인을 포위하고 활을 계속 쐈다.

전신이 버섯투성이가 된 거인은 미친 듯이 몸을 쓸어서 버섯을 털어내고, 모으고 모은 부식의 숨결을 아쿠타가와를 향해 뿜었다.

"자비 씨――!"

아쿠타가와는 고지대를 뛰어다니며 녹의 숨결을 피했지만, 집요한 추격 탓에 마침내 피할 수가 없어졌다. 끝내 거인의 숨결이 아쿠타가와를 삼키려는 그 순간―.

"이이이이이이이야아아아압―――!"

긴 흑발이 맑은 하늘에 직선을 그렸다. 고지대에서 매처럼 활공하며 날아온 백은의 전사가 혼신의 철곤을 휘둘러 철인의 옆얼굴을 후려쳐서 녹의 숨결을 막아냈다.

"파우―!"

"미로! 이미하마 자경단이 온다! 주민은 그들에게 맡겨라!"

철인의 어깨를 박차고 미로 옆에 내려선 파우가 철곤을 다시 잡았다. 동생이 활을 겨누는 사이 철인의 한쪽 손이 위에서 떨어졌지만 곤을 휘둘러 떨쳐냈다.

주변을 바라보니 남쪽 하늘에서 이미하마의 색이 칠해진 에스카르고가 날아왔고, 지상에서는 이구아나 기병이 달려와

혼란에 빠진 시모부키 상인들을 구출해서 골짜기를 빠져나갔다. 그들을 뭉개버리려 하는 철인을 향해 에스카로고의 로켓이 차례차례 작렬하며 움직임을 막았다.

마치 인류가 가진 모든 힘을 결집해서 하나의 멸망에 맞서는 듯한, 그런 장렬한 전장이었다. 끊임없이 이어지는 버섯지기의 활과 근대 병기의 파상공세에 철인도 마침내 자신을 보호하려는 듯이 양팔로 머리를 감싸며 몸을 지키는 갓난아이 같은 자세를 취하기 시작했다.

"할 수 있는 건가……?! 얼마 안 남았다, 미로!"

"잠깐만, 뭔가……!"

달려가려던 파우의 팔을 잡은 미로가 숨을 삼켰다.

뭔가, 철인의 내부에서 시커먼 것이 소용돌이치며 분출되려 하는 것을 본능 깊은 곳에서 느낀 것이다.

철인이 몸을 부르르 떨었다.

그러자 양쪽 가슴 장갑판의 일부가 열리고, 안에서 투박한, 뭔가 송풍기 같은 것이 드러났다. 철인은 폭연에 휩싸이면서도 양쪽 가슴의 프로펠러를 천천히 돌렸고…….

잠깐의 고요함— 그 뒤에 고오오 하고 돌풍이 불며 귀청을 때리는 소리가 주변 일대를 덮쳤다.

철인의 양쪽 가슴에서 몰아치는 터무니없는 질량의 녹바람이 자신의 녹피부조차도 후벼 파면서 기세를 늘려 휘몰아쳤고, 이내 회오리가 되어 주위 암벽을 산산이 파내고 부쉈다.

그 일대에 있는 모든 것을 녹슬게 만드는 죽음의 폭풍이었다.

그때까지 철인을 포위하고 우세하게 밀어붙이던 인류의 힘은 허망하게도 순식간에 부서졌다. 에스카르고는 삽시간에 녹덩어리가 되어 지면에 격돌했고, 시모부키 상인들을 대피시키고 돌아온 용감한 이구아나 기병들도 비명조차 지르지 못한 채 녹슬어 부서졌다.

미로는 파우를 넘어뜨리고 가능한 한 누나를 보호하기 위해 온몸으로 덮었다. 그런 두 사람을 향해 녹의 폭풍이 다가왔고, 맞은편 골짜기에서 점프한 아쿠타가와가 자비와 함께 세 사람을 쑤셔 넣듯이 자기 배로 끌어안아서 녹의 폭풍에서 지켜냈다.

"아앗……! 정신 차려, 미로!"

"저놈, 이 정도인가?! 이제 얼마 안 남았건만!"

비장한 심정을 토해낸 두 사람 앞에서 미로가 천천히 일어났다. 미로는 한번 휘청거리다가 아쿠타가와에게 기대서 살며시 웃고는, 그 매끄러운 배 껍질을 사랑스럽게 어루만졌다.

"미로……?!"

미로는 누나의 목소리를 들으며 허리에 찬 앰플집에서 새빨간 강장 앰플을 꺼내 자기 목덜미에 꽂았다. 극약이 하얀 피부에 스며드는 강렬한 자극에 미로는 잠시 괴롭게 신음했다.

"붉은 약통…… 말도 안 돼, 비사문버섯독이냐! 그런 몸으로 버틸 수 있을 리 없잖느냐!"

"자비 씨. 죄송해요. 파우를…… 부탁드릴게요."

"저 녹의 폭풍이 보이지 않는 게냐?! 이번에야말로 죽는다!

애송이!"

"제가, 비스코였다면, 막으실 건가요?"

"끄응······!"

"다녀올게요!"

"그만둬, 가지 마라, 미로——!"

끊임없이 몰아치는 녹의 폭풍 속에서 녹슬지 않는 건 녹에 내성이 있는 쇠꽃게인 아쿠타가와를 제외하면 녹식 앰플을 투여 받은 미로밖에 없었다. 그게 사실이었다.

"애송이에게 걸 수밖에 없어······!"

버둥거리는 파우를 필사적으로 억누른 자비는 하루 만에 아들을 두 명이나 잃을 것 같은 예감에 간담이 서늘해지며 살짝 떨었다.

녹의 폭풍이 순식간에 주변을 핥고 지나간 뒤, 지금까지 자신을 괴롭히던 위협이 허망하게 사라지자 철인은 약간 심심한 듯이 목을 빙글 돌렸다.

그러다 멀리서 폭풍의 위협을 가까스로 벗어나 눈 덮인 시모부키로 도망가는 상인들을 보고 입을 크게 벌려 부식의 숨결을 퍼부어주려던 그때—.

미쳐 날뛰는 녹바람을 가른 혼신의 화살이 철인의 뺨을 찔렀고, 그곳을 뚫으며 뻐끔! 하고 푸른 버섯을 피웠다.

부식의 숨결이 버섯에 막히자 철인은 오오, 하고 신음했다.

"······뇌가 작아져서 기억나지 않는 거냐?"

미로가, 피투성이가 된 얼굴로 씹어먹듯이 울부짖었다.

"네 상대는 나라고 말했을 텐데! 쿠로카와아웃!"

철인이 팔을 들어 바위산 위에서 필사적으로 바람에 맞서는 미로를 휩쓸었다. 평소였다면 원래 가진 가벼운 몸놀림으로 간단히 피했겠지만, 뛰어오르면 녹바람에 휘말리는 이 상황에서 그건 불가능했다. 녹덩어리에 강하게 얻어맞은 미로의 가벼운 몸이 힘차게 날아가 바위벽에 부딪혀 흰 연기를 피워 올렸다.

"미로―――!"

파우의 비명이 솟구쳤다. 몸을 뒤틀며 녹의 폭풍 속으로 들어오려는 파우를 아쿠타가와가 꽉 끌어안고 필사적으로 만류했다. 그 등을 향해 다시 철인의 왼팔이 떨어졌다.

그러자 다시 뻐끔!

아직도 흰 연기가 피어오르는 암벽에서 한 줄기 버섯 화살이 날아와 철인의 손목에 맞아서 아쿠타가와에게서 떼어냈다. 미로는 온몸에서 폭포수처럼 피를 흘리면서도 푸른 눈동자를 부릅뜨고 몸을 질질 끌며 철인을 향해 걸었다.

자신의 위를 덮어오는 철인의 손을 향해 화살을 한 발 쐈다. 철인은 움켜쥔 미로의 몸을 들어서 뭉개버리려 했지만, 살짝 피어난 버섯의 격통을 견디지 못하고 미로를 떨어뜨렸다. 미로는 떨어지면서도 화살을 쐈고, 낙법을 취하지 못한 채 지면에 철퍽 부딪혔다.

"이거 놔! 미로가, 미로가! 죽겠어!"

"애송이……!"

아쿠타가와와 함께 필사적으로 파우를 막던 자비조차도 긴장을 풀면 뛰쳐나갈 것 같은 처참한 광경이었다. 다만, 피투성이가 되어 휘청휘청 일어나는 미로의 표정에는 체념이나 자포자기 같은 게 없었다. 잃어버린 파트너와 나눈 모종의 맹세를 지주 삼아 푸른 눈동자를 반짝이며, 결연하게 철인과 맞서고 있었다.

전혀 닮지 않았는데도, 자비는 미로에게서 애제자의 그림자를 봤다. 아직 포기하는 건 이르다는 막연한 예감이 아쿠타가와 안에서 뛰쳐나가는 걸 가까스로 막고 있었다.

'왜, 서 있는 걸까?'

미로는 수도 없이 녹에 얻어맞고, 화살로 반격하는 가운데 어딘가 남 일처럼 생각했다.

자신의 몸은 이미 엉망진창이고, 한계는 진작 넘어섰다는 걸 잘 알고 있다. 그런데도, 그저 이게 당연하다는 듯이 자신의 팔이 활을 당기고, 발이 일어서는 걸 맡기고 있자, 무한한 용기 같은 것이 몸 안쪽에서 솟구치는 게 느껴졌다.

'비스코도 이런 마음이었던 걸까?'

일찍이 파트너가 있었던 곳에 서서 활을 당기고 있다.

미로는 그것이 기뻤다.

그리고 떨어지는 철인의 손을 옆으로 뛰어 간발의 차이로 피하며 크게 숨을 내쉬었다.

'지금이라면.'

비스코의 에메랄드 활을 강하게 당겼다.

'쏠 수 있어. 비스코처럼.'

피투성이인 얼굴에서 푸른 눈이 번쩍 빛났다.

힘껏 당긴 강궁이 푸슝! 하고 발사되자 그것은 철인의 흉부 장갑을 뚫고 녹의 살에 닿아서 버섯을 작렬시켰다. 가슴을 덮은 철판이 투쾅! 하고 날아가고, 프로펠러 주변에 묻혀 있던 무수한 배선이 드러났다.

미로는 고통스럽게 휘청대는 철인의 빈틈을 놓치지 않고 거의 쓰러지듯이 달려가서 매달렸고, 철인의 피부에 달라붙어 가슴 쪽으로 올라갔다.

"받아라아아아아아앗!"

그리고 울부짖으면서 허리춤에 찬 단도를 뽑아 노출된 배선들을 향해 힘껏 꽂고는 거대한 몸을 미끄러져 내려가며 강하게 찢어버렸다.

『오, 오, 아━━━━.』

거인이 한층 크게 휘청댔다.

배선 장치에 더해서 두꺼운 배선이 몇 개나 잘린 흉부 송풍기가 빠직빠직 소리를 내며 멈췄고, 불똥을 튀기며 흑연을 피워 올렸다.

'해냈어.'

일대를 뒤덮고 있던 녹의 폭풍이 멈추며 대기가 맑아졌다.

미로는 흐릿한 눈으로, 가까스로 단도로 몸을 지탱하며 매달렸다. 잠시라도 긴장을 풀면 아무리 발버둥 쳐도 몸이 움직이지 않을 것 같았다. 눈은 깜빡이는 걸 잊어버린 듯이 피가 고여 흘렀고, 눈물과 섞여서 턱을 타고 떨어졌다.

'아, 안 돼, 아직⋯⋯.'

죽을 수 없다. 그런 일념으로 몽롱해지는 의식을 필사적으로 붙잡았다.

그러는 게 고작이었다. 의식을 밀어내는 격류 속에서 목의 가죽 한 장만 가까스로 남아있는 것이 미로의 한계였다. 눈을 감으면 그대로 떠나버릴 것 같아서 필사적으로 눈을 뜨고 있었다.

그 시야 끝에서—.

장갑이 벗겨져 노출된 흉부의 녹 속에서 뭔가 반짝이는 게 보였다. 햇살을 빨아들이는 철인의 녹피부 속에서 더욱 반짝이며 빛나는 그것—.

『고글』이었다.

비스코가 가장 마음에 들어 하던 것, 언제나 그의 이마에서 떨어지지 않던 고양이 눈 고글이 녹피부에 반쯤 묻혀서 바람에 휙휙 흔들렸다.

"⋯⋯비스코!"

죽음에 잠겨가던 미로의 의식이 단숨에 각성하며 두 눈을 크게 떴다.

미로는 몸 안쪽 깊은 곳에 남아있던 마지막 힘을 쥐어짜내서 다시 한번 철인의 몸을 기어올라 녹에 묻힌 고글을 뜯어내기 위해 붙잡았다.

"……비스코. ……거기, 있어?"

고글이 묻혀 있는 녹을 향해, 미로는 공허하게 중얼거렸다.

이성이라는 게 거의 남지 않은 미로의 의식은, 어쩌면 이곳에 파트너의 유해가 묻혀 있을지도 모른다는 일념으로 미친 듯이 그곳에 달라붙어 두꺼운 녹을 벗겨내려고 맨손으로 계속 긁었다.

"비스코. 역시 안 돼……. 혼자서, 이런 차가운 곳에……. 돌아가자, 함께. 모두가 있는 곳으로 돌아가자, 비스코……!"

두꺼운 녹의 살은 아무리 긁어도 모래처럼 부서지며 다시 두꺼운 피부로 돌아갔다. 그럼에도, 손톱이 벗겨지고 손가락에서 피가 흘렀지만 미로의 손은 멈추지 않았다.

"돌려줘……. 비스코를, 돌려줘……! 비스코를, 돌려줘——!"

미로는 목에서 피를 뿜어내듯이 거인에게 외쳤다. 거인은 대답 대신 미로를 잡아서 멀리 있는 암벽에 내던졌다. 이미 저항할 힘이 없었던 미로는 그대로 암벽에 부딪혔다.

뭔가 중얼거리려고 입을 열었지만, 그저 피만 흘러서 더 이상 비명조차 되지 못했다.

필사적으로 활을 겨누려고 해도 이제 팔이 올라가지 않았다. 적어도 마지막까지 자신의 죽음을 바라보기 위해, 미로는 안간힘을 써서 철인을 바라봤다. 그 푸른 눈동자는, 커다란 팔이 천천히 자신을 덮어가는 것을 마지막까지 노려봤다.

투명하고 두꺼운, 따스한 막 같은 것에 감싸여 하얀 바닷속을 떠다니는 것 같았다.

녹아가는 자신의 정신 옆에 앉아 그걸 지켜보는 듯한 신기한 안도감 속에서 물 위에 흔들리고 있었다.

소리 하나 없는 조용한 세계였다. 그 안에서 무한히 펼쳐진 평화를 주체하지 못한 《그것》은 거북한 듯이 혼자 버둥거렸지만, 이윽고 그 파문도 평화 속에 삼켜졌다.

이대로 미약하게 남은 마음의 조각, 그 한 점의 생각조차도 이 하얀 세계에 빨려들고, 영원한 안식의 일부가 될 거라는 예감이 감미롭게 속삭였다.

거스를 이유는 없었다. 단지, 《그것》의 안쪽 깊숙한 곳에 남은 마지막 감정 하나가 하얀 바다에 녹아내리는 것을 살며시 거절하고 있었다.

그러다 그 마지막 마음은 조용히, 모래처럼 사락사락 바다에 녹아들기 시작했고…….

《비스코.》

우뚝, 멈췄다.

뭔가 무척 소중한, 의미 있는 목소리가 고요한 이곳에 금을 내듯이 조그맣게 들려왔다.

《그것》은 잘 알고 있었을, 무엇보다 소중했을 그 목소리의 의미를 찾으려는 듯이 고동치며 크게 발버둥 쳤다.

《비스코……!》

두 번째 목소리를 들은 《그것》은 그 목소리가 자신의 이름이라는 것을 전격적으로 떠올렸고, 마음속에서 감았던 눈을 번쩍 떴다.

이름을 되찾은 《그것》의 의지에 점점 힘이 들어오면서 먼저 눈이, 팔이, 발이 형태를 갖춰 녹아내린 몸을 되찾아갔다. 자신을 감싸는 너무나도 강대한 잠기운의 힘에 저항하고자 의지를 모조리 끌어왔다.

《비스코!》

세 번째 목소리를 들은 비스코는 누가 자신을 부르는지 떠올렸다.

전신에 힘을 주며 공기를 뒤흔드는 포효를 내지르자, 하얀 세계에 차례차례 금이 가며 누구나 원하던 죽음의 안녕이 완전히 와해됐고, 비스코는 튕겨나가듯이 어두운 세계로 추방됐다.

"······!"

깊은 물속에서 수면으로 떠오른 듯이 숨을 몇 번이고 크게 내쉬었다.

마비된 전신의 감각이 서서히 돌아왔다. 비스코는 몸에 달라붙은 녹의 감촉을 느끼고는 이를 악물고 전신에 어마어마한 힘을 줘서 녹의 바다를 내부에서 찢었다.

맹수와 같은 포효가 입에서 흘러나왔다.

비스코를 가두던 녹의 우리는 사람으로 보이지 않는 어마어마한 완력 앞에서 찢어지며 마침내 비스코의 몸을 백일하에 풀어줬다.

그렇게나 진한 녹 속에 갇혀 있었건만 몸도, 옷도, 외투도 녹슬지 않았다. 뜨겁게 타오르는 자신의 몸에 당혹감이 들었지만, 그래도 자신을 부르는 목소리의 주인을 필사적으로 찾았다.

"미로! 미로——!"

비스코의 목소리에 응하듯이 태양빛이 반짝이며 바위산에 선명한 하늘색 머리를 비췄다.

숨을 헐떡이는 파트너의 모습을 확인한 비스코는 철인의 몸을 박차고 탄환처럼 그곳으로 도약해서 쿠웅! 하는 굉음과 함께 떨어진 철인의 손을 인간 같지 않은 힘으로 받아냈다.

"우우우오오오오오오!"

크게 울부짖은 비스코가 몸을 틀어 돌려차기를 날리자 거대한 철인의 손목이 마치 장난감처럼 튕겨나가며 멀리 있는 바위산에 격돌해서 모래먼지를 피워 올렸다.

"오…… 오오옷?!"

철인이 고통스러운 포효를 내지르는 가운데, 비스코는 자신의 내부에서 타오르는 힘을 조절하지 못하고 공중에서 힘차게 빙글빙글 돌며 지면에 풀썩 떨어졌다.

일어난 비스코가 철인의 전신에 피어난 무수한 버섯 흔적을 바라봤다. 그 하나하나가 자신의 파트너가 보인 분투와 용맹을 칭송하듯이 반짝이며 비스코의 가슴속을 뜨겁게 적셨다.

"……이걸…… 미로가, 한 건가……."

"…………비스, 코……?"

떨리는 목소리에 비스코가 돌아보며, 경악하며 눈을 휘둥그레 뜬 파트너와 시선을 맞췄다.

"여어."

비스코가 말을 걸었다.

죽음 속에서 거의 녹아내렸던 비스코의 의식을 긁어모아 그것에 다시 한번 생명을 불어넣어 줬다. 아마 미로 본인은 이해하지 못할 것이다. 미로는 눈앞에 서 있는 비스코의 모습이 도저히 현실로 보이지 않아서, 그저 눈을 크게 뜬 채 헛된 기쁨을 두려워하듯이 벌벌 떨었다.

"들렸다고. 저세상 가기 직전에."

"…………아……!"

"불렀잖아?"

하얀 송곳니가 선명하게 엿보였다.

미로가 몇 번이고 옆에서 봤던, 악동 비스코의 건방진 미소가 태양빛에 비치고 있었다.

미로의 눈에 점점 눈물이 고였고…….

지금까지의 부상 같은 건 전부 잊어버렸다는 듯이 일어나 비스코에게 뛰어들었다.

그 목에 팔을 둘러서 꽈악 끌어안았지만, 마치 불타는 것처럼 뜨거운 비스코의 체온에 놀랐는지 그 자세 그대로 4초 정도 버티다가 화상 직전이 되어서야 겨우 뒤로 물러나 울컥해서 비스코에게 고함을 쳤다.

"뜨겁잖아! 바보야!"

"뜨거워? 내가?"

"비스코, 그 몸······!"

비스코는 녹슬어서 부서졌던 자신의 오른팔이 반짝반짝 오렌지색으로 타오르는 것을 보고 그 경이로운 모습에 꿀꺽 침을 삼켰다.

아직 재생되지 않은 얇은 피부 속에 비치는 근섬유가 빨갛게 고동쳤고, 아무래도 이건 부서졌던 양발도 마찬가지인 모양이라 붉게 타오르는 비스코의 전신은 지금도 엄청난 속도로 재생을 이어가고 있었다.

"뭐야, 이거?!"

"비스코, 앞!"

그때 자세를 다잡은 철인이 무사한 왼팔을 들어서 휘둘렀다.

비스코는 미로를 안고 옆으로 뛰어 회피했고, 미로가 건네준 녹색 활과 화살을 받아 안광을 번뜩이면서 현을 힘차게 당겼다.

자신의 몸속에서 무한히 솟구치는 정체 모를 힘에 놀라긴 했지만, 비스코는 그걸 결연히 억누르며 극한의 집중력으로 바꿨다.

깊이 내쉰 숨에서 불똥이 새어 나와 반짝반짝 빛나며 공중을 날았다.

"카아아앗!"

발사된 화살은 거인을 향해 순식간에 날아갔다. 얇은 막대기 하나에 지나지 않던 그 화살은 오렌지색으로 빛나는 직선이 되어 거인의 옆구리에 운석이 통과한 듯한 바람구멍을 뚫었다. 이윽고 크게 휘청댄 철인의 옆구리에서 태양처럼 빛나는 버섯이 폭발하듯이 활짝 피어났다.

즉시 비스코의 다음 화살이 반대쪽 옆구리를 노렸고, 이번에도 원형으로 날려버렸다. 배 주변을 먹어치우는 태양 같은 버섯의 위협에 철인은 겁먹은 듯한 포효를 내질렀다.

"아, 괴, 굉장해……!"

미로가 자신이 지금 뭔가 입맛에 딱 맞는 꿈을 꾸고 있는 게 아닌가 의심할 만큼…… 지옥에서 돌아온 파트너의 위용은 그 정도로 장엄했다.

붉은 머리가 타오르듯이 휘날리고, 안광은 에메랄드색으로 빛나고, 전신에서는 오렌지색으로 빛나는 불똥 같은 게 흩날리며 반짝반짝 춤췄다.

그건 마치, 태양이 사람의 형태를 하고 그곳에 서 있는 듯한 광경이었다.

"으랴아압!"

아래로 내려와 있는 왼팔을 발판 삼아 뛰어서 거인에게 육박해 가슴을 뚫으려는 듯이 화살을 쏘자, 그 거체는 이미 파여 나갔던 배 주변부터 두 동강으로 찢어져 아득한 전방으로 날아갔다.

거대한 상반신이 화살에 끌려가듯이 공중을 날아 지면에 몇 번씩 부딪히며 머나먼 바위산과 격돌해 흙먼지를 피워 올렸다. 철과 녹이 부서지는 어마어마한 굉음이 일대에 울려 퍼졌다.

"미로———!"

"파우~! 자비 씨!"

"저건······! 아카보시, 인 건가······?!"

아쿠타가와를 타고 달려온 파우와 자비는 골짜기 밑에서 불꽃처럼 반짝이는 비스코의 위용을 목격하고 경악하며 눈을 휘둥그레 떴다.

골짜기 바닥, 비스코 앞에 쓰러진 철인의 하반신에서는 오렌지색으로 반짝이는 버섯갓이 차례차례 부풀어 올라 빠깡! 빠깡! 하고 녹을 터뜨리며 지금도 계속해서 피어났다.

"녹식! ······게다가 저건, 이미 피를 흡수해서······!"

"버섯의, 신이구나."

자비가 마치 소년처럼 두 눈을 반짝반짝 빛내며 꿈을 꾸듯이 한숨을 내쉬었다.

"이런 일이 있을 수가 있나. 저 녀석, 신이 되어 돌아왔구나!"

그 장본인은 폭발적으로 돋아나는 녹식의 갓 위에서 폴짝 뛰어내려 세 사람과 게 앞에 쿠웅! 하고 착지하더니 반짝이는 가루를 주변에 퍼뜨렸다.

"······난 대체 어떻게 된 거야? 무슨 화살을 쏴도 녹식이 피어버려. 힘이 솟구쳐서······ 멈추질 않아. 마치 타오르는 것처럼······."

"비스코에게서 나오는 이건······ 포자야! 그럼 지금의 비스코는······!"

미로의 생각을 가로막듯이 무척이나 커다란 철인의 절규가 멀리 있는 바위산에서 들려왔고, 그 상반신이 꿈틀거리며 일어났다.

"저 자식, 아직 숨이 붙어 있나! 이리 와, 아쿠타가와!"

"비스코! 나도 갈래!"

"당연하지, 멍청아!"

힘차게 달려온 아쿠타가와에 올라탄 미로와 비스코를 향해 자비가 자신의 활을 던졌다.

"쓰거라, 비스코!"

비스코는 손을 뒤로 돌려 그걸 받고는 자신의 녹색 활을 미로에게 패스한 뒤 겨우 원래 상태를 되찾은 것처럼 활짝 웃었다.

"쿠로카와도 참 어지간히 끈질긴 놈이라니까. 저승길로 보내주자고, 미로."

"비스코. 지금의 너는 아마 녹식과 인간의 혼혈이야! 통뱀의 독에 잠들어 있던 녹식 인자가 발아해서 철인의 녹을 먹어치운 거야. 그게 지금 네 안에……!"

"갑자기 그런 소리를 해봤자 모른다고! 저걸 퇴치하는 게 먼저야!"

"네 몸이 그렇게 되었는데 신경 안 쓰여?!"

"나에 대한 건 네가 알고 있잖아. 그럼 됐어!"

비스코는 미로가 잘 아는 여느 때의 표정으로 웃었다. 미로는 곤란한 듯이 멍하니 쳐다봤지만…… 이내 「알았어, 비스코!」라고 말하며 터질 듯이 웃었다.

"좋았어, 아쿠타가와. 잘했어! 여기라면 닿을 거야!"

비스코의 타오르는 눈이 번뜩이며 활을 강하게 당겼다. 필살의 화살을 철인의 흉부를 향해 쏘려다…… 이질적인 기척을 느낀 두 사람은 직전에 멈췄다.

"비스코, 잠깐만!"

"……뭐지?!"

상반신만 하늘을 향해 들어 올린 철인의 몸은 어마어마한 증기를 분출하며 새빨갛게 물들어 뽀글뽀글 녹의 거품을 뿜어대고 있었다.

몸 전체의 크기가 명백하게 늘어났고, 때때로 경련하듯이 떨렸다.

"이 자식, 부풀어 오르고 있잖아……!"

"아카보시―! 잠깐잠깐잠깐! 쏘지 마―!"

그때, 중형 밴이 아쿠타가와의 뒤를 쫓아 전속력으로 달려와 비스코 옆에 섰다. 놀라는 두 사람 앞에서 튀어나온 건 검댕투성이가 되어 기침을 하는 조그만 핑크색 머리 소녀였다.

""티롤!""

"설계도면을 찾아냈어. 미야기 기지 안에서!"

티롤은 메마른 목으로 어떻게든 말을 이어가면서 손에 든 두꺼운 자료를 펄럭였다.

"지금 저건, 간단히 말해서 자폭의 전조야! 섣불리 쏴서 자극을 주기라도 하면 여기에 도쿄 같은 커다란 구멍이 뚫려버릴 거야!"

티롤을 쫓아온 건지 녹슨 바이크가 다가와 멈췄고, 파우가 설계도를 들여다봤다. 자비는 뒷좌석에서 내려오더니 아쿠타가와에게 뛰어올라 미로 위에 살포시 앉았다.

"그거야 알겠지만! 쏘지 말라니, 그럼 어떻게 해야 하는데!"

"이런! 또 부식의 숨결을 토한다!"

집결한 이들을 향해 붉게 부풀어 오른 철인의 입이 쩌억 벌어지더니, 이미 불 그 자체가 되어 끓어오르는 녹의 숨결을 토했다.

"비스코!"

"그래!"

미로의 목소리에 응한 비스코가 즉시 화살을 한데 묶어서 눈앞의 지면에 쐈다.

그러자 그 화살을 중심으로 빛나는 녹식이 뻐꿈! 뻐꿈! 하고 어마어마한 기세로 생성되더니 거대한 버섯의 벽이 되어 부식의 숨결을 막아냈다.

"해, 해냈다! 굉장한 위력이야, 비스코!"

"조, 조절이 잘 안 돼⋯⋯! 조금만 힘을 줘도 왕창 피어나!"

하지만 그래도 철인의 숨결은 멈추지 않았다. 부식의 숨결은 토하면 토할수록 기세를 늘려 천적인 녹식조차도 녹슬게 하는 맹위를 떨치며 계속 흘러나왔다.

"젠장, 이대로 가면⋯⋯! 티롤! 뭔가 막을 방법은 없냐?!"

"와아아악! 잠깐잠깐! 기다려, 바보야! 나도 필사적이라고!"

티롤은 혈안이 되어 페이지를 넘기며 철인 정지 방법을 필사적으로 찾았다.

"심장부에서 역산해서, 혈관 접속이 이 도면대로라면 명령은 어디에서……? 자립 AI가 없는데 자폭은 어떻게……."

입 속에서 꿍얼꿍얼 중얼거리던 티롤은 이윽고 전격적인 번뜩임을 느끼며 펄쩍 뛰었다.

"아, 알았다! 기폭 트리거는 파일럿의 뇌야! 두부에 있는 외골격은 조종자가 접속하는 기구를 지키고 있어. 머리를 뚫고 파일럿만 죽이면 철인도 자폭할 수 없어!"

"좋아, 대갈통을 뚫어버리면 되는 거지?!"

"비스코, 안 돼! 저 커다란 머리 어디에 쿠로카와가 있는지 모르잖아! 비스코의 화살은 너무 세니까 목표에서 빗나가면, 그야말로 그 자리에서 콰앙이야!"

부식의 숨결을 계속 뿜어내는 철인의 머리를 전원이 지켜보는 가운데, 파우는 눈을 감았다. 그리고 커다란 숨을 내쉬면서 눈을 뜨고 그 아름다운 얼굴로 늠름하게 티롤을 돌아봤다.

"저 철가면을 부수면 되는 건가."

"파우, 설마……!"

"말도 안 되는 소리! 죽으러 가는 거나 다름없지 않으냐. 나와 아쿠타가와가 가마!"

"안 됩니다. 게의 힘으로는 힘 조절을 못해요."

파우는 철곤을 한번 휘두르고는 결연하게 일어섰다.

"저의 곤은 본래 불살의 기술. 자극을 주지 않고 갑옷만을 부수는 기술은 익혀 뒀습니다. 지금, 이럴 때를 위해 있는 것처럼……."

"불살의 기술이라고라?!"

비스코가 얼빠진 소리를 내지르며 팔꿈치로 미로를 찔렀다.

"그렇게나 사람을 두들겨 패놓고 잘도 저런 말을 하네. 야, 미로. 너희 누나 태연하게 거짓말을 하는데?"

"지금부터 죽으러 가려는 건데 말 한번 심하구나."

그 말에 역시 좀 울컥했는지, 파우는 기분이 상했다는 듯이 비스코에게 다가갔다.

"나는 욕구가 많은 편은 아니지만, 보답 하나 없이 죽으러 가는 건 재미없겠지……."

"뭐, 뭐야?! 너 갑자기 왜 그래?!"

어울리지도 않게 얌전히 시선을 내린 파우를 본 비스코가 당황했다.

"살아남으면 뭐든 원하는 걸 줄게! 그러니까 그런 표정은 짓지 마. 이미하마의 영광스러운 자경단장님이잖아!"

"……흐으응."

파우의 눈동자가 번쩍이더니 장난스럽게, 그리고 요염하게 웃었다.

"뭐든 원하는 거라……."

갑자기 파우가 무시무시한 힘으로 비스코의 멱살을 잡아당기더니, 그를 위에서 덮으면서 물어뜯듯이 입맞춤을 했다. 비스코가 사태를 파악하는 몇 초 사이, 파우는 마치 사냥감에 이빨을 박은 짐승처럼 비스코의 입술을 헤집으며 탐닉했다.

"으으읍————!"

그 어떤 사지에 가도 당황한 적이 없었던 비스코가 이때만큼은 마치 목숨의 위기를 느낀 비둘기처럼 파닥파닥 몸을 틀었고, 한참 시간이 흐른 뒤…… 목숨만 겨우 건져서 파우의 억센 팔에서 빠져나왔다.

"아하하하하핫!"

파우는 이어진 실을 빨아들이고 소매로 입술을 닦으며 진심으로 유쾌한 듯이 명랑하게 웃었다. 그것은 동생인 미로조차도 넋을 잃을 것 같은, 꾸미지도 쓸쓸하지도 않은 아름답고 순수한 누나의 웃음이었다.

"선불로 받아가마, 아카보시!"

눈을 흘기며 긴 머리를 휘날리는 파우의 뒷모습을 망연자실하게 배웅한 비스코의 얼굴을 미로가 들여다봤다. 힐끔거리며 좋아하는 시선을 본 비스코는 그저 무력한 소녀처럼 부르르 떨 수밖에 없었다.

"분명 좋은 아내가 될 거야! 미인이고, 정숙하고……."

"짐승이잖아!"

"E컵입니다."

"시끄러워!"

눈을 까뒤집는 비스코를 보며 미로 역시 웃었다.

사지에 있건만, 신기하게도 희망이 넘쳐났다. 죽음을 각오한 비장감은 없었고, 그저 자신들의 내일을 무조건 믿을 수 있다는, 그런 따스한 확신이 있었다.

그것은 파우도, 자비도, 티롤도, 아쿠타가와조차도 분명 똑같았다. 미로 옆에 있는 태양 같은 남자가, 각자의 마음을 뒤덮은 암운을 걷어내며 뜨겁게 비춰주는 게 느껴졌다.

"나, 할 수 있는 건 다 했으니까! 이러다 죽어도 유령으로 나타나진 말라고!"

"티롤! 고마워! 우리를 위해 목숨까지 걸어줬구나!"

도망치듯이 밴에 올라탄 티롤에게 미로가 말을 걸었다. 티롤은 조심조심 돌아보더니 땋은 머리를 만지작대며 우물쭈물 대답했다.

"저, 전에 두 번 있었던 빚을 갚았을 뿐이야! 게, 게다가……."

꿀꺽 침을 삼키고, 얼굴을 새빨갛게 물들인 티롤이 말했다.

"……치, 친구가! 눈앞에서 곤란하면, 도와주는 게 보통이 잖아!"

그렇게 외치고 문을 닫은 중형 밴이 전속력으로 달려갔다. 불타오르는 녹덩어리가 탄처럼 덮쳐왔지만, 노인을 등에 태우고 도약한 대게가 왕집게발을 휘둘러 튕겨냈다.

"비스코! 우리도 올 때까지 와버렸구나!"

"방심하지 말라고, 영감! 마지막의 마지막에 와서 뒈져버리면 지옥까지 쫓아가서 두들겨 패줄 거야!"

"이제 충분히 저세상 이야깃거리는 곤란하지 않은데 말이다!"

자비는 예전의 젊음을 되찾은 듯이 사선(死線)을 내다보며 눈을 반짝였다.

"기왕 이렇게 됐으니 승리로 막을 내리도록 하자꾸나! 가볼까, 아가씨!"

"예!"

파우가 올라탄 것과 동시에 자비가 아쿠타가와에 채찍질을
하자, 대게는 재빨리 녹식의 벽을 뛰쳐나와 철인의 측면으로
돌아 들어갔다. 거인은 허를 찔린 듯이 화염의 숨결을 멈추고
는 목을 빙글 돌려서 달리는 아쿠타가와에 조준을 맞췄다.

"이미 폭발 직전이겠구나!"

"자비 어르신, 저를 던져주시겠습니까!"

"뭣이?!"

"불의 숨결로 녀석이 자괴할 수도 있습니다. 여기서 철가면
까지 뛰겠습니다! 아쿠타가와로 저를 저기까지 던져주세요!"

"……와하하하핫! 대단한 여자로고!"

자비는 크게 웃고는 표정을 확 다잡고 아쿠타가와에 채찍
을 휘둘렀다.

"오냐, 알았다! 염불은 필요하느냐?"

"괜찮습니다! 현인신(現人神)의 혀를 막 빨았으니까요!"

"가거라, 아쿠타가와!"

집게발로 파우를 잡은 아쿠타가와는 자비의 신호와 함께
지면을 박차고 회오리처럼 거체를 회전시켰다. 그리고 그 무
시무시한 완력을 전부 쏟아 부어 파우를 머나먼 공중으로 던
졌다. 파우의 긴 머리가 검은 유성처럼 푸른 하늘에 한 줄기
선을 그렸고, 철곤이 태양빛에 반짝반짝 빛났다.

'나의 곤은……'

철인의 입이 파우를 향해 크게 벌어졌다. 부글부글 목을 태우는 붉은 숨결이 당장에라도 뿜어져 나올 듯이 증기를 분출했다.

'목숨은, 이걸 위해서······!'

파우가 눈을 확 부릅떴고, 일찍이 아수라와 같았던 전사의 위엄을 되찾았다. 그녀는 공중에서 몸을 틀어 철곤을 크게 상단으로 들었다.

"하아아아아아아아아아앗!"

콰앙, 콰앙! 터질 듯한 소리와 함께 파우의 철곤이 공중을 두 번 찢으며 철인의 철가면 중심을 십자로 갈랐다.

빠직, 빠직 소리를 낸 철가면은 이윽고 얼굴 전체까지 균열이 퍼지더니 굉음을 내며 후두둑 무너졌다. 철인은 절규를 내지르며 고개를 흔들었지만 폭발의 전조는 보이지 않았다. 아무래도 파우는 정말로 철인의 육신 자체에는 충격을 주지 않은 모양이었다.

"저 녀석, 진짜로 해냈잖아!"

비스코는 철인을 향해 달리면서 놀라움을 감추지 않고 미로에게 외쳤다.

"······아니, 큰일 났다, 착지를 생각하지 않았잖아!"

비스코가 막 외쳤을 때, 미로는 이미 활을 당겨서 멀리서 떨어지는 누나에게 조준을 맞췄다. 푸슉! 하고 막힘없이 발사된 화살은 공기를 가르며 파우의 철곤을 꿰뚫었고, 뻐꿈! 하는 소리를 내며 둥글게 부푼 거대한 풍선버섯을 피웠다.

어떻게든 의식을 되찾은 파우가 그 하얀 낙하산을 조종하며 떠 있는 모습을 보고, 미로는 곧바로 다시 활을 아쿠타가와에게 돌렸다. 여전히 미쳐 날뛰는 철인의 화염 숨결이 토해지는 순간, 미로의 화살이 아쿠타가와의 바로 앞쪽 지면에 꽂혀서 거대한 닻버섯의 벽이 되어 노인과 대게를 지켜냈다.

"제법 잘하게 됐잖아!"

"평소에도 그렇게 칭찬해달라고!"

순순히 감탄하는 비스코의 뒤를 달리던 미로가 외치며 답했다.

"……비스코, 저기!"

미로의 시선을 쫓아 철인을 올려다본 비스코는 노출된 철인의 머리에서 익숙한 모습을 확인했다.

미간 부분에 들어있는 한 사람의 모습— 몸은 이미 거의 녹슬어서 뼈가 드러나 있었지만, 검게 빛나는 안광은 죽어서도 여전히 몸에 집념이 깃든 남자의 본질을 웅변해주고 있었다.

"쿠로카와!"

비스코의 외침이 쿠로카와에게 통했는지, 꼭두각시처럼 공허했던 쿠로카와의 얼굴이 약간 움직였고, 그 검은 눈동자로 비스코를 인식했다. 과연 이성이라는 게 남아 있는지는 확실하지 않았지만, 쿠로카와는 활기를 되찾은 듯이 움직여서 입을 일그러뜨렸다.

『아카보시이————!』

쿠로카와의 절규는 그대로 철인의 입을 통해 새된 포효가 되어 대기를 찌릿찌릿 뒤흔들었다. 비스코의 에메랄드색 눈동자와 쿠로카와의 검은 눈동자, 쌍방의 시선이 비스듬히 부딪히며 처절한 불똥을 튀겼다.

비스코가 당긴 화살과 철인의 화염 숨결이 뿜어져 나온 것은 거의 동시였다. 철인 자신조차도 태워버릴 듯한 지옥불 같은 숨결을 비스코가 건곤일척의 화살로 맞받아쳤고, 마치 대기권을 돌파하는 로켓처럼 불을 흩어버렸다.

『나도 너와 똑같다, 아카보시! 네가 강하든, 올바르든! 네, 그렇습니까 하고 죽지 못하는 건, 나도 똑같단 말이다————!』

쿠로카와의 뱃속에서 쥐어 짜내는 듯한 집념이 화염의 기세를 키웠다. 절규하는 쿠로카와의 살이 찢어지고, 뼈가 녹고, 안구가 튀어나오며 그곳에서 불꽃이 솟구쳤지만, 부풀어 오르는 망집은 여전히 타올라서 멈출 줄 몰랐다.

쿠로카와의 붕괴에 호응하듯이 철인의 녹슨 살 이곳저곳이 찢어지며 마그마처럼 불꽃을 뿜어냈다. 그리고 화염은 마침내 그 어떤 것이든 꿰뚫던 비스코의 건곤일척의 화살을 쿠로카와 바로 앞에서 모조리 태워버렸다.

『사라져버려라————!』

화염의 숨결이 단숨에 기세를 되찾아 두 사람을 태워버리려던 그 순간—

뻐끔! 하고 엄청난 스피드로 자란 새송이버섯이 두 버섯지기를 공중에 띄워서 외투를 펄럭이게 했다. 미로가 미리 쏜 새송이버섯 화살은 두 사람을 불꽃의 숨결로부터 멋지게 구해내면서 대신 타버렸다.

"가라! 비스코————!"

비스코는 미로의 목소리를 등지며 숨을 들이쉬고, 활을 강하게 당겼다. 아래쪽에 보이는 철인의 머리는 화염의 숨결을 모두 쏟아 붓고 약간 수그린 자세로 움직임을 멈췄다. 천재일우, 지금이 필살의 타이밍임이 틀림없었다.

—그럴 터였다.

힘이 다했을 터인 쿠로카와의 얼굴이 녹아버린 눈으로 비스코를 휙 돌아봤고, 팔을 크게 들어 휘둘렀다. 쿠로카와의 팔은 천 갈래로 터지면서 뜨겁게 달궈진 마그마의 채찍이 되어 비스코의 두 눈을 강하게 후려쳤다.

"끄악!"

한순간에 사수의 목숨, 매의 눈이 가려져버린 비스코는 그래도 집념으로 활을 당겼다. 비스코는 지금이 이 사선의 분수령이라는 것을 알았다. 어떻게든 여기서 쿠로카와를 꿰뚫어야만 한다. 그 일념으로 이를 으드득 갈았다.

그 오른손에—.

따스한 손이 겹치며 중압에 떨리는 손을 꽉 눌렀다. 활을 당기는 손도 마찬가지여서, 비스코는 눈이 가려진 어둠 속에서 잃어가고 있던 확신이 돌아오는 것을 느꼈다.

"활에서 중요한 건, 두 가지."

"하나는, 『잘 보는 것』."

"또 하나는?"

"믿는 것."

"내가……."

청량한 목소리가 속삭였다.

"내가, 네 눈이 되겠어."

미로의 손이 조용히, 아주 약간 조준을 움직였다. 시들어가던 힘이, 의지가 활활 타오르며 비스코의 마음에 불을 붙였다.

"그러니까, 네가 믿어줘. 당기는 거야. 강하게……."

비스코는 어둠 속에서 강하게 당긴 화살이 두 사람의 생명을 흡수하여 빛나는 것을 느꼈다.

"맞을 거야, 비스코."

"응."

푸슝!

미로의 눈에는, 반짝이는 빛을 두른 화살이 신기할 정도로 느리게 날아가는 것처럼 보였다. 그것은 정면에서 포착한 쿠로카와의 배에 빨려 들어가듯이 날아가서…….

푹, 하고 꽂혔고—.

콰앙! 하는 엄청난 굉음과 함께 쿠로카와를 흔적도 없이 날려버리고 철인의 머리에 보름달 같은 커다란 구멍을 뚫었다. 그대로 날아간 화살은 포자를 흩뿌리면서 철인은 고사하고 뒤편에 있는 바위산까지 날아가 산허리에 바람구멍을 뚫었다.

빠깡! 빠깡! 하고 연속적으로 피어난 녹식이 철인의 몸, 지면, 바위산 등 화살이 공기를 가르며 지나간 그 모든 곳에서 돋아났다.

철인은 연속해서 피어나는 녹식의 압력에 눌렸고, 마침내 녹식의 산 밑에 파묻히고 말았다.

『오—————————.』

철인은 가늘고 긴 단말마를 내질렀지만, 그 목소리도 계속해서 피어나는 녹식의 폭발음에 서서히 지워져서 들리지 않게 되었다.

일찍이 일본을 멸망시킨 파괴 병기의 최후였다.

멸망의 녹은 무한한 생명력의 힘에 먹혀서, 지금 그 모판이 되어 쓰러진 것이다.

낙하한 충격을 녹식의 갓이 가까스로 막아줬고, 두 사람은 계속해서 맥동하는 녹식 위에 쓰러졌다. 폭발적으로 부풀어 오르는 버섯 무리에서 당장 도망쳐야 했지만, 두 사람 모두 이미 몸의 한계를 뛰어넘은 바람에 더 이상 손가락 하나 까딱할 수 없는 상황이었다.

"움직일 수 있겠냐! 미로!"

"무리!"

"나도야!"

만신창이였지만, 그래도 두 버섯지기는 커다란 달성감 속에서 크게 웃었다.

"비스코!"

"어!"

"나, 도움이 됐어? 너의 파트너가, 되었어?!"

미로는 점점 커지는 굉음에 밀리지 않도록 있는 힘을 다해 비스코에게 외쳤다.

비스코는 마지막으로, 송곳니를 번뜩이며 미로에게 큰소리로 대답했다.

"내가 화살이고, 네가 활이야! 우리는 활과 화살이야! 우리 둘은 그런 관계야!"

버섯의 맥동이 한층 강해지며 폭발의 전조로 떨려왔다. 미로는 마지막 힘을 쥐어짜내 버섯 위를 굴러 눈이 안 보이는 비스코에게 다가가 그 팔을 강하게 품에 안았다.

빠꿈!

20

거대한 버섯의 작렬은 고작 1분 만에 살풍경한 황야에 녹식의 숲을 만들어버렸다.

아까 전까지 철인의 몸이 있던 흔적에는 가장 커다란 녹식이 버섯 신전처럼 솟아서 따스하게 반짝이는 포자를 팔랑팔랑 흩뿌렸다.

그 자리에 있는 모두가 이 세상의 것처럼 보이지 않는 광경에 넋을 잃고 말 한마디 하지 못했다.

"……. 예쁘군……."

쏟아지는 포자 속에서 우두커니 선 파우가 저도 모르게 중 얼거렸다. 이마 보호대를 천천히 벗어서 주변에 내던지고 긴 흑발을 조용히 밑으로 내렸다.

'우리는, 이긴 건가.'

아름답게 타오르는 거대한 버섯의 성을 눈동자에 비추며 속눈썹을 부르르 떨었다.

"아가씨―! 무사한가―!"

아쿠타가와가 모래먼지를 일으키며 달려와 파우 옆에서 브 레이크를 걸었다. 흥분이 식지 않은 자비는 자빠질 기세로 아 쿠타가와에서 내려오더니 파우에게 다가가 어깨를 흔들었다.

"용케, 용케도 무사했구나! 정말 대단한 여자야!"

"자비 어르신도, 다행이군요……."

"……아가씨, 얼굴이……!"

자비가 놀라는 모습에 파우는 손바닥으로 자신의 얼굴을 만졌다. 녹슬어 있던 얼굴 절반이 흩날리는 포자에 씻겨나가 지금은 완전히 백옥 같은 피부를 되찾았다.

"아……!"

"이것 참, 예쁘구나."

자비는 넋을 잃고 파우를 바라보더니 한숨을 섞으며 말했다.

"녹이 완전히 떨어졌어. 곤을 들게 두기 아깝구나."

"당신의, 아들 덕분입니다."

파우는 자비에게서 눈을 떼고 다시 한번 버섯 숲을 바라봤다.

"그가 구해준 겁니다…… 당신을 구하는 여행의 마지막에. 당신이나 저만이 아니라 모두를, 인간을……."

"아, 그 바보!"

파우의 말을 들은 자비가 갑자기 허둥댔다.

"설마 죽은 건 아니겠지! 네 동생도 말이다!"

파우는 부드럽게 킥킥 웃고는 아득한 상공, 버섯 숲 꼭대기를 가리켰다.

자비가 그 손가락을 좇아서 높이, 구름에 닿을 것만 같은 버섯 산을 올려다보자, 그곳에서 이쪽을 내려다보는 조그만 그림자 두 개를 확인할 수 있었다.

"아앗! 비스코로구나! 비스코야~! 살아있었구나, 저 바보 녀석! 하루에 두 번이나 죽은 줄 알았잖느냐~!"

자비는 나잇값도 못하고 손뼉까지 치며 기쁨의 춤을 췄다.

"아니, 잠깐! 저 녀석들 내려오지 못하는 것 아니냐?! 이러고 있을 때가 아니로구나!"

아쿠타가와를 타려던 자비의 목덜미를 파우가 잡아서 슬쩍 당겼다. 놀라서 의아한 표정으로 올려다본 자비와 눈을 마주친 파우는 장난스레 입술에 손을 댔다.

"조금만, 조금만 더 기다려주세요. 지금 어르신을 보내면…… 동생이 입을 딱 다물어 버릴 테니까요."

"무, 무슨 소리를 하는 게야?!"

"알 수 있거든요. 남매니까……."

파우는 자비를 꼼짝 못하게 붙잡고 부드럽게 웃으며 아득한 상공에 있는 동생을 올려다봤다. 두 개의 외투가 바람에 펄럭이며 태양빛이 비추는 버섯숲의 그림자가 되어 뻗어 나갔다.

"……인간 두 명, 구할 생각이었는데."

맑은 하늘에 그대로 녹아내릴 것 같은 하늘색 머리를 바람에 나부끼며, 미로가 말했다.

"터무니없는 일이 돼버렸네. 이렇게나 녹식이 많으면…… 이미하마는 물론이고 일본 전체의 녹병을 치료할 수 있을 거야."

"나는 스케일이 크다고."

"그거, 엄청 서투를 뿐 아니야?"

"나는 손재주가 좋은 남자이기도 하거든."

"어느 쪽에서도 뜰 수 있습니다, 라고 적혀 있는 봉투, 어느 쪽에서도 못 뜨잖아."

"너 말이야, 일본을 구한 남자한테 한다는 말이 그거냐! 아앙?!"

"봐봐! 비스코. 다들 손을 흔들고 있어!"

지상에서는 녹의 폭풍에서 살아남은 자경단 사람들이 영웅을 칭송하는 환성을 지르며 손을 흔들었다. 이제 버섯을 두려워하는 사람은 없고, 모두가 얼굴 가득 승리의 미소를 짓고 있었다.

비스코도 미로 옆에서 지상을 바라봤지만, 쿠로카와의 마지막 일격으로 타버린 얼굴은 아직 시력이 회복되지 않았다.

저렇게나 먼 지상의 상황은 분위기 정도밖에 알 수 없었다.

"아직 안 되겠어. 전혀 안 보여~. 뭐가 보이는데?"

"응…… 파우가 자경단 사람들한테 잡혀서 헹가래를 받고 있어! 아하하, 티롤은 트럭에 녹식을 잔뜩 싣고 있네! 아쿠타가 와는…… 이구아나를 쫓아다니고 있고, 그걸 자비 씨가……."

미로 옆, 버섯갓에 걸터앉은 비스코는 눈을 감고 평온한 표정을 지으며 기쁜 듯이 말하는 미로의 이야기를 듣다가…… 문득 미로의 말이 끊어지자 뒷이야기를 재촉했다.

"영감이 어쨌다고?"

"비스코."

"응?"

미로의 얼굴이 툭 하고 가슴팍에 뛰어들자 비스코는 하마터면 균형을 잃을 뻔했다. 뭐라 항의하려는 말을 막듯이, 뭔가 뜨거운 것이 비스코의 가슴을 따스하게 적시는 것을 알 수 있었다.

"제대로, 심장 소리가, 들려……."

"……약속……했었잖아. 죽을 때는, 함께라고……."

"이제, 나를……. 나를…… 두고 가지 마, 비스코……!"

파트너의 섬세한 마음이 참다 참다 못해 마침내 무너졌는지 눈물이 되어 흘러나와 비스코의 피부를 따스하게 적셨다.

미로는 점점 크게, 주변 시선도 아랑곳하지 않고 계속, 계속 흐느끼며 비스코의 품에 달라붙어서 아이처럼 울었다.

비스코는 뭔가 그럴싸한 말을 해주려고 했지만…… 역시 이 녀석 말대로 나는 서툴구나 싶어서 생각을 고치고 뭔가 말해주는 건 그만뒀다.

바람이 한차례 크게 불었다. 비스코는 평온한 얼굴로 기분 좋게 그것을 맞으며 붉은 머리를 휘날렸다.

두 사람을 비추는 태양은 이윽고 저녁 해가 되어서, 머나먼 지평선 너머로 저물어 갔다.

21

북미야기 대건원에서 일어난 원인 불명의 군사시설 폭발 사건 및 버섯숲 대발생에 관해, 일본 정부는 그 인과 관계나 현장의 실정 등을 모조리 무시하고 세기의 대악당, 식인종 아카보시의 악행으로 꾸며서 각 현에 전달했다.

또한 이 사건을 틈타서 게릴라적으로 일어난 이미하마 신(新) 현청의 새로운 지사 파우는 일본 정부에게 일방적인 독립을 선언하고 버섯지기를 박해하는 현재 상황을 강력히 규탄하며 자신의 현을 박해로부터 보호하는 벽으로 삼아 전국의 버섯지기에게 개방하겠다고 발표했다.

그 발표에 회의적이었던 버섯지기들은 파우의 옆에서 수염을 매만지는 영웅 자비의 모습을 보고 눈 깜짝할 사이에 전국에서 몰려왔다. 이미하마의 벽 안쪽은 현민과 버섯지기가 대략 절반씩을 점유하는, 일찍이 본 적도 없는 도시가 되어 오늘날에도 기묘한 번영을 이어가고 있다.

재건된 판다 의원의 감수를 받아 개량된 녹식 앰플은 폭리를 취하던 녹병 앰플을 대신하여 거의 무료로 이미하마의 거리 및 시모부키와 이와테, 아키타 등의 중립 현으로도 건너가 녹병에 괴로워하는 많은 사람들을 죽음의 공포로부터 구해냈다. 그러나 정작 그 기적의 명의, 판다 의사의 소식은 제자가 되기를 희망하는 의사들의 소망도 무색하게 전혀 밝혀지지 않았다.

이미하마 독립으로 일본 전체가 끓어오르던 것과 같은 시기에 몰래 일어났다가 그대로 사라진 어느 불상사가 있다.

군마 남단, 사이타마 철사막에 인접한 현 경계 검문소.

그 작은 사건의 전말을 소개하며, 이 이야기는 일단 끝을 맺게 된다.

『식인버섯 아카보시 비스코』

검문소 벽에 붙은 수배 전단이 나부꼈다.

가시처럼 돋친 붉은 머리, 금이 간 고양이 눈 고글, 날카로운 오른쪽 눈 가장자리에 그려진 새빨간 문신. 『포박 사례금 80만 닛카』의 80 부분에만 빨간 선을 몇 번이고 찍찍 그어서

갱신했고, 최종적으로는 『200만 정도』라고 휘갈겨 써 놨다. 지금에 와서는 일본 어디에서나 볼 수 있게 된, 딱히 드물지도 않은 종이였다.

다만 그 수배 전단 옆에, 아무래도 비교적 새로워 보이는 깨끗한 수배 전단 한 장이 추가되어 정중하게 압정으로 고정되어 있었다. 맑은 하늘처럼 푸른 머리, 동안에 단정한 얼굴과 크고 동그란 눈동자. 자칫하면 여성으로 착각할 만한 미모를 가졌고, 오른쪽 눈 주변은 둥글고 검은 반점으로 덮여 있어서 마치 친근한 판다를 연상케 했다.

수속을 기다리던 2인조 방랑승이 그 수배 전단을 빤히 바라보며 움직이지 않는 모습에, 한가하던 관리가 몸을 내밀면서 말을 걸었다.

"뭐야, 댁들. 요즘 세상에 아카보시의 수배 전단이 신기한 거냐."

"……아뇨. 저기, 다른 한 명이……."

방랑승 한 명이 떨리는 목소리를 필사적으로 억누르면서 냉정을 가장하고 관리를 돌아봤다.

"『식인 판다』라는 건, 대체 어째서일까…… 싶어서요……."

"그거야 보는 그대로지."

수염 난 관리는 수배 전던 이야기를 하는 게 무척 기쁜지 브랜디 병을 벌컥벌컥 들이키고는 신나게 대답했다.

"판다 의원의 네코야나기 미로잖아. 이미하마에서 의사를 하고 있었다는데, 사실은 환자를 잡아먹는 식인 의사였다지?

벌레도 못 죽일 것 같은 귀여운 얼굴을 하고서는 50만 닛카의 상금까지 붙다니, 마음 놓고 의사한테 갈 수도 없다니까."

그 이야기 내용과 수염 관리의 수다스러운 말투에 마침내 참을 수 없게 됐는지, 다른 방랑승이 무심코 웃음을 터트리더니 「크, 히히힛……!」 하고 고개를 수그리며 필사적으로 웃음을 참았다. 그 파트너의 명치에 팔꿈치로 한 방 먹여주고 어흠, 하고 헛기침을 한 방랑승은 약간 퉁명스럽게 답했다.

"……말씀하신 대로, 악인으로는 보이지 않는데요."

"크하하핫! ……관리인 내가 말하는 것도 그렇지만, 지금은 수배 전단을 곧이곧대로 받아들이고 문구 그대로의 악인으로 여기는 사람이 오히려 적다고. 저 판다도 명의였다고 하던데, 윗선을 거역하고 공짜로 병자를 치료해 준 끝에 저렇게 되었다는 소문이 자자해."

웃으며 말한 뒤 인증이 끝난 통행증을 첫 번째 승려에게 건네준 수염 관리는 문득 그리운 듯이 하늘을 올려다봤다.

"그 옆에 있는 아카보시도…… 저렇게 사람이라도 먹어치울 것 같은 낯짝이지만, 나는 그리 나쁜 녀석은 아니라고 생각하거든. 조금 화려하게 저지르기는 하지만……."

방랑승은 그 수염 관리의 옛날을 그리워하는 얼굴을 보자 표정을 풀고 파트너를 향해 살짝 미소를 지었다. 파트너는 별 감회도 없다는 듯이 어깨를 으쓱하기만 했지만.

"문, 개바앙."

끼릭끼릭 소리를 내며 열린 군마 남문 주변은 벽이나 사막 위에 보드라운 이끼가 덮였고, 자잘한 풀이 드문드문 고개를 내밀고 있었다. 고작 1년 전에는 죽음 그 자체로 가는 입구처럼 녹과 모래만 있던 이곳이 짧은 시간 안에 이렇게나 자연을 되찾다니 놀라운 일이었다. 지나가는 사람이 반년에 한 번 있을까 말까 한 이곳에서 그걸 아는 사람은 이 수염 관리와 조수인 오오타 정도밖에 없지만 말이다.

　인사를 한 뒤 견차를 끌고 문을 지나가는 방랑승 중 파트너 쪽이 문득 일행에서 이탈해 성큼성큼 검문소 창구로 다가오더니, 품에서 오렌지색으로 빛나는 앰플 두 개를 거칠게 꺼내 접수대로 굴렸다.

　"이게 뭐야?"

　"이미하마에서 소문이 자자한, 녹식 앰플입니다."

　방랑승은 쩔쩔매는 수염 관리에게 녹색 눈을 맞추고는 태연하게 말했다.

　"당신과 조수분 몫이죠. 변변찮은 성의입니다만."

　"이런…… 고급품을……!"

　수염 관리도 역시 놀란 모양이었지만, 입을 꾸욱 다물고 강경하게 말했다.

　"바보 자식! 스님한테서 뇌물은 안 받아! 나는 관리라고!"

　"매주 성실하게 새송이버섯에 똥을 뿌린 것 같던데."

　방랑승은 되살아나는 자연을 즐겁게 바라보면서 씨익 웃고는 수염 관리를 돌아봤다.

　"그 상을 주려는 거야. 종알종알 따지지 말고 받아둬, 수염

돼지."

"······아, 아, 아!"

수염 관리의 눈이 점점 크게 벌어졌다. 잊을 수 없는 저 건방진 미소, 드러난 송곳니······!

"너, 너, 너는—!"

크게 웃으며 잽싸게 달려가 견차에 올라탄 방랑승은 짐받이에 걸터앉아 짐을 덮은 천을 한번 두드렸다. 그러자 천이 순식간에 부풀어 오르고, 두 방랑승을 감싼 거대한 게가 쿵! 하고 지면에 내려섰다.

"오오타, 오오타—! 아카보시다! 아카보시가 나왔다—!"

소란스러워진 검문소를 돌아본 두 방랑승이 얼굴을 덮은 붕대를 풀자, 새빨간 머리와 하늘색 머리가 바람 속에서 춤췄다. 화를 내는 건지 기뻐하는 건지 모를 수염 관리를 멀리서 지켜본 비스코가 미로에게 웃으며 말을 걸었다.

"식인 판다."

"시끄러워! 사람 같은 건 안 먹거든······?!"

미로는 안장에서 아쿠타가와의 고삐를 잡고 뾰로통하게 뒤쪽을 돌아보고는 표정을 활짝 빛내며 비스코의 등을 탁탁 두드렸다.

"비스코! 카메라로 노리고 있어! 자, 브이자 그려봐!"

"뭐어—?!"

"빨리!"

머나먼 저편에서 자신들을 노리는 오오타의 카메라를 향해 두 사람이 돌아본 순간, 아쿠타가와가 점프해서 커다란 언덕을 넘었고, 이후 검문소는 보이지 않게 되었다.

"있잖아, 비스코. 정말로 그 몸, 치료할 거야?"

"당연하지. 불로불사를 동경한 적은 없어. 자비가 치료법을 모른다면 좀 더 나이든 장로들을 찾아서…… 버섯지기 마을을 닥치는 대로 돌아볼 수밖에 없겠어."

"아깝네! 무적의 녹식 인간인데!"

"남 일처럼 말하지 말라고! 기분 나쁘잖아. 버섯과 인간의 혼혈이라니. 게다가 내버려 두면 바로 버섯이 돋아난단 말이야……. 아, 또 머리카락 속에……!"

"아, 떼지 마! 그거 엄청 귀여워!"

"그게 뭔 소리야?!"

"뭐, 알았어! 나만 나이를 먹는 것도 싫으니까. 하지만 분명, 긴 여행이 될 거야."

"그럴지도 모르지. 하지만 마지막에는, 분명 잘 풀릴 거야. 왜냐하면……."

"왜냐하면?"

"……우리가, 무적의 콤비이기 때문이야."

"……에헤헤…… 바로 그거야……."

"너, 지금 유도했지? 오늘 이런 말을 대체 몇 번이나 하는 거냐고! 이제 됐잖아?!"

"아직 안 됐어! 평소에는 전혀 칭찬해주지 않잖아. 모아둬

야지."

"……그런 재주도 부릴 수 있는 거냐……. 아니, 그런 걸 모으지 마! 너 병든다고!"

젊은 검문소 관리 오오타의 아무도 모르는 재능이 포착한 것은, 아카보시와 네코야나기라는 두 식인종이 나란히 이쪽을 바라보는 기적의 원샷이었다. 네코야나기의 천진난만한 웃음과 손가락을 흐물흐물 구부린 V 사인 옆에서 이쪽을 번뜩 노려보며 중지를 세운 아카보시의 광견 낯짝이 찍혀 있었다.

수배 전단으로 쓰기 딱 좋은 사진이었지만 결국 현청에 제출하지는 않았다. 하얀 액자에 넣어서 오오타의 책상 구석에 부적처럼 몰래 갖다 놓았다.

 멸망한 세계를 좋아하는 것 같다.

 좋아하는 소설, 만화, 게임 등을 돌이켜보면 꽤 높은 비율로 세상이 끝장나 있다.

 어째서일까.

 최근에는 멸망 속에 있기에 그곳에서 살아가는 인간의 생명이 빛나기 때문이라는 그럴싸한 이유를 붙이게 되었다.

 『북두의 권』 세계관에서 빼놓을 수 없는 『모히칸』들이 무척 좋은 예시다.

 그들은 물론 악랄한 악인들이지만, 그 세기말에서 자신들의 욕망을 한껏 드러내며 속박도, 울적함도 없이 오늘도 생기 넘치게 약탈 행위를 벌이며 구슬땀을 흘리고 있다.

 「햣하~! 물이다!」라는 희망의 외침! 3초 후에 켄시로에게 어찌할 방도도 없이 죽을 텐데 엄청나게 긍정적이다. 어리석고, 약하고, 불우하고…… 그럼에도 생명의 액셀을 한껏 밟으며 세기말을 달려 나가고 죽어가는 모히칸들의 선악을 초월한 억센 생명력, 그 찰나의 광채에 일종의 사랑스러움을 느끼지 않을 수 없다.

 그런 의미에서…….

『녹을 먹는 비스코』의 세계나 주민들도 모히칸들의 반짝이는 생명력을 계승했다고 할 수 있으리라(외모나 괴성 같은 표면적인 부분이 아니라…… 정신적인 이야기다!).

멸망한 주제에 기운찬 세계구만, 이라고 생각해준다면 기쁘겠지만, 과연 어떨까.

세계는 이만 넘어가고, 중요한 히어로들을 어떻게 구성할지 고민해 봤다. 모히칸과 히어로의 차이는 무엇인가? 아마 『사명』의 유무라고 생각한다. 넘치는 생명력이 향하는 곳은 어디인가.

그것은 이야기의 테마에 따라 달라져서, 『정의』이기도 하고, 『야망』이기도 하다.

비스코 일행에게는 『사랑』을 주었다.

사랑이라는 것도 어려운 말이라고 생각하지만, 『녹을 먹는 비스코』에서는 그것을 「누군가를 강하게 생각하는 것」이라고 (증오나 집착도 포함해서) 해석하고 있다. 여섯 명과 게 한 마리는 『사랑』만을 위해 자신의 생명을 모두 걸고, 몸이 상처투성이가 되어도 아랑곳하지 않고 황혼의 세계를 내달린다.

사회성 제로다. 이 녀석들은 야만족이다. 정말로 시종일관 머릿속에 『사랑』밖에 없다.

단지—.

현대에서도 뭔가 하나, 사랑할 것(사람, 일, 예술…… 혹은 집필이라도)에 목숨을 걸었을 때, 수없이 상처받더라도 그때마다 사람은 아름답게 반짝인다는…….

그런 『사랑』을 향한 찬가와 기원을 담아서 그들을 썼다는
건 확실하다.

그들에게 담아낸 순수함, 한결같음이 조금이라도 독자 여러
분께 활력이 되었다면 작가로서 이보다 더한 행복은 없을 겁
니다.

……이런 인사로 후기를 끝맺도록 하겠습니다. 그럼, 또 뵙
도록 하죠.

코부쿠보 신지

안녕하세요. 불초 역자입니다.

멸망한 세계를 버섯과 함께 힘차게 내달리는 유쾌·상쾌·통쾌한 이야기, 어떠셨나요. 저는 무척 즐거웠습니다. 대충 망해서 기이하게 바뀌어버린 일본의 이곳저곳을 게를 타고 여행하는 기묘한 분위기 속에서 다가오는 온갖 위기들을 파죽지세로 돌파하고, 막판에 동료들과 힘을 합쳐 최종보스에게 멋지게 승리를 거두는 왕도적인 전개를 보여주는 게 좋더라고요. 뭔가 영화나 극장판 애니메이션 한 편을 본 기분이에요. 모험 나오고, 위기 나오고, 폭발 나오고, 키스 나오고. 블록버스터 영화의 정석이네요.

비스코와 미로 두 간식(?) 콤비의 버디 무비 같은 느낌도 개인적으로는 마음에 들었습니다. 제가 버디 무비를 좋아하거든요. 좌충우돌하면서도 케미가 잘 맞는 좋은 콤비였는데, 미로가 생각보다 전투에서 활약하는 모습을 보인 게 의외였습니다. 전투는 주로 비스코가 하고 미로는 머리 쓰는 역할만 맡을 줄 알았는데 예상을 뒤집는 활약을 보여주더라고요. 가면 갈수록 뭔가 이상야릇한 분위기도 슬그머니 풍기긴 했지만…… 그래도 아직까지는 우정이란 범위 안에 있다고 생각하고 싶네요. 제가 그쪽 취향은 없는지라.

그럼 후기는 이쯤 하고, 다음 권에서 뵙겠습니다.

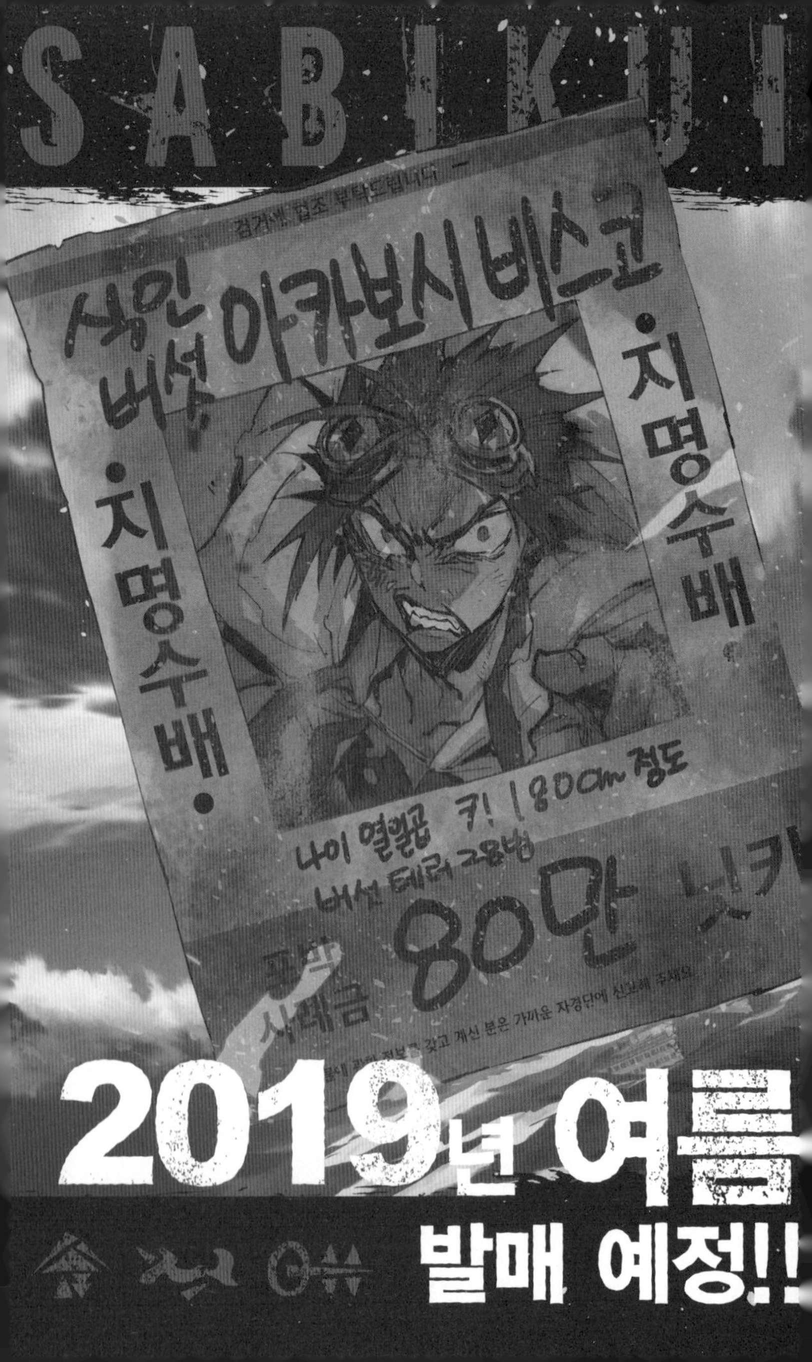
SABIKUI
검거에 협조 부탁드립니다
식인 버섯 아카보시 비스코
지명수배
지명수배
나이 열일곱 키 180cm 정도
버섯 테러 고용범
사례금 80만 니키
갖고 계신 분은 가까운 자경단에 신고해 주세요
2019년 여름
발매 예정!!

녹을 먹는 비스코

제 2 권

지명수배범이 되어 여행을 계속하는 비스코와 미로.

비스코의 몸을 원래대로 되돌리기 위해 두 사람이 향한 곳은

이미하마에서 머나먼 서쪽, 다양한 신앙이 북적대는

대종교국가 시마네였다.

그리고 『불사승정』이라 불리는

불사신의 인간이 있다는

소문을 들은 비스코와 미로는

어느 종교와 접촉하게 되는데……

비스코의 위를 도둑맞았다?!
종교도시에서 더욱 과격하게 대폭주!

THE WORLD BLOWS, THE WIND ERODES LIFE
A BOY WITH A BOW RUNNING THROUGH THE WORLD LIKE A WIND

녹을 먹는 비스코 1

초판 1쇄 발행 2019년 4월 10일

지은이_ Shinji Cobkubo
일러스트_ Akagisi K, mocha
옮긴이_ 이경인

발행인_ 신현호
편집국장_ 김은주
편집진행_ 최은진 · 김기준 · 김승신 · 원현선 · 권세라
편집디자인_ 양우연
국제업무_ 정아라
관리 · 영업_ 김민원 · 조인희

펴낸곳_ (주)디앤씨미디어
등록_ 2002년 4월 25일 제20-260호
주소_ 서울시 구로구 디지털로 26길 111 JnK디지털타워 503호
전화_ 02-333-2513(대표)
팩시밀리_ 02-333-2514
이메일_ lnovelpiya@naver.com
L노벨 공식 카페_ http://cafe.naver.com/lnovel11

SABIKUI BISCO
©SHINJI COBKUBO 2018
First published in Japan in 2018 by KADOKAWA CORPORATION, Tokyo.
Korean translation rights arranged with KADOKAWA CORPORATION, Tokyo,
through Korea Copyright Center Inc.

ISBN 979-11-278-4992-4 04830
ISBN 979-11-278-4991-7 (세트)

값 7,200원

*이 책의 한국어판 저작권은 KADOKAWA CORPORATION와의 독점 계약으로
(주)디앤씨미디어에 있습니다.
저작권법에 의해 한국 내에서 보호를 받는 저작물이므로 무단전재와 복제를 금합니다.

*잘못된 책은 구매처에 문의하십시오.